dtv

Die neunundzwanzigjährige Schwedin Julia lebt mit ihrem Kater Optimus in Wien. Eines Tages, da ist sie sich sicher, wird sie ein literarisches Meisterwerk verfassen, mit ihrer Nachbarin Elfriede Jelinek Freundschaft schließen und endlich damit aufhören, Marktforschungsumfragen auszufüllen, nur um die einsamen Stunden totzuschlagen. Aber bis es so weit ist, gibt sie weiterhin ambitionierten Wirtschaftsbossen und Langzeitarbeitslosen Englischunterricht und verdient damit ihren Lebensunterhalt. Doch dann passiert das Märchen: Auf einer Bank vor der Oper lernt sie Ben kennen, und die beiden verlieben sich ineinander. Julias Verehrer entspricht nur ganz und gar nicht dem Ritter in der strahlenden Rüstung. Er lebt in einer Hecke im Stadtpark und benötigt dringend eine Dusche ... Aber er hat die größten braunen Augen der Welt!
Eine wundervoll charmante Geschichte über das Wagnis, mit dem Herzen zu entscheiden.

Emmy Abrahamson wuchs unter anderem in Moskau auf, studierte in London und Manchester und arbeitete als Schauspielerin in Amsterdam und Wien. Heute lebt sie als Autorin mit ihrer Familie in Südschweden. Sie veröffentlichte bereits mehrere Jugendbücher. ›Wie ich mich auf einer Parkbank in einen bärtigen Mann mit sehr braunen Augen verliebte‹ ist Emmy Abrahamsons erster Roman für Erwachsene.

Emmy Abrahamson

Wie ich mich auf einer Parkbank in einen bärtigen Mann mit sehr braunen Augen verliebte

Roman

Aus dem Schwedischen von
Anu Stohner

dtv

Ausführliche Informationen über
unsere Autoren und Bücher
www.dtv.de

Von Emmy Abrahamson sind bei dtv
außerdem erschienen:
Widerspruch zwecklos oder Wie man eine
polnische Mutter überlebt (62548, 62595)
Mind the Gap! (62605)
Go for It! (62621)
Make it Big! (62632, 65013)

Deutsche Erstausgabe 2018
dtv Verlagsgesellschaft mbH & Co. KG, München
© Emmy Abrahamson 2016
Titel der schwedischen Originalausgabe:
›Hur man förälskar sig i en man som bor i en buske‹
(Albert Bonniers Förlag, Stockholm)
© 2018 der deutschsprachigen Ausgabe:
dtv Verlagsgesellschaft mbH & Co. KG, München
Umschlaggestaltung: Wildes Blut, Atelier für Gestaltung,
Stephanie Weischer
Gesetzt aus der Sabon 10/13·
Gesamtherstellung: Druckerei C.H.Beck, Nördlingen
Gedruckt auf säurefreiem, chlorfrei gebleichtem Papier
Printed in Germany · ISBN 978-3-423-21726-2

1

»*I love cocking*«, sagt die Frau gut gelaunt.

Ich sehe in meine Unterlagen, mache eine unleserlich kleine Notiz, lege den Kugelschreiber beiseite und räuspere mich.

»Was Sie sagen wollen ... Ich glaube ... beziehungsweise hoffe ... obwohl ich es Ihnen natürlich gönnen würde, wenn es für Sie so ... Also, was Sie wahrscheinlich sagen wollten, ist, dass Sie gerne kochen. Sie meinen *cooking*, nicht ... *cocking*.«

Das ist heute meine elfte Unterrichtsstunde, und ich bin so müde, dass ich schon ins Schwafeln komme. Außerdem muss ich die ganze Zeit auf mein mintgrünes Infokärtchen schauen, damit ich mich überhaupt erinnere, mit wem ich es zu tun habe. *Petra, Petra, Petra*. Bedenklich ist auch, dass ich die Frau schon mindestens dreimal unterrichtet und dennoch keinerlei Erinnerung an sie habe. Es ist, als hätten sich alle meine Schüler in ein einziges gesichtsloses Wesen verwandelt, das *Tuesday* und *Thursday* verwechselt und sich hartnäckig weigert, das Perfekt zu benutzen. Ein Wesen, das ein *Thank you* mit einem *Please* quittiert, obwohl ich ihm schon hundertmal erklärt habe, dass es *You're welcome* heißen muss. Ein Wesen, das glaubt, eine Sprache lerne sich von allein, wenn man sich nur lange genug mit einer Lehrkraft im selben Raum aufhält.

Mit einem schnellen Blick auf die Uhr sehe ich, dass es noch zwanzig Minuten bis zum Ende der Stunde sind. Zwanzig zähe Minuten.

»Und … Petra, was kochen Sie am liebsten?«, frage ich.

Es war nie mein Plan oder gar Traum, Englischlehrerin in Österreich zu werden. Aber nach vier Monaten Arbeitslosigkeit war die Stellenausschreibung der Berlitz-Schule fast zu schön, um wahr zu sein. Die Ausbildung dauerte gerade mal zwei Wochen, und sobald man sie abgeschlossen hatte, durfte man unterrichten. Trotzdem schaute ich in der Anfangszeit immer wieder zur Tür, weil ich fest damit rechnete, dass irgendwann der Ausbilder mit dem Pferdeschwanz hereinstürzen und mir völlig aufgelöst erklären würde, er habe nur einen Scherz gemacht, selbstverständlich dürfe ich noch nicht unterrichten. Danach würde man mich aus dem Unterrichtsraum abführen und die Schüler in Sicherheit bringen. Es war die Zeit, in der ich mich spätabends noch hinsetzte und mich auf den nächsten Tag vorbereitete. Ich machte mir genaue Unterrichtspläne und bemühte mich, jede Stunde so abwechslungsreich und unterhaltsam wie möglich zu gestalten. Ich kopierte interessante Zeitungsartikel, notierte mir Fragen, dachte mir hübsche Rollenspiele aus und laminierte Fotos, mit denen ich geistreiche Diskussionen anstoßen wollte. Alles für meine Schüler.

Inzwischen haben sie Glück, wenn ich schon vor dem Betreten des Unterrichtsraums einen Blick auf ihr Infokärtchen werfe. Die trotzige Wende datiert auf den Tag, an dem mir plötzlich klar wurde, dass ich schon viel länger unterrichtete als die geplanten sechs Monate und – was noch schlimmer war – dass ich es gut machte. Dass ich sowohl die nötige Geduld besaß (wer hätte gedacht, dass sie eine der wichtigsten Tugenden einer guten Sprachlehrerin ist?) als auch eine Art natürlich Begabung, meine Schüler zum Reden zu bringen. Seit ich meine Stunden nicht mehr vorbereite, sind sie nicht nur für meine Schüler, sondern auch für mich zu einer Art Wundertüte geworden. Zurzeit sind sie so ziemlich das Spannendste in meinem Leben.

»Ach, alles Mögliche, Schnitzel, Würstchen …«, beantwortet Petra meine Frage.

»Bitte einen vollständigen Satz!«, fordere ich sie auf.

»Ich bereite gern Schnitzel und Würstchen zu«, sagt Petra brav.

Da die Berlitz-Methode im Wesentlichen darin besteht, die Fremdsprache qua Alltagskonversation zu vermitteln, müssen mir während einer Unterrichtsstunde immer nur genügend Banalitäten einfallen, über die ich mich mit meinen Schülern unterhalten kann. Drei Jahre als Englischlehrerin haben aus mir eine Expertin der zwanglosen Plauderei gemacht. Einmal habe ich einen Schüler eine Viertelstunde lang über den Einbau seines neuen Garagentors reden lassen, nur um herauszufinden, ob ich das aushalte.

»Und was ist Ihr Lieblingsgetränk, Petra?«, frage ich.

Petra denkt nach.

»Leitungswasser.«

»Bitte einen vollständigen Satz!«, wiederhole ich mit einem angestrengten Lächeln.

»Mein Lieblingsgetränk ist Leitungswasser«, sagt Petra.

Ich lächle Petra weiter an und sage nichts, weil mir beim besten Willen nichts einfällt, was ich zu jemandem sagen soll, der am liebsten Leitungswasser trinkt.

In der letzten Viertelstunde lösen wir Kreuzworträtsel mit Wörtern, die mit Essen zu tun haben. Als es läutet, seufze ich gespielt und ziehe die Mundwinkel nach unten, um zu zeigen, wie traurig ich bin, dass wir schon Schluss machen müssen. Wir geben uns die Hand, und Petra geht nach Hause, wahrscheinlich um ein festliches Mahl aus Schnitzel, Würstchen und einem Glas Leitungswasser zu sich zu nehmen.

In dem winzigen Lehrerzimmer herrscht eine qualvolle Enge, weil man in der fünfminütigen Pause um Himmels willen keinen Kontakt mit den Schülern haben möchte. An den Wänden hängen Berlitz-Poster mit Gesichtern aus allen Weltgegenden und Sätzen mit Ausrufezeichen. In drei Bücherregalen stehen und liegen Ausgaben des hauseigenen Magazins ›Passport‹ und allem Anschein nach von niemandem je benutzte Französisch-, Russisch- und Spanisch-Lehrbücher. Die Englisch-Lehrbücher dagegen sind zerfleddert, und den meisten fehlt der Rücken entweder ganz, oder er ist mit Tesafilm angeklebt.

Mit einer Ausnahme ist keiner von uns ausgebildeter Lehrer. Mike ist ein arbeitsloser Schauspieler, Jason schließt gerade seine Doktorarbeit über Schönberg ab, Claire hat früher im Marketing gearbeitet, Randall ist Grafiker, Sarah Diplom-Ingenieurin, Rebecca Geigenbauerin, und Karen hat einen Abschluss in Medien- und Kommunikationswissenschaften. Ich selbst träume immer noch davon, Schriftstellerin zu werden. Der eine ausgebildete Lehrer ist Ken, der deshalb fast so inbrünstig gehasst wird wie Dagmar, die Leiterin unserer Berlitz-Schule in der Mariahilfer Straße.

Ken betritt das Lehrerzimmer.

»Oh Mann, ist das wieder ein Stress!«, sagt er gut gelaunt und versucht, sich mit einer aufgeschlagenen Grammatik zum Kopierer zu zwängen. Alle ignorieren ihn. Am Fenster stehen Mike und Claire dicht beieinander und versuchen, durch einen fingerbreiten Spalt zu rauchen.

»Ich hab gleich vier Stunden am Stück mit derselben Gruppe«, seufzt Claire und stopft ihr Feuerzeug in die Zigarettenschachtel. »Bis ich heute hier rauskomme, ist es acht.«

»Dauert ja nicht mehr lange, dann musst du so was nie wieder machen«, sagt Randall, denn Claire wird bald nach London zurückgehen, um zu studieren.

»Bei mir sind's heute zwölf Stunden«, sage ich, und ein anerkennendes Murmeln geht durch den Raum.

Es gibt nur drei Themen im Lehrerzimmer: wie viele Stunden am Tag wir unterrichten müssen, wie anstrengend unsere Schüler sind und wie sehr wir Dagmar hassen.

»Ich hatte gerade eine AMS-Gruppe«, kontert Mike.

Wir seufzen aus Sympathie. AMS steht für »Arbeitsmarktservice Österreich« und ist der Name der österreichischen Arbeitsvermittlung. Vor ein paar Jahren hat Berlitz einen lukrativen Vertrag mit dem Staat abgeschlossen, seither erhält jeder Arbeitslose, der einen entsprechenden Antrag stellt, bei uns Englischunterricht. Es gibt wenig, was deprimierender wäre, als eine AMS-Gruppe zu unterrichten.

Meine letzte Schülerin des Tages ist neu. Als ich den Raum betrete, ist sie bereits da und schaut aus einem der schmutzigen Fenster auf die Mariahilfer Straße. Zu meiner Erleichterung sehe ich auf dem Infokärtchen, dass man ihr ein Englisch der Stufe 5 bescheinigt, ihre Sprachkenntnisse also bereits ein »hohes Niveau« besitzen. Je höher das Niveau des Schülers, desto weniger Mühe muss ich mir geben.

»Hallo, ich heiße Julia«, sage ich und strecke die Hand aus.

Die dünne Frau reicht mir eine überraschend warme Hand. Nach einer Viertelstunde weiß ich, dass sie Vera heißt, ursprünglich aus Graz kommt und als PR-Beraterin für die FPÖ tätig ist. Sie ist alleinstehend und hat eine achtjährige Tochter. Leider beginnt Vera nach dieser Viertelstunde, mir ihrerseits Fragen zu stellen.

»*Where do you come from?*«
»*From Sweden*«, sage ich, ohne zu überlegen.

Als auf Veras Stirn eine Falte auftaucht, weiß ich, dass ich einen Fehler gemacht habe. Obwohl mein Englisch so akzent- wie fehlerfrei ist, will niemand hören, dass ich nicht aus einem englischsprachigen Land stamme. Dagmar hat mich deshalb diskret darum gebeten, den Schülern gegenüber nicht zu erwähnen, dass ich aus Schweden komme. Mir fällt ein, was Rebecca von ihrem Job in einem Grillrestaurant in Australien erzählt hat: Obwohl sie sich die Bestellungen auch so merken konnte, benutzte sie zum Schein einen Notizblock, weil sie merkte, dass die Gäste nervös wurden, wenn sie nichts aufschrieb. So ähnlich komme ich mir in etwa vor, wenn ich wegen meiner Herkunft lügen muss.

»*Swindon in Northern England*«, versuche ich, die Sache in Ordnung zu bringen.

Vera schaut mich immer noch mit der Falte auf der Stirn an.

»Liegt Swindon nicht in Südengland?«, fragt sie. »In der Nähe von Bristol? Ich hab dort mal einen Kurs besucht.«

Ich spüre meine Wangen und meinen Hals warm werden.

»Meins ist ein anderes Swindon«, sage ich schnell. »Ein kleineres. Wir nennen es … Mini-Swindon. Aber Vera, sagen Sie mir doch, wie Sie Ihre Wochenenden verbringen. Was tun Sie am liebsten?«

Vera mustert mich immer noch misstrauisch, und

ich denke, dass ich Rebeccas Rat beherzigen und nicht so viele Stunden am Tag unterrichten sollte.

Leider ist Veras Englisch fast perfekt. Erst gegen Ende der Stunde sagt sie *in the end of the month* statt *at the end of the month*. Endlich kann ich sie korrigieren und muss mich nicht mehr wie ein nutzloses Requisit fühlen.

Auf dem Heimweg kommt mir plötzlich eine Idee für eine Geschichte. Sie ist so aufregend und gruselig, dass ich stehen bleiben muss und Gänsehaut bekomme. In der Geschichte wird es um einen gescheiterten Schriftsteller gehen, den man als Hausmeister für ein nur im Sommer betriebenes abgelegenes Ferienhotel eingestellt hat. Er muss den ganzen Winter mit seiner Frau und seinem kleinen Kind dort verbringen. Das Kind ist ein Junge. Oder ein Mädchen. Nein, ein Junge. Im Laufe des Winters verliert der Schriftsteller aufgrund der Isolation und der bösen Geister, die in dem Hotel herumspuken, immer mehr den Verstand. Alles endet in Blut, Chaos und Tod. Die Geschichte steht mir geradezu beängstigend klar vor Augen: der Schneesturm, der heulend ums Hotel weht, die verlassenen Gänge, das Hotelzimmer, in dem alles stillsteht, und der Schriftsteller, der vor seiner Schreibmaschine sitzt. Das Buch wird der Gruselschocker schlechthin! Ich renne mehr nach Hause, als dass ich gehe, weil ich noch heute Abend loslegen will. Ich kichere bei dem Gedanken, dass noch niemand vor mir auf diese Geschichte gekommen ist.

2

Am Abend treffe ich Leonore in einer Cocktailbar im 6. Bezirk.

Ich hasse Leonore. Zu meiner Verteidigung muss ich sagen, dass Leonore mich auch nicht ausstehen kann, aber wir haben beide begriffen, welch große symbiotische Vorteile wir aus unserer Freundschaft ziehen. Nachdem alle meine anderen Freundinnen und Freunde feste Beziehungen eingegangen sind und sich, sobald es Mitternacht schlägt, in menschliche Kürbisse verwandeln, ist Leonore die Einzige, mit der ich ausgehen kann. Sie wiederum kann mit mir so tun, als wäre sie jung und Single und nicht alt und mit Gerhard verheiratet, dem beigen Mann, wie ich ihn nenne (allerdings nicht vor ihr).

Leonore kommt aus England und hat einen Sohn im Kindergartenalter, der aus irgendeinem Grund eine Augenklappe tragen muss. Der beige Mann leitet die Finanzabteilung von Red Bull, was bedeutet, dass Leonore nie mehr wird arbeiten müssen und ihre ganze Zeit der Produktion, Regie und Aufführung von Stücken widmen kann, in denen sie selbst die Hauptrolle spielt. Letztes Jahr im Februar spielte sie im Rahmen des von der amerikanischen Botschaft gesponserten

»Black History Month« den Malcolm X. Nein, schwarz ist Leonore nicht.

»Arbeitet Mike immer noch bei euch?«, fragt Leonore.

Ich nicke und nehme einen Schluck von meinem Wodka Tonic. Scheiß auf Stephen King!

»Ich bin mir nicht sicher, ob ich ihm eine Rolle bei meinem nächsten Stück geben soll«, sagt Leonore. »Ich will ›Closer‹ von Patrick Marber inszenieren. Er könnte Larry spielen, die Rolle, die in der Verfilmung von Clive Owen gespielt wird.«

Ich rühre mit dem durchsichtigen Kunststoffstäbchen in meinem Glas zwischen den Eiswürfeln herum. Meine Gedanken kreisen immer noch um die bittere Tatsache, dass ein gewisser Stephen King vor fast vierzig Jahren ›Shining‹ geschrieben hat, eine Kleinigkeit, die mir einfiel, als ich schon die Hände auf die Tastatur setzte, um mit dem Schreiben zu beginnen.

»Ich hab Mike heute getroffen und bin mir ziemlich sicher, dass er das Unterrichten leid ist«, sage ich. »Er würde sich bestimmt über ein Engagement freuen. Es gibt einfach eine Grenze dafür, wie oft man Leuten den Unterschied zwischen *Present Tense* und *Present Progressive* klarmachen kann. Wenn ich noch ein einziges Mal erklären muss, warum der McDonald's-Slogan *I'm lovin it* vollkommen daneben ist, renn ich mit dem Kopf gegen die nächstbeste Mauer. Kannst du dir vorstellen, dass ich McDonald's dafür hasse? – Also ja, ich finde, dass du Mike eine Rolle geben solltest.«

Wenn ihre Stirn nicht so voll Botox wäre – zwischen

uns liegen eben doch elf Jahre –, würde Leonore sie jetzt runzeln, um mir zu zeigen, dass ich sie langweile.

»Ich weiß nicht, ob die Chemie zwischen uns stimmt«, sagt sie, und ich bin mir nicht sicher, ob wir immer noch von Mike reden.

»Nein, die Chemie zwischen euch stimmt sehr wahrscheinlich nicht«, murmle ich und nehme einen Schluck von meinem Drink.

Von der Cocktailbar gehen wir in die Passage. Der Klub ist schon voller Leute, und wir müssen hinter drei dunkelhaarigen Mädchen mit winzigen Röckchen und weißen hochhackigen Schuhen warten, bis wir unsere Mäntel an der Garderobe abgeben können.

»Findest du nicht, dass die Mädchen hier drinnen wie Luxusprostituierte vom Balkan aussehen?!«, schreie ich Leonore über die Musik hinweg zu.

»Ich hoffe, du meinst damit auch uns!«, schreit Leonore zurück.

Bevor ich antworten kann, zieht sie mich zur Theke. Wir bestellen unsere Drinks und tun so, als würden wir miteinander reden, während wir uns in Wirklichkeit die Männer anschauen. Eigentlich habe ich keine Ahnung, warum wir immer in der Passage landen. Der DJ spielt nervige Musik, die Drinks sind mit Wasser gestreckt, die Toiletten schmutzig, und man kann nirgends sitzen. Dazu kommen alle Typen hier aus Deutschland und haben feste Freundinnen. Während einer halben Stunde reden wir jede für sich mit einem von ihnen. Meiner hat lachende Schweißflecken unter den Armen und Augenbrauen, die zusammenwachsen, aber er ist nicht komplett unattraktiv.

»Woher kommst du?«, fragt er auf Deutsch.

»Aus Schweden«, antworte ich auf Englisch.

Ich kann Deutsch (wenngleich mit einer eigenen Auslegung der Grammatik), aber ich entschließe mich, Englisch zu sprechen, damit ich die Sache von Anfang an im Griff habe. Er reißt die Augen auf und schenkt mir ein breites Lächeln.

»Warst du schon mal in Schweden?«, frage ich.

»Nein«, sagt der Typ und schüttelt den Kopf. »Aber ich hab so viele schwedische Krimis gelesen, dass es mir fast so vorkommt. Schweden ist für mich Wallanderland.«

»Wallanderland klingt wie ein Vergnügungspark«, sage ich. »Nur einer zum Sterben.«

Ich sehe, dass Leonore versucht, Augenkontakt mit mir aufzunehmen, wahrscheinlich weil der Kerl, mit dem sie redet, einen Kopf kleiner ist als sie und eine Halskette mit einem Mercedesstern trägt. Wenn man in Österreich in einen Klub geht, fühlt man sich oft in eine Zeit zurückversetzt, in der Achtzigerjahreschmuck noch nicht aus ironischen Gründen getragen wurde und Ace of Base angesagt waren. Ich ignoriere Leonore und wende mich wieder meinem Typ zu.

»Ich hab mal einen Schweden getroffen, der meinte, in Ystad gibt's so gut wie gar keine Kriminalität«, sagt er.

»Weil Kurt Wallander schon alle Verbrechen aufgeklärt hat«, sage ich.

Der Typ lacht, und in mir keimt Hoffnung auf, dass sich etwas zwischen uns ergeben könnte.

»Woher kommst du?«, frage ich.

»Aus München«, antwortet er, und ich mache ein Kreuz ins erste Nein-Kästchen.

»Hast du eine Freundin?«, frage ich weiter.

Er sieht überrascht aus, dann lächelt er jungenhaft.

»Ja«, sagt er. Um nach ein paar Sekunden hinzuzufügen: »Entschuldigung!«

Ich mache ein Kreuzchen ins zweite Nein-Kästchen. Trotzdem gebe ich ihm meine Telefonnummer, als er danach fragt.

Als ich nach Hause komme, schaue ich mir auf RedTube einen Achtzigerjahreporno an und verschaffe mir selbst einen Orgasmus, um besser einschlafen zu können. Es hilft nur leider nicht. Ich liege auf der Seite und starre an die dunkle Wand. Am nächsten Wochenende werde ich meine Bücher nach Farben sortieren.

3

Es ist Montag, und ich beginne die Arbeitswoche mit einer neuen AMS-Gruppe. Als ich den Raum betrete, sitzen sie dort schon wie Wachsfiguren: eine Frau mit Doppelkinn und Goldringen, die tief in ihre geschwollenen Finger einschneiden, ein junges Mädchen mit weißblonden Haaren überm dunklen Haaransatz, das an seinen Nagelhäuten knabbert, und ein Mann mit Schnurrbart im karierten Hemd. Alle haben den gleichen abwesenden Blick, aber der Mann hält immerhin einen Stift bereit.

»Hallo!«, sage ich. »Ich heiße Julia und bin Ihre Lehrerin.«

Niemand erwidert den Gruß.

Ich hatte auch mal einen Job, den ich mochte. Als Matthias und ich nach Wien gezogen waren, arbeitete ich für eine Weile als Journalistin. Das Magazin, für das ich tätig war, hieß *VIenna frOnT*, und die Schreibweise des Namens stand für den Nonkonformismus der Macher in Bezug auf die österreichische Gesellschaft. Wir saßen in einem winzigen Büro im 15. Bezirk und kultivierten unsere ironische Distanz zu Almdudler und Leberkässemmeln. Ich selbst war für die Inlandsnachrichten zuständig und schrieb nebenbei

Kolumnen, in denen es um die Vorliebe rechter Politiker für lose um die Schultern geschlungene Pullover und den Verbrauch von Joghurtgetränken in deutschsprachigen Ländern ging. *VIenna frOnT* sollte der Welt einen Spiegel vorhalten, damit sie über sich selbst erschrak. Nach fünf Monaten waren wir bankrott.

»Wie heißen Sie?«, frage ich die Frau mit den Wurstfingern.

»Bettina«, antwortet sie.

»Ich heiße …«, korrigiere ich sie freundlich.

»Ich heiße Bettina«, sagt sie.

Bettinas billiger rosa Viskosepulli mit aufgedruckten Schmetterlingen schmiegt sich über jede einzelne Rolle in der Bauchgegend, und der verzweifelte Blick ihrer Augen sagt: Bitte hasst mich nicht! Da es sich um eine Gruppe der Stufe 2 handelt, erweist sich der Einstieg als quälend zäh. Seit eine AMS-Schülerin weinen musste, als ich sie nach ihrer letzten Stelle fragte, lasse ich das, was die Zahl möglicher Gesprächsthemen mindestens halbiert. Nach drei langen Stunden weiß ich immerhin, dass Bettina jeden Morgen um vier Uhr aufsteht, um ein bisschen Zeit für sich zu haben, bevor ihre drei Kinder aufwachen. Von Steffi habe ich herausbekommen, dass sie einen Bichon Frisé namens Toto besitzt (benannt nach der Rockband, nicht nach dem Hund aus dem ›Zauberer von Oz‹), und von Hans, dass er am liebsten in seinem Garten werkelt. Wir haben auch einfache Fragen und Begrüßungsformeln geübt, und die ganze Zeit habe ich versucht, gut gelaunt zu sein und positive Energie zu verströmen. *Eine neue Sprache lernen = NEUE MÖG-LICHKEITEN!* Alles, um die Illusion nicht zu zerstören, dass diese Englischstunden einen Unterschied bei der Arbeitssuche machen werden.

In der Pause freue ich mich, als ich Rebecca im Lehrerzimmer sehe. Sie kommt mit weit aufgerissenen Augen auf mich zu und packt mich am Arm.

»Ich glaube, einer meiner AMS-Schüler ist besoffen«, flüstert sie mir zu.

»*Ich* habe eine AMS-Schülerin, die jeden Morgen um *vier Uhr* aufsteht, nur damit sie mal ihre Ruhe hat«, flüstere ich zurück. »Warum schläft sie nicht einfach weiter, wenn sie ihre Ruhe haben will?«

»Um vier?«, flüstert Rebecca.

Ich nicke.

»Und was macht man um vier Uhr morgens?«, fragt Rebecca in normaler Lautstärke.

»Sie liest wahrscheinlich Zeitung und macht Sudokus«, antworte ich ebenfalls in normaler Lautstärke. Rebeccas Gegenwart hebt zuverlässig meine Stimmung. Wäre ich Dorothy aus dem schon erwähnten ›Zauberer von Oz‹, wäre sie meine gute Hexe aus dem Norden und Leonore die böse Hexe aus dem Westen. Rebecca und ich haben uns während der Berlitz-Ausbildung kennengelernt, und mein Beschluss, sie zur Freundin zu nehmen, stand fest, als ich hörte, dass sie gelernte Geigenbauerin ist. Jemand, der Geigen baut, kann nur ein guter und gescheiter Mensch sein, vergleichbar höchstens noch mit jemandem, der Leprakranke pflegt. Leider verdient man mit dem Geigenbau so gut wie nichts, weshalb Rebecca Englischlehrerin geworden ist. Aber überhaupt so jemanden zu kennen! Meine Traumfreundinnen und -freunde wären übrigens ein lesbisches Mädchen, ein Computernerd und irgendwer aus Brooklyn. Dazu Elfriede, klar.

»Wie viele Stunden hast du heute?«, frage ich.

»Nur drei«, sagt sie. »Mit derselben Gruppe. Und du?«

»Zehn«, sage ich.

Rebeccas Augen verengen sich.

»Hör auf, so viele Stunde zu machen!«, sagt sie. »Nimm dir die Zeit, Bücher oder Zeitungsartikel zu schreiben und Leute zu interviewen! Wolltest du nicht in Wallraffs Fußstapfen treten?«

»Aber ich mach ja schon den Wallraff«, verteidige ich mich. »Ich arbeite bei Berlitz und tu so, als wäre ich Englischlehrerin.«

Dann läutet es, und ich muss zur vierten und letzten Stunde mit Bettina, Steffi und Hans.

Mit zwei Tüten voller Einkäufe erklimme ich langsam die Treppe des Jugendstilhauses im 7. Bezirk, in dem ich wohne. Im zweiten Stock setze ich die Tüten ab und schaue, wie immer, auf die Wohnungstür zu meiner Linken. Die Wohnung dahinter liegt zur Straße hin, nicht zum Hinterhof wie meine eigene im vierten Stock. Normalerweise riecht es auf dem Treppenabsatz schwach nach Zigarettenrauch und Kaffee, und ein paarmal habe ich hinter den Milchglasscheiben der Tür einen Schatten gesehen. An der Klingel hängt ein kleines Schild, auf dem in schnörkeligen Buchstaben »E. Jelinek« geschrieben steht. Es hat ein paar Monate gedauert, bis mir aufging, wer sich dahinter verbergen könnte, woraufhin ich den serbischen Hausmeister befragte.

»Ja, ja«, sagte er eifrig nickend. »Eine große Dame. Aber furchtbar scheu. Geht nicht viel raus. Sehr besonders.«

Seitdem warte ich verzweifelt darauf, mit meiner berühmten Nachbarin zufällig zusammenzustoßen, bisher leider vergebens. Von der Straße aus kann ich erkennen, dass ihre Fenster schmutzig sind. Man sieht das, obwohl ein paar blühende Topfpflanzen dahinter stehen. Manchmal versuche ich, mir Elfriede Jelinek bei der liebevollen Pflege ihrer Azaleen vorzustellen, aber es gelingt mir nicht. Es ist, als wollte mein Unterbewusstsein sie nur als jemanden akzeptieren, der Kakteen mag und fleischfressende Pflanzen mit Fliegen füttert.

Manchmal denke ich, dass es nur an ihr liegt, dass ich noch keine Schriftstellerin bin. Dass Elfriede daran schuld ist. (In meiner Wut rede ich sie immer nur mit dem Vornamen an.) Dass mit Elfriede die Literaturquote im Haus erfüllt und folglich für mich kein Platz mehr ist. Dass, anders gesagt, wenn Elfriede *nicht* im Haus wohnen würde, ich mindestens schon drei Romane geschrieben hätte. In besseren Momenten träume ich davon, wie wir Freunde werden. Sie klingelt dann an meiner Tür, um nach einer Tasse Essig zu fragen.

»Ich bin auch Schriftstellerin!«, würde es aus mir herausbrechen, und Elfriede würde überrascht die Augenbrauen heben, dass eine leibhaftige Kollegin – und mögliche Seelenverwandte – im selben Haus wohnt. Dann würde ihr Gesicht wieder ernst.

»Die Dinge zu betrachten ist ein männliches Privileg«, würde sie sagen.

»Hm«, würde ich sagen und bedächtig nicken.

»Mein Schreiben richtet sich gegen die Tyrannei der Wirklichkeit.«

»Aber warst du schon mal im Prater? Das kann richtig Spaß machen, Elfie«, würde ich sagen, um möglichst schnell einen Kosenamen einzuführen.

»Folge meinen Tränen, und das Meer wird dich verschlingen«, würde Elfriede sagen.

»Das versteh ich jetzt nicht, aber komm doch rein, Fifi!«, würde ich sagen und einen anderen Kosenamen benutzen, falls ihr der erste nicht gefallen hätte.

Bei vielen Tassen Tee – oder vielleicht auch Whisky – würden wir dann bei mir zusammensitzen und darüber reden, wie anstrengend es ist, Schriftstellerin zu sein.

Mit einem kleinen Seufzer nehme ich meine Tüten und schleppe mich weiter die nach Scheuermittel und kaltem Stein riechende Treppe hinauf.

4

Für den Rest der Woche hoffe ich, dass der deutsche Typ aus der Passage anruft. Aber natürlich tut er das nicht. Woraufhin ich beschließe, dass es keine Rolle spielt, und mich anderweitig beschäftige, will sagen: unterrichte, ins Fitnessstudio gehe und mir beim langweiligen Abendessen »Die Simpsons« und »Grey's Anatomy« auf Deutsch anschaue. »*Verdammt noch mal, Meredith, hör auf mich!*« Ich fahre mit dem Zug in einen Vorort und adoptiere einen kastrierten obdachlosen Kater mit dem schönen Namen Optimus. Mit Optimus langweile ich mich weiterhin beim Abendessen, während attraktive junge Ärzte in Seattle Leben retten und etwas über die großen Wahrheiten des Lebens erfahren.

Manchmal mache ich mir Sorgen, dass solche Fernsehserien für mich wirklicher sind als mein eigenes Leben. Dass mir die Liebes-, Familien- und Karriereprobleme von Meredith aus »Grey's Anatomy« näher sind als meine eigenen. Ich ertappe mich schon dabei, dass ich mich für Meredith Grey *halte*, und frage mich, warum ich irgendwelchen Leuten den Unterschied zwischen *some* und *many* erkläre, statt im Operationssaal zu stehen und eine beschädigte Mitralklappe zu reparieren. Einmal habe ich Rebecca angeschaut und war ein paar Sekunden lang verwirrt, dass sie nicht Cristina Yang war. Und immer noch kann ich mich darüber echauffieren, dass George O'Malley, Lexie Grey und Derek Shepherd tot sind. Kein Erdbeben in der Türkei und keine eingestürzte Fabrik in Bangladesch treibt mir so die Tränen in die Augen wie die Tragödie, dass Denny Duquette starb, ohne dass Izzie bei ihm war. Er starb, ohne dass Izzie bei ihm war. Starb einfach. Ohne Izzie.

Eines Abends saß ich an meinem Laptop und war kurz davor, mir die Krankenhauskleidung aus »Grey's Anatomy« im Internet zu bestellen. Erst als mir klar wurde, welche Art Freak ich gerade zu werden drohte, klappte ich den Laptop zu und rief Leonore an, um sie zu fragen, ob sie mit mir ausgehen will. Manchmal träume ich immer noch davon, mir die Kleidung zu bestellen, insbesondere den hellblauen Halbarmkasack mit zwei aufgenähten Taschen vorne und einer verborgenen innen für Stifte.

Heute feiert Rebecca ihren Geburtstag im O'Malley's am Schottentor. Als ich ankomme, ist das Pub schon voll. Die Wände sind dunkelgrün und mit Guinness-Plakaten beklebt. Ich finde Rebecca im klaustrophobisch engen Keller und setze mich neben Jakob, ihren Mann. Jakob ist auch Geigenbauer und sieht aus wie Jesus. Sogar Jakobs Bruder ist Geigenbauer, und auch er sieht aus wie der Bibel entstiegen.

»Ich muss dir was erzählen«, sagt Rebecca und lehnt

sich an Jakob vorbei zu mir herüber. »Ich hab Matthias in der Kaiserstraße gesehen.«

Erst sage ich nichts. Jakob, der Jesus, starrt weiter nur nach vorn.

»Was hat er gemacht?«, frage ich.

»Er ist die Straße runtergegangen«, sagt Rebecca.

»Wie?«, sage ich mit schwacher Stimme. »Einfach so?«

»Ich weiß«, sagt Rebecca. »Das geht gar nicht.«

Dann werden wir von einem von Rebeccas Freunden unterbrochen. Ich bleibe neben Jakob, dem Jesus, sitzen und denke an Matthias.

Matthias und ich waren vier Jahre zusammen. Erst war alles gut zwischen uns, dann wurde es schlecht. Wir stritten uns darüber, dass er zu viel Gras rauchte und mir nie beim Putzen half. Jedes Mal, wenn wir uns gestritten hatten, kaufte mir Matthias eine Tüte Lakritz, weil er wusste, wie sehr ich Lakritz mag. Es war ein Friedensangebot.

Der letzte Versuch, unsere Beziehung zu retten, war der Umzug in seine Heimatstadt Wien. Und alles wurde wieder gut. Ich lernte »Grüß Gott« sagen, entdeckte die Sonntage wieder und erwarb die Fähigkeit, nicht von der Straßenbahn überfahren zu werden. Matthias wurde an einer Schule für Fotografie angenommen, und da die Schüler dort Verständnis für die handwerkliche Seite des Fotografierens entwickeln sollten, wurde unser kleines Bad in eine Dunkelkammer verwandelt. Die Fenster wurden mit schwarzen

Müllsäcken abgeklebt, und meine Schminksachen fanden bei den Putzmitteln Unterschlupf. Unzählige Male stieß ich mir den Kopf an dem riesigen Vergrößerungsapparat, der zwischen Toilette und Dusche stand. Aber es war in Ordnung, weil Matthias endlich ein Ziel in seinem Leben hatte. Er gab einen Großteil unseres spärlichen Monatsbudgets für Bücher von und über Mapplethorpe, LaChapelle oder Corbijn aus, und während seines ersten Studienjahres war ich ein williges Model, wenn er mit unterschiedlichen Bildkompositionen und Kontrasten experimentierte. Er kiffte nicht mehr jeden Tag, und seine Augen wurden wieder klar. Alles war okay. Es war sogar okay, dass *VIenna frOnT* bankrott machte, weil Matthias' Glück über alles ging. Es war die Zeit, als ich noch glaubte, echte Liebe bedeute Selbstaufgabe, und deshalb bereit war, als Mond um einen Planeten zu kreisen. Die Zeit, als ich noch glaubte, ich müsse Matthias retten und ihn dazu bringen, sein volles Potenzial zu entfalten, bis er das vollendete Geschöpf war, das außer mir keiner in ihm zu sehen schien.

Bis ich merkte, dass etwas nicht stimmte, befand er sich im zweiten Ausbildungsjahr. Ich sah beim Nachhausekommen eine seiner Vinylplatten herumliegen, wo sie, als wir die Wohnung zusammen verlassen hatten, noch nicht herumgelegen hatte. Ohne groß darüber nachzudenken, blies ich kleine Tabakkrümel von der Hülle und stellte die Platte zurück an ihren Platz. Dann bemerkte ich öfter, dass die Tür nur einmal abgeschlossen war statt doppelt, und ich schloss *immer* doppelt ab. Plötzlich stritten wir uns auch wieder fast täglich, und das Küchenregal quoll bald über von Lakritz.

Dann kam der Anruf. Ich lag mit geschwollenen Mandeln zu Hause und wollte gerade ein Nickerchen machen, als das Telefon klingelte und eine Frau mit einer Samtstimme sagte, man habe noch eine von Matthias' Fotomappen, ob er nicht vorbeikommen und sie abholen wolle.

»Er ist ja nun schon länger nicht mehr bei uns«, fuhr sie fort.

Von der Frau erfuhr ich, dass Matthias die Schule schon seit Oktober nicht mehr besuchte, sie ihn aber erst vor einem Monat offiziell aus der Schülerkartei gestrichen hatten. Jetzt war März. Fast sechs Monate lang hatte er so getan, als ginge er jeden Tag zur Schule. Fast sechs Monate lang hatte er darüber gesprochen, wie viel Spaß ihm die Ausbildung mache und dass er sich schon darauf freue, eines Tages als Fotograf zu arbeiten. Mit dem Hörer in der Hand hätte ich mich fast übergeben.

Danach begann ich, die Wohnung nach Indizien abzusuchen. In einer Plastiktüte, die hinter seinem Computer versteckt lag, fand ich massenhaft Kippen von Joints. Die Tüte war sorgfältig mit mehreren Gummiringen verschlossen. Warum er die Kippen nicht einfach weggeschmissen hatte, war mir ein Rätsel. Weniger rätselhaft war, dass sämtliche seiner Schulbücher seit Anfang des Schuljahres unverändert im Regal standen und sich auf den Entwicklerschalen im Badezimmer eine dicke Staubschicht angesammelt hatte.

Als Matthias um Viertel nach sechs – »War ein echt harter Tag heute!« – nach Hause kam, konfrontierte ich ihn mit meinen Entdeckungen. Er leugnete nichts.

»Aber *warum*?«, fragte ich ihn.

»Ich wusste, wie sauer du werden würdest«, sagte er, womit das Ganze sich im Handumdrehen in einen Fehler meinerseits verwandelte.

Sechs Monate lang war er in ein Café im 16. Bezirk gegangen, dessen Besitzer die Kunden kiffen ließ. Wenn das Café geschlossen hatte, kam er, sobald ich zur Arbeit gegangen war, zurück in die Wohnung und verließ sie, kurz bevor ich nach Hause kam. Es zeigte sich, dass Matthias doch ein Ass im Putzen war, zumindest wenn es darauf ankam, die Spuren seines Aufenthalts in der Wohnung zu beseitigen.

Wenn ich jemandem vom Ende unserer Beziehung und seinem Doppelleben erzählte, versuchte ich es anfänglich auf die witzige Tour: »Ich bin nur froh, dass er nicht auch noch meine Unterwäsche angezogen und sich Samantha genannt hat!« Ich hab's gelassen, weil niemand darüber lachen konnte. An der Geschichte von Matthias und mir ist einfach nichts lustig.

Nach zwei Stunden bei O'Malley's entschuldige ich mich.

»Du gehst aber nicht, weil ich von Matthias erzählt habe?«, fragt Rebecca beunruhigt.

»Nein, um Gottes willen, nein!«, sage ich.

Zu Hause weine ich dann in Optimus' Fell, bis er flüchtet und sich hinterm Sofa versteckt.

5

Ich dusche in der Küche, nicht weil ich es so möchte, sondern weil dort hinter einer kleinen Trennwand die Dusche eingebaut ist. Mit Bädern und Toiletten ist in Wiener Altbauwohnungen an den überraschendsten Stellen zu rechnen. Claire zum Beispiel muss sich in ihrem Haus im 16. Bezirk eine unbeheizte Toilette auf dem Treppenabsatz mit den Nachbarn teilen.

Nachdem ich geduscht und mich angezogen habe, gehe ich in die Mariahilfer Straße. Ich bin die einzige Lehrerin, die sich freiwillig für den Samstagsunterricht meldet. Der Grund ist, dass ich am Wochenende sowieso nichts vorhabe. Heute werde ich eine Gruppe von vier Zehnjährigen unterrichten, die alle das Unglück haben, als Kinder ehrgeiziger Eltern auf die Welt gekommen zu sein.

»Der Samstag ist der Muscheltag«, sagt ein kleines Mädchen kryptisch. Dann beginnt sie, allerlei Muschelschalen aus ihrer Tasche hervorzukramen.

Da ich die Gruppe noch nicht unterrichtet habe, habe ich keine Ahnung, *warum* Samstag Muscheltag ist. Für den Rest der Stunde liegen die Muschelschalen jedenfalls auf dem Tisch und erinnern mich daran, dass ich mir ein bisschen Mühe hätte geben sollen und herausfinden, was die Gruppe in den bisherigen Stunden gemacht hat. Dennoch ist es eine Freude, die Zehnjährigen zu unterrichten. Man muss sie nur ein einziges Mal korrigieren, und sie machen, anders als meine erwachsenen Schüler, nie wieder denselben Fehler, ganz gleich, ob es um Wortschatz, Grammatik oder Syntax geht. Wir spielen Memory, lesen Geschichten von menschenfressenden Haien und erfinden neue Strophen zu »Wheels on the Bus«.

»Was machen eure Mamas und Papas?«, frage ich.
Die Kinder sehen mich erschrocken an.
»Wo arbeiten sie?«, setze ich nach.
Die Kinder widmen sich erleichtert den Dinosaurier-Ausmalbildern, die ich von zu Hause mitgebracht habe.

»Meine Mama ist Ärztin«, sagt ein Junge.
»Mein Papa arbeitet als Professor«, sagt das Mädchen mit den Muscheln. »In der Universität.«
»So«, sage ich und korrigiere sie unauffällig. »*An* der Universität? Wie interessant?«
»An der Universität, ja«, sagt das Mädchen und fährt fort, einen Triceratops in Dunkellila auszumalen.
»Mein Papa reist viel. Nach Japan. Oder Singapur. Oder Hongkong. Und von überall bringt er mir Geschenke mit. Meine Mama ist zu Hause«, sagt der zweite Junge.

Natürlich sind es nur Geschäftsleute, Ärzte und andere Akademiker, die Privatstunden bei Berlitz bezahlen können. Ich wende mich dem dritten Jungen zu.
»Und was machen *deine* Eltern?«, frage ich.

Der Junge schaut mich erschrocken an. »Sie schreiben Bücher«, sagt er schließlich.

»Und worüber?«, frage ich.

Der Junge schlägt die Hände vors Gesicht, bevor er stöhnt: »Über *Liebe!*«

Ich versuche, mein Lächeln zu unterdrücken, und wechsle das Gesprächsthema, damit der Junge sich wieder sammeln kann. Die Freude der Kinder am Lernen, ihre aufrichtige Neugier und Offenheit lassen mich ausnahmsweise vergessen, die Minuten bis zum Ende der Stunde zu zählen, und als die Zeit um ist, sind wir alle traurig. Ein paar Sekunden später rennen die vier über den Flur, und ich weiß, dass ich jetzt schon eine unbedeutende Erinnerung für sie bin.

Da Rebecca das Wochenende bei Jakobs Eltern verbringt und Leonore Proben hat, bleiben ein halber Samstag und ein ganzer Sonntag, die ich irgendwie füllen muss. Ein paar Gute-Laune-Aktivitäten habe ich mir schon ausgedacht. Von der Schule aus bummle ich in den 1. Bezirk mit den Schaufenstern der exklusiven Boutiquen. Ich zähle erst, wie viele Frauen am Kohlmarkt echte Pelze tragen (vier), und danach, wie viele dunkelhäutige Menschen ich dort innerhalb einer Minute sehe (einen – er bietet ›Die Presse‹ feil). Als ich über den Graben weitergehe, entdecke ich drei Mädchen, die eine Marktforschungsumfrage für Samsonite machen. Ich verlangsame meine Schritte und vertiefe mich zum Schein in die Auslage des nahe gelegenen Geschäfts mit Orientteppichen. Als eines der Mädchen fragt, ob ich Interesse hätte, ein paar Fragen zu beantworten, tue ich überrascht und nicke dann lächelnd.

»Haben Sie einen Rollkoffer?«, fragt das Mädchen.

»Ja«, antworte ich.

Das Mädchen malt ein Kreuzchen in den Fragebogen.

»Haben Sie mehr als einen Rollkoffer?«

»Nein.«

»Wissen Sie, von welcher Firma Ihr Koffer ist?«, fragt das Mädchen.

»Leider nein«, sage ich und lächle breit.

Ich liebe es, an Marktforschungsumfragen teilzunehmen. Und Fragebögen auszufüllen. Zu wissen, dass sich mein Leben nach jedermann verständlichen Kategorien aufschlüsseln lässt, in Daten darüber, wie viel ich verdiene, wie ich wohne und wie oft ich jährlich Urlaub im Ausland mache, verschafft mir ein Gefühl von Sicherheit und Zufriedenheit. Ich finde Ruhe bei dem Gedanken, dass es in meinem Leben keine Grauzonen gibt, sondern nur eindeutiges Schwarz oder Weiß. Nach einer Unterrichtsstunde mit einem besonders anstrengenden Schüler bin ich einmal in die nächste Bank gegangen und habe, nur um mich zu beruhigen, ein Auszahlungsformular ausgefüllt.

»Vielen Dank«, sagt das Mädchen. »Einen schönen Tag noch!«

»War das alles?«, frage ich und versuche, die Verzweiflung in meiner Stimme zu verbergen.

Aber das Mädchen ist schon auf dem Weg zu einem sich nähernden Paar. Ich selbst mache mich auf den

Weg zu einem der Kinos in Wien, die Filme in der Originalsprache zeigen. Da die Vorstellung erst in einer halben Stunde beginnt, setze ich mich mit Hemingways ›A Moveable Feast‹ ins Foyer und denke mir beim Lesen, dass ich, um Schriftstellerin zu werden, in der falschen Stadt lebe. Ich sollte nach Paris umziehen, billigen Rotwein trinken und hungern. Auf dem Heimweg leihe ich mir einen Film aus und kaufe mir etwas zu essen.

Am Sonntag versuche ich, möglichst lange zu schlafen, aber es gelingt mir nicht. Stattdessen liegen Optimus und ich im Bett und starren einander an. Ich gehe in eine Kokoschka-Ausstellung im Museumsquartier und danach noch mal ins Kino. Ich esse bei McDonald's zu Abend und hoffe, dass mich keiner von meinen Schülern sieht. Es kostet mich Mühe, nicht auf die Uhr zu schauen, um zu sehen, wie lange ich es noch aushalten muss, bis ich ins Bett gehen kann. Morgen beginnt endlich die neue Arbeitswoche.

Während ich meinen Big Mac esse, überlege ich mir, ob ich nicht einen in Schweden spielenden historischen Roman schreiben sollte. Er würde von einem armen Bauernpaar handeln, das, um der Armut in der Heimat zu entkommen, nach Amerika auswandert. Mir kommen fast die Tränen, als ich mir ausmale, wie ich vom Tod eines ihrer Kinder (ihres Lieblingskindes!) auf der langen Überfahrt über den Atlantik erzähle und später vom entsetzlichen Heimweh der Frau nach Schweden. Ich bekomme wieder eine Gänsehaut, so unglaublich gut ist die Geschichte.

6

Scheiß auf Vilhelm Moberg und seine Auswanderersaga!

Ich kippe den Zucker etwas zu energisch in meine Kaffeetasse, und ein Teil landet auf dem Tisch.

»Ups!«, sagt Stephan und lächelt.

Ich wische den Zucker von dem kleinen runden Metalltisch und lächle zurück. Bei einem Date soll man lächeln. Und sexy sein. Und lustig. Ich würde gern etwas sexy Lustiges über Zucker sagen, aber mein Kopf ist leer. *(Bei braunem Zucker muss ich immer an sonnengeküsste Sandkörner denken – hahaha!)* Es ist mein erstes Date seit fast einem Jahr. Das letzte Mal bin ich mit einem Arzt ausgegangen, von dem ich nie wieder etwas gehört habe.

»*I'm so sick of the warm weather*«, sagt Stephan und nickt zum Fenster hin, durch das man den blauen Himmel sieht. Sein Akzent ist so stark, dass es wie »*ze wuarm wezzer*« klingt.

Das Café befindet sich in einem Museumssaal, und es ist angenehm kühl. Um uns herum sind nur die gedämpften Stimmen der anderen Besucher zu hören. Draußen ist es so warm, dass es den Asphalt auf den Straßen aufweicht und die Luft zittert. Letzte Woche sind zwei Pferde und ein Kutscher der Pferdedroschken vor der Hofburg in der Hitze ohnmächtig geworden. Eines der Pferde ist sogar gestorben.

»*Me too*«, sage ich. Bei einem Date sollte man nicht widersprechen, und wenn doch, dann mit Charme und Argumenten, die zeigen, dass man zwar ein Mensch mit einer eigenen Meinung, aber um Himmels willen kein Rechthaber ist.

»Wien wird immer gleich so staubig und stickig«, fährt Stephan fort. »Man kann gar nicht mehr richtig atmen.«

»Ein bisschen ... wie in einer Gaskammer«, sage ich immer leiser werdend, weil mir mitten im Satz mein interkultureller Fauxpas aufgeht. Mit Österreichern ist man trotz allem nur zwei Generationen von ziemlich schrecklichen Ereignissen entfernt.

Der Mann, der mir gegenübersitzt, ist ein Prinz. Das meine ich nicht metaphorisch, und schon gar nicht hat es etwas mit seinem Aussehen zu tun. Stephan ist wirklich ein Prinz. Obwohl in Österreich der Adel nach dem Ersten Weltkrieg offiziell abgeschafft wurde, verwenden die Österreicher solche Titel immer noch, als wollten sie zeigen, dass ihnen die Meinung der restlichen Welt vollkommen wurscht ist. Stephan stammt aus dem Hause Deyn-Hofmannstein, und seine Familie besitzt ein Schloss in der Steiermark. Wir kamen ins Gespräch, als ich vergangenes Wochenende mit Leonore in der Loos Bar war, und tauschten Nummern aus. Ich speicherte ihn unter »Prinz Stephan! PRINZ!« ab und nahm es als Aufforderung, mich wieder mal um mein Liebesleben zu kümmern. Mitte der Woche rief er mich an, und wir verabredeten uns, obwohl ich nur eine vage, alkoholumwölkte Erinnerung an ihn hatte.

Es war meine Idee, dass wir uns um elf Uhr vormittags im Naturhistorischen Museum treffen sollten. Er sollte sehen, dass ich anders und spontan bin, aber inzwischen bereue ich meine Wahl und wünsche mir, der Kaffee vor mir wäre etwas Alkoholisches und die Uhr zeigte Viertel vor zwölf Uhr abends statt vormittags. Bis jetzt war unser Date weder anders noch spontan, sondern nur linkisch und ungemütlich. Das Naturhistorische Museum gehört normalerweise zu meinen Lieblingsorten, aber mit Stephan neben mir sieht plötzlich alles nur alt und kindisch aus. Am ehesten hat er sich noch für den Raum mit Meteoriten interessiert, während ich mir am liebsten den riesigen Komoren-Quastenflosser und die Krokodile im ersten Stock ansehe.

Nun sitzen wir also im Café und versuchen, nicht mit den Beinen aneinanderzustoßen. Stephan ist hoch aufgeschossen und blond, aber sein Kopf ist zu groß und seltsam in die Länge gezogen. Wenn ich ihn ansehe, muss ich an die Statuen auf den Osterinseln denken. Er trägt eine hellblaue Jeans, ein rosa Tirolerhemd und einen keineswegs ironisch gemeinten Janker, wie man ihn zu Lederhosen trägt.

»Was machst du? Tagsüber, meine ich?«, frage ich.

Um zu zeigen, wie cool ich bin, habe ich nicht vor, auch nur zu erwähnen, dass er ein Prinz ist.

»Die meiste Zeit kümmere ich mich um die Verwaltung unserer Immobilie in der Steiermark«, sagt Stephan. »Aber ich versuche, sooft es geht, nach Wien zu kommen.«

»Ist das ... die Immobilie offen für die Allgemeinheit?«

»Das ist heute unsere Haupteinnahmequelle«, sagt Stephan. »Wir organisieren dort Konferenzen, Hochzeiten und Feste, was natürlich mit einer Menge Arbeit verbunden ist. – Und was machst *du* beruflich?«

Bisher reden wir bei unserem Date wie ich mit meinen Schülern während der Kennenlernstunde: Auf eine Frage folgt eine Antwort folgt eine Frage folgt eine Antwort. Obwohl Stephan sich höflich interessiert gibt, ist es, als gäbe es eine unsichtbare Glasscheibe zwischen uns.

»Ich unterrichte Englisch an der Berlitz-Schule«, antworte ich. »Im Moment mache ich viele *Out-of-house*-Sachen.«

»Was ist das?«, fragt Stephan.

»Das heißt, dass ich nicht in der Schule unterrichte, sondern zum Beispiel zu Firmen fahre und den Unterricht vor Ort gebe. Über ganz Wien verteilt.«

»Klingt spannend«, sagt Stephan.

»Ist es aber nicht wirklich«, sage ich. »Obwohl ich mir manchmal wie ein Callgirl vorkomme, das Englisch verkauft statt Sex.«

»Prostitution ist nichts Schlechtes«, sagt Stephan. »Ich gehe oft ins Bordell.«

Weil ich anders und spontan bin *(Naturhistorisches*

Museum! Wie crazy ist das denn!), tue ich so, als würde es mich nicht schockieren.

»Ach ja?«, sage ich. »Gibt's denn viele Bordelle in Wien?«

Stephan nickt.

»Mindestens zwanzig, würde ich meinen«, sagt er. »Aber ich geh natürlich nicht in welche, in denen Tschuschen, Türken oder so was verkehren. Die ich besuche, haben Klasse.«

»Tschusch« ist in Österreich das durchaus übliche Wort für Menschen vom Balkan. Ein AMS-Schüler mit einer beunruhigend rassistischen Grundeinstellung fragte mich einmal, ob ich wüsste, was eine Tschuschen-Tasche ist. Als ich – schon leicht in Panik, weil ich ihn ja kannte – den Kopf schüttelte, erklärte er mir laut lachend, es handle sich um eine Einkaufstüte von Hofer. Derselbe Schüler hatte sich während einer anderen Stunde beklagt, dass es in Österreich *too many turkeys* gebe.

»Ah ja«, sage ich und starre Stephan an. Aus irgendeinem perversen Grund finde ich es sogar erregend, dass er ins Bordell geht, und überlege, ob ich herausfinden soll, wie es mit einem regelmäßigen Bordellgänger im Bett ist. Der langköpfige Prinz macht mich nur ungefähr so an wie ein Stück Sandpapier. Mir ist jetzt schon klar, dass wir uns nicht wiedersehen werden.

»In meinem Stammbordell bekomme ich sogar Rabatt«, erzählt er und trinkt seinen Kaffee mit einer derart unbekümmerten Miene, als würden wir uns immer noch übers Wetter unterhalten.

»Und wie muss man sich einen Rabatt im Bordell vorstellen?«, frage ich. »Kriegt man zwei zum Preis von einer?«

Stephan nickt.

»So ungefähr«, sagt er. »Sie haben ein Mädchen, das einem fünfundvierzig Minuten lang einen bläst. Zu ihr geh ich öfter.«

»Wow!«, sage ich. »Fünfundvierzig Minuten? Das ist ... wow ... wirklich eine ganze Weile. Ich wusste nicht mal, dass das so lange geht. Ich meine, dass sie dabei keinen Krampf bekommt ...«

Ich muss daran denken, dass eine Unterrichtsstunde bei Berlitz fünfundvierzig Minuten dauert und ich schon die oft nur mit Mühe schaffe. Stephan nimmt noch einen Schluck von seinem Kaffee.

»Und gehst du auch ins Bordell, wenn du mit jemandem zusammen bist?«, frage ich.

»Manchmal«, sagt Stephan. »Obwohl meine Mama findet, ich könnte langsam mal zur Ruhe kommen.«

»Und darum bist du jetzt auf der Suche nach einer Prinzessin für dein Königreich? Müssen die Mädchen eigentlich irgendwelche Proben bestehen? Den Mundgeruch eines Drachen aushalten und so? Oder gewinnt die, die am längsten blasen kann?«

Stephan sieht mich an und sagt kein Wort. Da dieses Date mausetot ist, brauche ich auch nicht mehr meinen Charme spielen zu lassen. Stattdessen rolle ich Zuckerkörnchen zwischen meinen Fingern und wünsche mir, ich wäre zu Hause bei Optimus und meinen Büchern. Ich möchte meine Zeit nicht mit

Männern wie Prinz Stephan zu Deyn-Hofmannstein verbringen. Und eigentlich möchte ich auch gar nicht daten. Ich möchte mich nicht verstellen müssen. Es ist für mich in Ordnung, allein zu sein. Ich mag mein Leben. Ich mag meine stille Wohnung, meine saubere Küche und meine Bücherregale voller Bücher. Ich mag es, dass alles genau da ist, wo ich es zuletzt habe liegen lassen. Ich brauche nicht mehr, und meine Einsamkeit macht mich weder unglücklich noch möchte ich ihretwegen bemitleidet werden.

Nach dem Kaffee gehen wir trotz allem noch zusammen ins Erdgeschoss und schauen uns eine Sonderausstellung über Tschernobyl an. Sie zeigt im Wesentlichen Fotos von in gestrickten Wollsachen steckenden Kindern, denen Gliedmaßen fehlen.

Vor dem Museum stehen wir dann auf der Treppe und suchen um die Wette nach einem Vorwand, um das Date vorzeitig zu beenden. Stephan ist schneller.

»Leider bin ich mit einem Freund verabredet«, sagt er und zeigt vage in Richtung Innenstadt.

»Sicher«, sage ich. »Kein Problem.«

Wir stehen einander immer noch gegenüber.

»Und was machst *du* heute Nachmittag?«, fragt Stephan mit einem sehnsuchtsvollen Blick in die Ferne.

»Wahrscheinlich das Übliche. Was ich immer mache«, sage ich. »Zu Hause onanieren, während ich Michael Bublé höre.«

In Stephans Blick liegt plötzlich etwas Ängstliches.

»War nur ein Witz«, sage ich schnell. »Ich hasse Michael Bublé.«

Stephan bleibt stumm.

»Obwohl, eine Freundin von mir ist Backgroundsängerin«, fahre ich fort. »Die hat mit ihm gearbeitet und sagt, er ist wahnsinnig nett, gar nicht so divenhaft oder arrogant, wie man denkt, wenn man Bilder von ihm sieht. Darauf wirkt er ja immer wahnsinnig eitel.«

Meine Michael-Bublé-Kenntnisse sind verlorene Liebesmüh. Stephan und ich geben uns Wangenküsschen und gehen ohne jegliches Versprechen, in Kontakt zu bleiben, unserer Wege.

Da ich Stephan nicht noch mal begegnen möchte, gehe ich nicht in den 1. Bezirk, sondern ins English Cinema Haydn in der Mariahilfer Straße. Es ist erst drei, und der Kinosaal ist fast leer. Als die Werbung losgeht, versuche ich, Freude und Erleichterung darüber zu empfinden, dass ich wieder allein bin. Auch möchte ich mich gern dazu beglückwünschen, dass ich nicht Prinzessin werden und einem Osterinselkopf fünfundvierzig Minuten lang einen blasen muss. Aber ich schaffe nicht einmal das und spüre nur eine große innere Leere, gepaart mit nagender Unzufriedenheit. Erst als ich zu Hause ankomme, sehe ich, dass sich ein einsames Popcorn in meinen Haaren verfangen hat.

7

In der nächsten Zeit unterrichte ich so viel, dass mein Leben ausschließlich aus meiner Wohnung, der Berlitz-Schule und den diversen Unternehmen besteht, zu denen man mich von dort aus schickt. Im Einzelnen handelt es sich um E.ON, Strabag, die Bank Austria, Tele2mobil, Andritz, Wien Energie, die BAWAG, die Polytec Holding und eine Gruppe enthusiastischer, ausschließlich in Strickjacken gekleideter Kuratoren des MUMOK. Ich genieße die Müdigkeit, wenn ich am Ende des Tages meine schwere Tasche in die Wohnung hinaufschleppe. In der Tasche befinden sich Kopien von E-Mails, denn wie man die in korrektem Englisch schreibt, ist das Einzige, woran die Unternehmen interessiert sind. An guten Tagen gelingt es mir gelegentlich, die beängstigend militärisch klingenden Mails meiner Schüler – *You send now the invoice!* – in etwas weniger beängstigend Militärisches umzuformulieren. Einen Großteil des Unterrichts verwende ich auf den Versuch, den Herrschaften klarzumachen, dass man sich im Englischen weniger direkt ausdrücken sollte. In der Regel begegnet man dieser Zumutung mit einer Mischung aus Unverständnis und Missmut darüber, dass man einen kurvenreichen Umweg wählen soll, wo es doch eine Autobahn gibt.

»Guten Morgen!«, grüße ich den Mann am Empfang in der Mariahilfer Straße. Ich finde immer, er sieht aus, als wäre er zwölf.

»Guten Morgen!«, entgegnet er den Gruß.

Ich greife mir die Mappe mit meinem Namen, die alle Infokärtchen des Tages enthält. Ein paar Schüler haben sich schon um den Wasserspender versammelt, und aus dem Lehrerzimmer dringt Gelächter. Als ich meinen Stundenplan für den Tag durchgehe, bemerke ich verärgert, dass ich darin zwei Lücken habe. Am liebsten unterrichte ich ohne solche Pausen.

»Gab's um elf nichts für mich?«, frage ich.

»Leider nicht«, sagt der Mann am Empfang und schüttelt den Kopf.

Dann habe ich eine Idee, was ich in der Zeit machen könnte.

»Kein Problem«, sage ich und lächle.

Als um elf meine Stunde zu Ende ist, eile ich zu dem Optiker im 6. Bezirk, vor dessen Schaufenster ich schon ein paarmal stehen geblieben bin. Zu meiner Erleichterung hängt das Schild »Kostenloser Hörtest« immer noch. Als ich eintrete, läutet ein Glöckchen. Von Hunderten um runde Säulen drapierten Brillen abgesehen, ist in dem Laden alles weiß. Eine etwa zwanzigjährige Frau mit stoppschildrotem Lippenstift kommt auf mich zu. Ihre Haare sind zu einem strammen Dutt zusammengezogen, und sie trägt einen weißen Kittel wie ein Arzt.

»Wie kann ich Ihnen behilflich sein?«, fragt sie.

»Bieten Sie wirklich einen Hörtest an?«, frage ich.

»Sicher«, sagt die Frau. »Wir verkaufen auch Hörgeräte.«

»Dann würde ich gern so einen Test machen«, sage ich.

Die Frau (Frau Ruthofer, wie ich auf ihrem Namensschild lese) reagiert erst einmal nicht.

»Natürlich«, sagt sie schließlich. »Möchten Sie ihn gleich machen, oder sollen wir einen Termin vereinbaren?«

»Jetzt gleich wäre perfekt«, sage ich. »Wenn Sie gerade Zeit hätten ...«

Die Frau geht zur Ladentür, während ich einen Blick auf eine Bulgari-Sonnenbrille zum Preis von 402 Euro werfe. Ich überschlage, dass ich dafür etwa dreißig Stunden unterrichten müsste.

»Meine Kollegin ist gerade in der Mittagspause«, erklärt Frau Ruthofer, während sie die Tür abschließt. »Kommen Sie bitte mit!«

Eine Minute später sitze ich mit Kopfhörern an einem Schreibtisch in einem kleinen schalldichten Raum mit dunkelbraunen Wänden, in die Millionen kleine Löcher gebohrt sind. Auf dem Boden liegt ein dicker hellbrauner Teppich, und vor mir befindet sich eine gläserne Wand. Hinter der Wand sitzt Frau Ruthofer. Sie lehnt sich nach vorn und spricht in ein Mikrofon.

»Der Hörtest besteht aus neun Testsequenzen für jedes Ohr. Sind Sie bereit?«

»Wie bitte?«, sage ich.
»Der Hörtest besteht aus ...«
Ich schüttle den Kopf.
»War nur ein Scherz«, sage ich. »Wir können anfangen.«

Während der folgenden zehn Minuten drücke ich auf einen Knopf, sobald ich Töne höre, die mir mal links und mal rechts auf die Kopfhörer gespielt werden. Ich habe Schmetterlinge im Bauch, und es ist lange her, dass ich so fröhlich war. Ich muss keine Fragebögen ausfüllen, sondern es sind mein Körper und mein Gehör, die geprüft und kategorisiert werden sollen. Trotzdem werde ich das Gefühl nicht los, dass Frau Ruthofer mich die ganze Zeit komisch ansieht. Je länger das Ganze dauert, desto finsterer wird ihre Miene. Ich mache mir Sorgen, dass mein Gehör wirklich schlecht ist.

»Das war's schon«, sagt Frau Ruthofer.

Enttäuscht stehe ich auf, und wir gehen zurück in den Verkaufsraum. Frau Ruthofer verschwindet noch einmal und kommt mit ein paar Ausdrucken zurück.

»Ihr Audiogramm«, sagt sie und schaut aufs oberste Blatt. »Es zeigt, welche Art von Geräuschen Sie erkannt haben und in welchem Dezibelbereich.«

Neugierig warte ich darauf, dass sie fortfährt. Frau Ruthofers Blick wandert über das Blatt, dann legt sie es stirnrunzelnd beiseite.

»Darf ich Sie etwas fragen?«, sagt sie in einem leicht spitzen Ton.

»Sicher«, antworte ich.

»Leiden Sie unter Tinnitus?«, fragt sie.
Ich schüttle den Kopf.
»Häufiger verstopften Ohren?«
Wieder schüttle ich den Kopf.
»Wie ist es mit Mittelohrentzündungen? Lärmschäden? Otosklerose? Der Menière-Krankheit?«
Ich schüttle zum dritten Mal den Kopf.
»Hat jemand in Ihrer Familie Hörschäden, und machen Sie sich Sorgen, dass sie erblich sein könnten?«
»Nein«, antworte ich. »In meiner Familie haben alle ein gutes Gehör.«
»Haben Sie *überhaupt* irgendwelche Probleme mit dem Gehör?«, schreit Frau Ruthofer beinahe.
»Nein«, sage ich schwach.
»Und warum sind Sie dann hier?«, bricht es aus Frau Ruthofer heraus. »Normalerweise sind es ältere, *viel* ältere Menschen, die einen Hörtest machen.«
Erst antworte ich nicht.
»Der war umsonst … und ich hatte nichts zu tun«, gestehe ich schließlich.
Frau Ruthofer sagt nichts. Dann überreicht sie mir die Blätter mit den Testergebnissen.
»Glückwunsch!«, sagt sie. »Ihr Gehör ist außergewöhnlich gut. Insbesondere links.«
»Wirklich?«, frage ich überrascht.
»Details entnehmen Sie bitte dem Audiogramm!«
Ich nehme die Blätter und versuche, die Zahlen und kleinen Diagramme zu deuten. Dass ich eine akustische Hochbegabung besitze, muss ich erst verarbeiten.
Dann höre ich, wie hinter mir jemand an die Laden-

tür klopft. Frau Ruthofer schließt auf, und eine etwas ältere Frau kommt herein. Unter ihrem Mantel trägt auch sie einen weißen Arztkittel. Sie hat eine Tüte mit einem Sandwich und einen Pago-Apfelsaft in der Hand. Frau Ruthofer berichtet der Kollegin wütend, dass ich einen Hörtest gemacht habe, weil ich gerade nichts Besseres zu tun hatte. Als stünde ich nicht zwei Meter von ihnen entfernt oder wäre taub.

Als ich mich verabschiede und das Geschäft verlasse, antwortet keine der beiden Frauen, aber als Besitzerin eines Supergehörs pfeife ich auf ihre Wut.

8

Man hat mir eine prestigeträchtige Aufgabe übertragen. Ich soll dem Direktor der größten Bank Österreichs, der Bank Austria, Englischunterricht geben. Da er ein viel beschäftigter Mann ist, hat er erst um sieben Uhr abends Zeit. Dass Herr Direktor Kolbinger ein viel beschäftigter Mann ist, erklärt man mir gleich mehrmals. Beim dritten Mal bin ich kurz davor zu sagen, dass ich nicht darum gebeten habe, ihn stören zu dürfen.

Jetzt sitze ich auf einer Bank vor der Oper und warte, dass es sieben Uhr wird. Genau hinter mir liegt der marmorgeschmückte Eingang des Geldinstituts. Der Abend ist lau, und vor mir flanieren massenhaft Touristen, die das Operngebäude oder einen der mit billigen Perücken und samtenen Kniehosen als Mozart verkleideten Konzertkartenverkäufer bewundern. Auf großen Plakaten wird für die abendliche »Zauberflöte« geworben.

Jemand setzt sich neben mich, aber ich beobachte weiter eine Gruppe japanischer Touristen, die sich die Hand vor den Mund halten, kichern und davoneilen, sobald sie von einem der Konzertkartenverkäufer angesprochen werden. Wie ich feststelle, werden die samtenen Kniehosen der Karten-Mozarts am unteren Ende von Sicherheitsnadeln zusammengehalten.

»Wie spät ist es?«, fragt neben mir jemand auf Englisch.

Ich schaue auf die Straßenuhr direkt vor uns.

»Zehn vor sieben«, sage ich und werfe einen Blick auf die Person neben mir.

Er ist riesig. Seine Haare, seine Kleider, sein Bart – alles an ihm ist riesig, aber vor allem sind es seine Augen. Es sind mit Sicherheit die größten Augen, die ich je gesehen habe. Sie sind so dunkelbraun, wie seine Haare und wahrscheinlich auch sein Bart es wären, wären sie nicht so verdreckt. Ich schaue wieder auf die Uhr und spüre, dass die Person neben mir eine weitere Frage stellen wird.

»Wie heißt du?«, fragt er nach einer Weile.

»Julia«, antworte ich.

Jetzt sehe ich, dass er eine verschlissene Laptoptasche auf dem Schoß hat. Seine Nägel sind schmutzig und die Fingerspitzen schmutzig gelb.

»Bist du von hier?«, fragt er.

Noch einmal schaue ich den riesigen Mann – nein, den riesigen Penner – neben mir an und frage mich, ob er mich als Nächstes um Geld anbetteln wird.

»Nein, aus Schweden«, sage ich.

»Puh! Und ich dachte schon, du bist Österreicherin«, sagt er und atmet erleichtert auf.

Über seinen Kommentar muss ich laut lachen. Was ihm ein großes Grinsen entlockt, mit dem er mir ein bisschen näher rückt.

»War nicht so gemeint«, sagt er. »Ich finde die Österreicher nur komisch.«

»Komisch in welcher Hinsicht?«, frage ich.

Der Penner kratzt sich am Bart und denkt nach.

»Irgendwie abweisend. Als gäbe es ein Geheimnis, von dem sie alle wissen, über das sie aber eisern schweigen.«

»Eine Leiche im Keller«, schlage ich vor.

Der Penner nickt heftig.

»Genau! Außerdem hat man den Eindruck, sie sind dauernd schlecht gelaunt. Andererseits haben sie der Welt Arnold Schwarzenegger geschenkt, dafür bin ich bereit, ihnen das meiste zu vergeben.«

Die Uhr zeigt inzwischen fünf vor sieben. Zeit, zu Herrn Direktor Kolbinger zu gehen.

»Bist du Schwarzenegger-Fan?«, frage ich.

Der Blick des Penners wird stählern.

»*You're a funny guy, Sully. I like you. That's why I'm going to kill you last*«, sagt er, Arnold Schwarzenegger gespenstisch perfekt imitierend.

Ich stehe auf und kann nicht anders, ich muss lächeln.

»Mach's gut!«, sage ich.

Der Penner steht auf. Er dürfte fast zwei Meter groß sein.

»Musst du gehen?«

Ich nicke und weiß, dass ich die Füße in Richtung Bank Austria bewegen sollte, aber irgendetwas hält mich am Fleck. Die Uhr zeigt drei Minuten vor sieben, und ich werde definitiv zu spät zu meiner ersten Stunde mit Herrn Direktor Kolbinger kommen.

»Also tscha...«
Der Penner zeigt auf die Bank.
»Am Samstag. Um sieben. Auf der Bank hier«, sagt er.

Dann dreht er sich um und verschwindet in der Menschenmenge.

9

Herr Direktor Kolbinger hat die weißesten Haare, die ich je gesehen habe, und riecht stark nach einem herberen Eau de Cologne. Was sich während der Stunde abspielt, wüsste ich weniger genau zu sagen, weil ich die ganze Zeit an die kurze Begegnung mit dem Penner denken muss. Außerdem wird der Bankdirektor ständig am Telefon verlangt, weshalb wir andauernd unterbrochen werden. Als die fünfundvierzig Minuten vorüber sind, sagt er, seine Sekretärin werde Berlitz kontaktieren, um die nächste Stunde zu vereinbaren. Er schüttelt mir die Hand und schiebt mich fast aus dem Zimmer.

Als ich auf den Platz vor der Oper hinaustrete, schaue ich mich nach allen Seiten um, ob der Penner eventuell zurückgekommen ist. Da ich ihn nicht sehe, mache ich mich auf den Nachhauseweg. Ich gehe zu Fuß, statt die Straßenbahn und dann den Bus zu nehmen. Ich passiere das Schmetterlinghaus, das Naturhistorische Museum und das Volkstheater. Vor dem Museumsquartier verkaufen sie schon geröstete Kartoffelspalten und Kastanien, die immer besser riechen als sie schmecken. An den Bäumen haben sich die ersten Blätter von grün nach hellbraun verfärbt und eingerollt. Ich denke an die letzten Worte des Penners und ärgere mich ein bisschen darüber, dass sie wie ein Befehl geklungen haben.

Am nächsten Abend treffe ich Leonore. Fast fünfundvierzig Minuten lang lasse ich sie von dem Streit erzählen, den sie mit ihrem beigen Mann hatte, als er sie beim Colatrinken erwischte. Coca Cola statt Red Bull Cola geht gar nicht. Ich selbst habe während der fünfundvierzig Minuten überlegt, ob ich das Treffen mit dem Penner erwähnen soll.

»Mich hat gestern ein Penner angemacht«, sage ich. »Auf einer Bank vor der Oper.«

Leonore verzieht das Gesicht.

»Ih«, sagt sie. »Ich hasse so was.«

»Nein, es war anders. Eigentlich ziemlich witzig. Und auf eine komische Art sexy.«

»Worüber habt ihr geredet?«

Ich bereue jetzt schon, dass ich davon angefangen habe.

»Schwarzenegger«, sage ich.

Leonore sieht mich an, als hätte ich auf dem Opernball laut gefurzt.

»Männer tun mir nur noch leid«, murmelt sie.

»Er hat gefragt, ob wir uns wiedersehen können«, lüge ich. »Am Samstag.«

»Du hast doch um Gottes willen nicht Ja gesagt?«

Zum ersten Mal heute Abend habe ich das Gefühl, dass Leonore mich an- und nicht durch mich hindurchschaut.

Ich antworte nicht.

»Und wie lange habt ihr geredet?«, fragt Leonore.

»Genau sieben Minuten.«

Rebecca ist neugieriger. Wir sitzen im Café Central und warten auf unseren Kuchen. Dass wir hier sind, ist Teil unseres Plans, der Reihe nach alle bekannten Kaffeehäuser Wiens zu besuchen. Wir tun so, als ginge es uns um Kulturgeschichte, aber in Wahrheit haben wir nur nach einem Grund gesucht, uns mit Kuchen vollzustopfen.

»War's ein Engländer?«, fragt Rebecca.

»Nein«, sage ich. »Er klang eher amerikanisch.«

»Und sein Name?«

»Nach dem hab ich ihn nicht gefragt.«

Am Nachbartisch hat eine Familie mit zwei Kindern im Teenie-Alter Platz genommen. Der Ober im Frack reicht jedem von ihnen eine in Leder gebundene Speisekarte.

»Man fragt sich natürlich, warum er wohl Penner geworden ist«, sagt Rebecca.

»Oder was er ausgerechnet in Wien macht«, sage ich. »Wien ist sicher nicht der angenehmste Ort für Penner.«

Vor Kurzem sollte die Polizei in einer Säuberungsaktion den Schwedenplatz von Pennern befreien, und die waren tatsächlich über Nacht verschwunden. Es gab Gerüchte, man habe sie in ein kleines Dorf an der ungarischen Grenze gebracht. Auch von Lobotomie, Zwangssterilisation und dem Schlachthof war die Rede.

Der Ober bringt unsere Bestellung, für Rebecca ein Törtchen Schwarzwälder Kirsch, für mich eins mit Himbeermousse, genannt »Himbeere Harmonie«. Für eine ganze Weile sagen wir nichts. Alles, was man von uns hört, ist das Kratzen der Tortengabeln auf den Tellern.

»Und? Hast du vor hinzugehen?«, fragt Rebecca schließlich. »Am Samstag, meine ich.«

»Ich hab mich noch nicht entschieden«, flunkere ich.

Eigentlich habe ich den Entschluss, ihn zu treffen, längst gefasst. Wo ich sowieso nichts anderes vorhabe.

10

Am Samstag um sieben Uhr abends sitze ich wieder auf der Bank.

Als sich ein älteres Paar neben mich setzt, muss es sich einen bösen Blick gefallen lassen. Dann schaue ich ungeduldig nach rechts und links. Eine laute Horde italienischer Schulkids mit identischen blauroten Rucksäcken läuft vorbei. Es folgen eine ältere Dame im gestrickten Nerzmantel, zwei eng umschlungene frisch Verliebte, eine Mutter mit einem kleinen Jungen, der in seinem Buggy schläft, drei Geschäftsleute, die nicht miteinander sprechen, zwei Mädchen, die einander vor dem Opernhaus fotografieren, ein Teenager, der zur U-Bahn rennt, eine große Frau, die sich kleine Stückchen Baguette in den Mund stopft, ein junger Typ mit einem Kontrabass und ein Händchen haltendes Paar. Aber kein Penner.

Zehn Minuten vergehen. Fünfzehn. Und plötzlich geht mir auf, wie weit es mit mir gekommen ist. Wie verzweifelt ich tief im Innern sein muss, dass ich mich schon auf ein Date (oder was auch immer) mit einem Penner gefreut habe – und tatsächlich dachte, er würde kommen! Mit einem Kloß im Hals hole ich mein Handy heraus, um Rebecca anzurufen. Sie wird mich nicht verurteilen, sondern mir sagen, was ich jetzt hören möchte: Dass er eindeutig ein Idiot ist. Dass er nicht weiß, was er verpasst. Dass es noch viele andere Fische im Meer gibt. Dass ich selbstverständlich etwas viel Besseres verdiene. Aber ich schäme mich sogar vor Rebecca.

Jetzt sind schon zwanzig Minuten vergangen.

Da sehe ich ihn. Auf einem viel zu kleinen Fahrrad kommt er mitten durch die Menschenmenge geradelt. Als er mich entdeckt, breitet sich ein großes Lächeln auf seinem Gesicht aus. Die Leute drehen sich nach dem bärtigen Riesen um und starren ihn an. Er bleibt vor mir stehen und lehnt das Fahrrad behutsam gegen den Abfalleimer neben der Bank.

»Du kommst spät«, sage ich.

»Ich hab nicht geglaubt, dass du kommst«, sagt er. »Kobra hat gesagt, dass ich trotzdem hinfahren und nachschauen soll. Und du bist da – wow!«

Ich schaue auf das kleine Fahrrad.

»Ist das deins?«, frage ich.

Der Penner nickt.

»Yep. Und ehrlich gekauft. Fünf Euro hab ich dafür bezahlt.«

»Hast du's von einem Kind?«

»Nein, von einem Mann – einem ziemlich *kleinen* Mann«, sagt der Penner und lacht.

Heute fallen mir Details auf. Er trägt ein langärmliges grünes T-Shirt, einen schmutzigen grauen Pulli, Jeans mit Löchern und als Gürtel eine hellblaue Schnur. Er ist barfuß, und seine Füße sind dunkelbraun vor

Schmutz. An den Händen hat er mehrere Schürfwunden, und die Knöchel der rechten Hand sind mit Narben bedeckt. Er sieht aus, als hätte er sich den Bart gestutzt, aber die Haare sehen noch verfilzter aus und stehen noch mehr vom Kopf ab als letztes Mal. Ganz eindeutig ist das Gesicht unter dem dicht wuchernden Bart schön. Wäre Hagrid aus den Harry-Potter-Filmen jünger und attraktiver gewesen, hätte er wohl so ausgesehen. Allerdings merke ich heute auch, dass ein beißender Gestank von ihm ausgeht.

»Wie heißt du eigentlich?«, frage ich.

»Ben«, antwortet er. »Entschuldige, aber deinen Namen hab ich vergessen.«

»Julia«, sage ich. »Bist du obdachlos?«

»Ja«, antwortet Ben. »Aber ich komme gerade von einem Haus, das wir vielleicht besetzen können. Kobra und die anderen Punks sind immer noch dort.«

»Bist du Punk?«

»Nein, aber gleich am ersten Tag in Wien bin ich in Kobra reingelaufen, und wir haben miteinander geredet. Wir haben eine Flasche Wodka geteilt, und hinterher hat er mich dem Rest der Truppe vorgestellt. Er kommt vielleicht mit, wenn ich nach Berlin weiterziehe.«

»Und wo wohnst du jetzt?«

»In einer Hecke im Stadtpark«, sagt er. »Aber es gibt Gerüchte, dass die Polizei uns von dort vertreiben will.«

Ich bin so fasziniert von Ben und seiner Lebenssituation, dass ich nicht aufhören kann, Fragen zu stellen.

»*Warum* bist du obdachlos?«, frage ich.

Ben kratzt sich nachdenklich am Bart.

»Also ... ich bin in Europa herumgereist ... und dann war irgendwann das Geld alle.«

Ben lacht wieder. Als wäre alles – er und ich und das Leben überhaupt – ein einziger großer Witz.

»Woher kommst du? Ursprünglich?«

»Aus Kanada«, antwortet er. »Warst du mal dort?«

Ich schüttle den Kopf.

»Nein«, sage ich. »Aber ich wollte schon immer mal hin.«

»He, das musst du machen! Es gibt dort keine Kultur, klar, das ist anders als hier. Bei uns leben nur Rednecks. Aber die Berge! Und die Luft! Am Wreck Beach stehen und nur die frische Bergluft einatmen, das ist es. Oder mit dem Pick-up zum Lake Bouleau fahren und dort sitzen und angeln. *Man*, wie mir Kanada fehlt!«

Seine jungenhafte Begeisterung steht in einem solchen Kontrast zu seiner fast erschreckenden Größe, dass ich schmunzeln muss.

11

Während wir reden, gehen wir über die Ringstraße, die den 1. Bezirk umkreist. Unterwegs kaufen wir uns im Billa eine Flasche Rotwein und an einem Imbissstand für jeden eine heiße Wurst. Ich bezahle den Rotwein, Ben kramt für die Würste eine Handvoll Münzen aus der Jeanstasche. Die Alkis, die vor dem Imbissstand herumhängen, sehen interessiert zu, wie er das Geld auf die Theke zählt. Als sich herausstellt, dass es reicht, sehen sie aus, als würden sie ihm am liebsten auf die Schulter klopfen.

»Wie alt bist du?«, frage ich vor dem ersten Biss in die Wurst.

»Vierundzwanzig«, antwortet Ben.

»Was?« Ich schaue ihn an.

»Vierundzwanzig«, wiederholt er.

»Bist … bist du dir da ganz sicher?«, stammle ich. »Ich dachte, du wärst älter.«

»Der Bart«, sagt er und zeigt mit dem Finger darauf. »Und du?«

»Fast drei… neunundzwanzig«, antworte ich.

Ben schläft nicht nur in einer Hecke im Stadtpark, er ist außerdem noch ein Kind.

»Wie groß bist du?«, frage ich.

»So eins fünfundneunzig.«

»Erklär's mir noch mal, wie du obdachlos geworden bist«, sage ich. »Ich kann's mir so schwer vorstellen. Ich meine, ich verstehe, dass gewisse Leute obdachlos werden, aber doch nicht jemand wie du.«

Für eine Weile bleibt Ben stumm.

»Obdachlos zu sein ist kein Problem«, sagt er schließlich. »Was ist dabei, wenn man genau da schläft, wo man möchte? Es ist gut. Du siehst eine schöne Wiese und legst dich einfach hin.«

»Aber im Winter?«

»Da findet sich irgendein leer stehendes Haus.«

»Aber hast du nie Angst?«

»Wovor denn?«, fragt Ben lächelnd. »Dass jemand mir meinen löchrigen Pulli klaut?«

»Heißt das, du willst dein ganzes Leben so leben?«

»Warum nicht?«, sagt Ben und zuckt mit den Achseln. »Jetzt gerade kann ich nicht klagen, obwohl das beste Land für Obdachlose immer noch die Schweiz ist. Als ich mit The English in Genf war, hab ich in unterschiedlichen Herbergen drei fantastische Mahlzeiten am Tag gegessen.«

Wenn ich es richtig verstehe, ist The English ein verrückter Schotte, den Ben in Spanien getroffen hat und mit dem er nach Frankreich und in die Schweiz gezogen ist. In Genf merkten sie, dass sie genug voneinander hatten und trennten sich auf die pragmatische Art, zu der nur Männer fähig sind.

»Und wie kannst du's dir leisten, von Land zu Land zu reisen?«

Ben reckt den Daumen in die Luft.

»Per Anhalter«, antwortet er. »Klar, manchmal latschst du bei fünfunddreißig Grad im Schatten durch Industriegebiete oder andere hässliche Gegenden, und kein einziges Auto kommt vorbei, aber das gehört dazu. Geld verdiene ich mit schlechtem Singen oder indem ich mich auf die Straße stelle und Witze erzähle.«

»Damit kann man Geld verdienen?«, frage ich.

»Ich ja«, sagt Ben und lächelt. »The English und ich hatten eine Menge Sachen drauf, auf die die Leute abgefahren sind. Einmal hat uns ein Typ sogar Geld in die Schachtel geworfen, obwohl wir nur dagehockt und uns ausgeruht haben. Aber wir haben's ihm zurückgegeben. Ich bin kein Bettler.«

»Und du schläfst ehrlich gern in einer Hecke?«, frage ich und komme mir schon selbst penetrant vor.

»Sie ist cool!«, sagt Ben. »Es gibt Platz für zwei, und man kann von draußen nicht reinsehen.«

»Aber eine *Hecke*? Würdest du nicht lieber in einem Zimmer schlafen? Auf einer Matratze?«

Ben kratzt sich wieder am Bart. Ich nehme den letzten Schluck aus der Weinflasche, bevor ich sie in einen Abfalleimer werfe.

»Sicher … manchmal …«, sagt er. »Besonders jetzt, wo es abends wieder kalt wird. Darum muss ich auch bald irgendeine Abbruchbude finden.«

Er nimmt meine Hand, und wir gehen weiter. Seine Hand ist so groß, dass sie meine fast verschlingt, und ich merke, wie mein Herz schneller schlägt. Unter dem ganzen Schmutz ist Ben wirklich einer der schönsten Männer, denen ich je begegnet bin, und er besitzt ein erstaunliches Maß an Selbstsicherheit, Stolz und Humor. Seine Nähe lässt warme, pulsierende Stöße durch meinen Körper schießen, und plötzlich weiß ich, dass ich ihn küssen und mit ihm schlafen werde. Mein einziges Problem ist, dass mir von dem Gestank, der von ihm ausgeht, fast schlecht wird.

»Warum trägst du keine Schuhe?«, frage ich. »Tut es nicht weh, die ganze Zeit barfuß herumzulaufen?«

»In Spanien hatte ich plötzlich Löcher drin«, sagt Ben. »Ich wollte sie mit Isolierband reparieren, und als es nicht ging, hab ich sie ins Meer geschmissen. Dass man in Spanien keine Schuhe in Größe 47 bekommt, weil die Spanier alle Zwerge sind, hab ich erst später rausgekriegt. Also bin ich barfuß gegangen. In Frankreich war's auch nicht viel besser, und bis ich in die Schweiz gekommen bin, hatte ich mich ans Barfußgehen gewöhnt. – Du solltest die Schwielen unter meinen Füßen sehen! Soll ich sie dir zeigen?«

»Nein, danke!«, sage ich.

»Und was machst *du* so?«, fragt Ben.

»Ich unterrichte Englisch an der Berlitz-Schule«, antworte ich. »Eigentlich will ich Schriftstellerin werden, aber leider sind alle Geschichten, die mir einfallen, schon geschrieben. Scheint so, als wäre mein unterbewusstes Gedächtnis für anderer Leute Einfälle besser entwickelt als meine eigene Fantasie. Gestern zum Beispiel hatte ich die Wahnsinnsidee für eine Geschichte von einem riesigen weißen Hai, der eine kleine Küstenstadt terrorisiert. Ich war vollkommen aus dem Häuschen, bis mir aufging, dass das haargenau ›Der weiße Hai‹ ist.«

»Eines Tages *wirst* du Schriftstellerin«, sagt Ben. »Manchmal brauchen Dinge einfach ihre Zeit.«

»Ich wollte, ich wäre mir da auch so sicher«, sage ich.

»Vielleicht solltest du über etwas schreiben, das mit deinem eigenen Leben zu tun hat«, schlägt er vor.

»Das Leben als Englischlehrerin ist leider nicht so richtig spannend«, sage ich. »Obwohl, da war mal eine Schülerin, die nur weiße Sachen wie Reis und Joghurt zu sich genommen hat, das war schon ziemlich komisch. Und einmal wollte mich ein Schüler nicht mehr als Lehrerin, weil ich ihm erzählt hatte, dass jedes Mal, wenn er *informations* sagt, ein Hundewelpe stirbt, und wenn er *peoples* sagt, ein Kätzchen. Er hat Tiere echt geliebt.«

»Und wie bist du ausgerechnet in Wien gelandet?«, fragt Ben.

»Wegen … da war ein Typ«, murmle ich. »Matthias. Aus Wien …«

»Ich hasse ihn jetzt schon«, sagt Ben.

»Als wir Schluss gemacht haben, bin ich erst mal geblieben, und jetzt wohne ich schon fast fünf Jahre hier und teile mein Leben mit Optimus.«

Inzwischen kommen wir zum zweiten, vielleicht auch schon zum dritten Mal an der Hofburg vorbei. Auf der großen Uhr sehe ich, dass wir schon fast drei Stunden unterwegs sind. Ben scheint über etwas nachzudenken.

»Und wie lange bist du schon mit diesem Optimus zusammen?«, fragt er schließlich.

»Erst seit ein paar Wochen«, antworte ich. »Aber ich glaube, er will Schluss machen. Er hat Autoaggressionsschübe, bei denen er die Krallen ausfährt und das Sofa zerfetzt.«

Ben lächelt.

»Puh! Gott sei Dank nur ein Kater!«, stöhnt er. »Optimus – ich dachte schon, du lebst mit einem von den Hells Angels zusammen. Die haben doch manchmal solche Namen, oder? The Hammer oder Apache. Ich hab mir schon überlegt, wie ich ihm am besten eine Abreibung verpasse.«

Er zerquetscht mir fast die Hand.

»Keine Angst«, beruhige ich ihn. »Mein Hells-Angels-Boyfriend kommt vor 2028 nicht frei. Bei Dreifachmördern verstehen die keinen Spaß.«

Plötzlich bleibt Ben abrupt stehen. Er stellt sich mir in den Weg und nimmt mein Gesicht in beide Hände. Obwohl ich gar nicht so klein bin, muss ich mich auf die Zehenspitzen stellen, um ihn zu küssen. Aber eine Sekunde bevor es passiert, muss ich das Gesicht zur Seite drehen und einen Schritt zurücktreten, weil der Gestank, der von ihm ausgeht, nicht auszuhalten ist.

»War's dir zu schnell?«, fragt er besorgt.

Ich nicke.

»Du hast meine sizilianische Verwandtschaft noch nicht um Erlaubnis gefragt«, sage ich. »Nein, ganz ehrlich, könntest du duschen und irgendwo deine Kleider waschen, bevor wir uns das nächste Mal treffen?«

»Oh nein, stinke ich etwa?«

Ich nicke, und Ben muss schrecklich lachen.

»Und das findest du nicht erotisch und maskulin?«

Ich schüttle den Kopf.

»Außerdem sollte ich jetzt nach Hause gehen«, sage ich.

»Nein«, bittet Ben und nimmt meine Hand.

»Doch«, sage ich.

Ich sage ihm nicht, dass mir die Füße wehtun. Auch nicht, dass ich mit ihm in den vergangenen Stunden mehr Spaß gehabt habe, als ich mir je hätte vorstellen können. Ich muss erst nach Hause und in Ruhe über alles nachdenken.

»Du willst nicht mit in meine Hecke kommen?«, fragt er lächelnd. »Ich hab extra einen Fußboden aus Pappkartons ausgelegt.«

»Aus Pappkartons?«

»Und einer Abdeckplane. Ich hab sie in einem Gartenlokal geklaut.«

»Ein Fußboden aus Pappkartons *und* einer Plane?« Ich schüttle den Kopf. »Ich muss verrückt sein, dass ich so ein Angebot nicht annehme, aber vielleicht ein andermal. Jetzt solltest du zur Oper zurückgehen und dein Fahrrad holen, bevor es noch jemand klaut!«

Ben nimmt wieder meine Hand.

»Was machst du morgen?«, fragt er. »Können wir uns sehen?«

»Ich muss mich da um was kümmern«, sage ich.

Ben sieht enttäuscht aus.

»Du hast wirklich gar keine Zeit?«, fragt er. »Bitte, bitte, bitte!«

»Tut mir leid«, sage ich und schüttle den Kopf.

»Dann muss ich dich wohl oder übel entführen«, sagt Ben und packt mich.

Er legt mich über die Schulter und rennt lachend los. Ich trete mit den Beinen und haue ihn, so fest es nur geht, mit den Fäusten, bis er mich endlich absetzt. Mein Gesicht muss puterrot sein, und mein Herz pocht wie wild.

»Hör auf!«, sage ich und stoße ihn weg. »Frauen mögen es nicht, hochgehoben zu werden! Und wenn doch, sind sie Primaballerina beim Kirow-Ballett und wiegen fünfundzwanzig Kilo! Mach das *nie wieder!*«

»Was magst du dann?«, fragt er.

»Nebeneinander hergehen«, sage ich. »Gleich neben gleich.«

»Okay, entschuldige!«, sagt er. »Wann bist du am Montag fertig mit dem Unterricht?«

»Um fünf«, sage ich.

»Und es ist die Berlitz-Schule an der Mariahilfer Straße? Der großen Einkaufsstraße?«

Ich nicke.

»Dann werde ich dort sein«, sagt er.

»Es ist einfacher, wenn wir uns vorm Starbucks treffen, ein Stück weiter die Straße runter an der Ecke«, sage ich schnell. »Als Treffpunkt ist das besser.«

»Okay«, sagt Ben.

Noch einmal lehnt er sich nach vorn, um mich zu küssen, und ich kneife die Nasenlöcher zu und lehne mich ihm mit gespitzten Lippen entgegen. Aber in letzter Sekunde weht mich sein *Eau de Clochard* – eine erdig-fruchtige Mischung aus Schweiß und Müll – an, und ich muss mich abwenden.

»Entschuldige! Ich kann's einfach nicht.«

»Okay«, sagt Ben. »Ich verspreche, dass ich nächstes Mal nicht stinke.«

Als ich vielleicht zwanzig Meter gegangen bin, höre ich ihn nach mir rufen. Ein Mann mit Hut, der nicht weit entfernt einen kleinen Hund Gassi führt, dreht sich mit mir um.

»Wir werden heiraten und Kinder haben!«, schreit Ben.

Ich starre auf die riesenhafte Gestalt, die ich nur noch als Silhouette erkennen kann.

»Nur damit du Bescheid weißt!«, fährt er fort.

Dann dreht er sich um und geht in die entgegengesetzte Richtung davon. Der Mann mit Hut und Hund murmelt irgendetwas Unverständliches, bevor er sich, ein Plastiktütchen über der Hand, bückt. Ich schaue weiter dem stinkenden Vierundzwanzigjährigen mit den vor Schmutz starrenden nackten Füßen hinterher und frage mich, ob wir uns jemals wiedersehen werden.

12

Am nächsten Tag, einem Sonntag, schaue ich aus dem Schlafzimmerfenster. Wenn ich mich in meine Decke gewickelt aufsetze, fällt mein Blick in den Innenhof, wo eine riesige Eiche wächst. Da außer einer alten Frau, die im zweiten Stock ihr Bettzeug auslüftet, kein Mensch zu sehen ist, starre ich lange auf die Eiche. Dann rufe ich Rebecca an, um zu hören, was sie gerade macht.

»Ich bin unterwegs zum Heldenplatz«, sagt sie. »Jakob läuft einen Marathon.«

Um sie herum sind Stimmen zu hören.

»Ich wusste gar nicht, dass er läuft«, sage ich.

»Er hat gerade damit angefangen. Er macht sich Sorgen, dass er langsam alt wird.« Irgendwo in ihrer Nähe hört man eine Vuvuzela tröten. »Gestern ist er schon mal fünf Kilometer gelaufen.«

»Na dann«, sage ich. »Es heißt ja, nach den ersten fünf Kilometern seien die nächsten siebenunddreißig ein Klacks.«

»Moment, da ruft noch jemand an!«, sagt Rebecca.

Nach einer Minute ruft sie mich wieder zurück.

»Jakob ist zweihundert Meter nach dem Start zusammengebrochen«, sagt sie atemlos. »Ich muss so schnell wie möglich zum Start an der UNO-City, um ihn abzuholen.«

»Ist er okay?«, frage ich.

»Ihm war auf einmal schwindlig, jetzt sagen sie, er darf nicht weiterlaufen.«

»Seine dünnen Jesusbeinchen sind nun mal mehr fürs Geigenbauen als fürs Marathonlaufen gemacht«, sage ich. »Soll ich mitkommen? Dann können wir so tun, als wärst du Maria und ich Maria Magdalena.«

»Nein, schon okay. Außerdem würde das bedeuten, dass ich Sex mit meinem eigenen Sohn habe – also bitte!«, sagt Rebecca. »Wir sehen uns in der Schule.«

»Alles klar«, sage ich. »Hoffentlich ist er okay.«

Kurz frage ich mich, ob ich Leonore anrufen soll, aber beim Gedanken, dass wir einander nur benutzen, damit wir nicht allein ausgehen müssen, obwohl wir uns nicht besonders mögen, lasse ich die Idee fallen. Ich sehe mich in der Wohnung um und hasse plötzlich nicht nur meine Einsamkeit, sondern auch mich selbst, weil ich sie mir selbst ausgesucht habe. Ich springe auf, ziehe sämtliche Bücher aus den Regalen und zwinge mich, sie nacheinander erst nach Größe, dann nach Farbe und zum Schluss chronologisch zu sortieren. Nach anderthalb Stunden präzisesten Ordnens bin ich hellauf begeistert, Kate Atkinsons ›Started Early, Took My Dog‹ neben Cormac McCarthys ›No Country for Old Men‹ und Ian McEwans ›Atonement‹ neben Paul Scotts ›The Juwel in the Crown‹ stehen zu sehen.

Als alle Bücher einsortiert sind, setze ich mich aufs Sofa und schaue sie mir lange an. Optimus springt hoch und legt sich neben mich. Ich kraule ihm den Bauch, und er hakelt nach mir, bis aus dem spielerischen Geplänkel eine kleine Rauferei wird. Optimus reißt die Augen auf, während er abwechselnd meinen Arm ableckt, ihn zerkratzt oder zerbeißt. Als er sich mit einem Satz davonmacht, ist mein Unterarm so schlimm zugerichtet, dass er an mehreren Stellen blutet und auf dem Sofa rote Flecken zu sehen sind.

»Ich weiß, dass du es nur tust, weil du mich liebst«, sage ich zu Optimus, der auf die Fensterbank gesprungen ist und sich den Rücken ableckt.

Während ich meinen blutigen Unterarm betrachte, beschließe ich, etwas mit Ben anzufangen. Ich werde mich trauen, mein Leben zu ändern und neue Erfahrungen zu machen. Werde zur Abwechslung mal weniger ausgetretene Pfade beschreiten. Oder konkret: es mit einem weniger gewaschenen Mann versuchen. Ich habe ein bisschen Sex und Liebe verdient. Und Ben will sowieso bald weiter nach Berlin.

13

An der Tafel fällt mir plötzlich nicht mehr ein, wie man *house* schreibt. Ich sende Notsignale an mein inneres englisches Wörterbuch, aber ich höre nichts als Leere und mein eigenes unerwidertes Echo. In Panik starre ich auf die Worte, die schon an der Tafel stehen:
Anna lives in a big
Bettina, Steffi und Hans sehen mich an. Im Klassenzimmer neben uns müssen Claire und ihre Schüler über irgendetwas lachen. Mein grüner Filzstift schwebt weiter ein paar Zentimeter von der weißen Tafel entfernt, während ich wie festgefroren dastehe. *Haus? Houz?* Anna, wo wohnst du? Einer plötzlichen Eingebung folgend, wende ich mich meinen Schülern zu.

»Kann jemand *house* buchstabieren?«, bricht es mit einem Lächeln aus mir heraus.

Hans hebt langsam die Hand, und ich gebe ihm den Stift. Während er an die Tafel geht, setze ich mich auf einen der Stühle und werfe einen schnellen Blick zu Bettina und Steffi hin. Haben sie gemerkt, wie komisch ich mich heute benehme? Dass ich nicht einmal die Hälfte der Fehler korrigiere, die sie machen, und dass Hans gern *christ* statt *christian* sagen darf, weil es mir schnurzegal ist? Dass der ganze Tag ein einziges Heruntzählen bis fünf Uhr ist, weil ich da Ben wiedersehen werde?

»*I am afraid of dogs*«, liest Steffi langsam aus dem Lehrbuch vor.

»Ich bin erfreut von Hunden«, übersetzt Hans leise für sich und nickt dabei.

»Nicht doch, das heißt ...«, sage ich und verstumme, weil ich plötzlich ahne – nein, weiß, dass Ben vergessen wird, dass ich den Starbucks als Treffpunkt vorgeschlagen habe. Er wird vor der Schule auf mich warten, und alle werden ihn sehen. Als es um fünf vor fünf klingelt, bin ich die Erste, die aus dem Raum stürzt. Es fehlt nicht viel, und ich würde Bettina aus dem Weg schubsen, weil sie trödelt. Erst renne ich zur Toilette, um zu pinkeln, dann haste ich die Treppe hinunter. *Lass ihn nicht vor der Schule stehen! Lass ihn nicht vor der Schule stehen! Lass ihn nicht vor der Schule stehen!* Als ich auf die Straße hinaustrete, sehe ich ihn sofort. Er steht ein paar Meter entfernt an einen Baum gelehnt und raucht. Mit einem angestrengten Lächeln gehe ich zu ihm hin.

»Hallo«, sage ich.

»Hallo«, sagt Ben und wirft lächelnd die selbst gedrehte Zigarette weg.

»Wollten wir uns nicht vorm Starbucks treffen?«, frage ich.

»Vorm Starbucks? – Ich dachte, um fünf vor der Schule.«

»Nein«, sage ich.

Zu meiner Erleichterung stinkt er wenigstens nicht,

vielleicht, weil es heute kälter ist. Er hat auch andere Kleider an. Dieselben Jeans, aber dazu einen bauschigen Kapuzenpulli, der irgendwann einmal dunkelblau gewesen sein muss. Er geht immer noch barfuß.

»Ich konnte in einer Unterkunft duschen, aber nicht meine Klamotten waschen«, sagt Ben. »Zum Glück hab ich ganz unten im Schrank noch welche gefunden, die, glaub ich, nicht so schlimm stinken.«

Stolz dreht er sich einmal im Kreis, um mir sein neues Outfit vorzuführen.

»Im Schrank?«, frage ich.

»Eine große Plastiktüte«, antwortet Ben. »Ich versteck sie in einer anderen Hecke. Ein Wunder, dass sie noch niemand geklaut hat. – Du siehst klasse aus.«

»Danke«, sage ich und schiele zur Eingangstür, aus der gerade Steffi herauskommt.

Sie zündet sich eilig eine Zigarette an und geht in die andere Richtung davon. Ein paar Sekunden später kommt Bettina. Sie spricht in ihr Handy, holt eine Packung Zigaretten aus der Handtasche und schaut dabei neugierig zu uns her.

»Ich hab den ganzen Tag an dich gedacht«, sagt Ben und lächelt breit.

»Lass uns gehen!«, sage ich schnell.

Wir gehen in den 1. Bezirk und kaufen etwas zu essen und ein paar Dosen Bier, dann setzen wir uns auf eine Bank im Volksgarten. Die Rosen dort sind schon fast alle verwelkt. Nur ein einziger Rosenbusch trägt noch Blüten mit welken weißen Blättern. Ich packe das Essen aus und lege es zwischen uns. Ben öffnet eine der Dosen Ottakringer und trinkt sie in einem Zug aus.

»Trinkst du viel?«, frage ich.

Zum ersten Mal sehe ich ihn verlegen.

»Alle Obdachlosen trinken«, antwortet er schließlich in einem Ton, als verstünde es sich von selbst. »Sonst kann man nicht schlafen. Man kann die Nacht nur draußen verbringen, wenn man sich volllaufen lässt. Man spürt dann nicht mehr, wie kalt es ist.«

Ich schaue zu den weißen Rosen und denke an unsere verschiedenen Welten. Die Welt von Ben, in der man sich betrinken muss, damit man die Nacht überlebt, und meine, in der die großen Tragödien darin bestehen, dass der Kopierer im Lehrerzimmer kaputt ist und Ken sich meine Lieblingstasse gegriffen hat.

»Wie lange schläfst du schon draußen?«, frage ich.

»Ungefähr ein Jahr«, antwortet Ben und öffnet eine neue Dose Bier.

Ich scheine hier die Einzige zu sein, die an Brot, Käse, Salami und Oliven interessiert ist.

»Und was hast du vorher gemacht?«

»Eine Zeit lang hab ich einen Abschleppwagen gefahren. In Kanada, meine ich. Und als Möbelpacker gearbeitet. Einen Sommer lang hab ich Regenwürmer gesammelt.«

»Regenwürmer gesammelt? Ich wusste nicht mal, dass es so einen Job gibt.«

Ben nickt.

»In Kanada sind Regenwürmer ein Riesengeschäft. Das Sammeln ist allerdings illegal, darum nehmen sie dafür auch nur Pakistanis oder Vietnamesen oder so verzweifelte Typen wie mich.«

»Und *wie* sammelt man Regenwürmer?«

Ben zeigt auf seine Beine.

»Man bindet sich zwei Eimer an die Beine, einen für die Würmer und einen voll Sand. Damit geht man die ganze Nacht halb in der Hocke über die Felder. Der Sand ist für die Hände, damit man die Würmer gut packen kann, nur muss man höllisch aufpassen, dass man sie am Stück kriegt und nicht zerreißt. In manchen Nächten fängst du keinen einzigen Wurm und manchmal Tausende, besonders in der Paarungszeit.«

»Das klingt ja furchtbar«, sage ich.

»Das war's auch«, sagt Ben. »Ich hatte Scheißjobs, dass mir oft nur noch zum Heulen war. Als Möbelpacker zum Beispiel, da schleppst du für ein paar lächerliche Dollar vollgepisste Matratzen durch die Gegend. Da ist mein Leben jetzt hundertmal besser. – Und was ist der schlimmste Job, den *du* je gehabt hast?«

Ich denke nach.

»Die meisten Jobs waren nur schlimm, weil sie so langweilig waren«, sage ich. »Aber einmal hab ich als Assistentin für einen Architekten gearbeitet, dem ein Teil des Gehirns gefehlt hat. Er hatte ein Flugzeugunglück überlebt, und seine Stirn war an der Stelle, wo drunter nichts mehr war, ein Stück eingedellt. Die Arbeit bei ihm war deshalb so schlimm, weil es so schwer war, nicht auf seine Stirn zu glotzen, wenn er mit dir geredet hat. Also hab ich immer auf das Einstecktuch in seiner Brusttasche gestarrt, und wahrscheinlich war das der Grund, warum er mir am Ende gekündigt hat.«

»Und sonst war er normal?«, fragt Ben. »Obwohl ihm ein Stück Gehirn gefehlt hat?«

»Ich glaub schon«, sage ich. »Er war manchmal ziemlich fies, und alle Bleistifte mussten immer super gespitzt sein, aber das ist vielleicht auch typisch Architekt.«

»Ich muss *sofort* einen Wolkenkratzer zeichnen!«, sagt Ben aufgeregt. »Ein Scheich aus Dubai möchte einen Wolkenkratzer, der wie ein Riesenpimmel aussieht!«

»Oh nein! Und ausgerechnet jetzt sind die Bleistifte nicht gespitzt!«, sage ich genauso aufgeregt. »Mit meiner Architektenkarriere ist es aus!«

»Du Null von einer Assistentin!«, schimpft Ben. »Es ist alles deine Schuld! Wenn ich eine Stirn hätte, würde ich dir den Vogel zeigen, aber nicht mal die hab ich noch!«

Wir lächeln einander an.

»So gesehen, ist die Berlitz-Schule gar nicht so schlimm«, sage ich. »Was machen eigentlich deine Eltern?«

Ben trinkt einen Schluck Bier, bevor er antwortet.

»Meine Mutter arbeitet als Putzfrau, und mein Vater war Maurer. Dann kriegte er Probleme mit den Halswirbeln, und jetzt hockt er nur noch vor dem Fernseher.«

»Hast du Geschwister?«

Ben schüttelt den Kopf.

»Nur einen Cousin«, sagt er. »Der ist gestorben.«
»Was ist passiert?«
Ben zuckt mit den Achseln.
»Hat sich mit den falschen Leuten in Vancouver eingelassen, und das war's.«

Wir schweigen eine Weile, und ich muss wieder an unsere verschiedenen Welten denken.

Im Bekanntenkreis von Rebecca und mir sind die falschen Leute die, die längst erwachsen sind, aber immer noch erzählen, dass sie am liebsten mit ihrer Clique abhängen.

»Erzähl mal von den Typen, die du so triffst«, sage ich und lächle. »Seit du obdachlos bist, meine ich.«

Auf Bens Gesicht breitet sich ein großes Grinsen aus.

»Swiffer! In Amsterdam gab's einen Albaner, den alle nur ›Swiffer‹ nannten. Der totale Junkie, aber bestimmt der einzige auf der Welt, der für sein Leben gern geputzt hat. Die Leute brauchten ihn nur zu sich nach Hause einzuladen, und er hat die ganze Nacht gescheuert und gewienert und sich zwischendurch seine *lines* reingezogen.«

Hinter uns auf der Ringstraße bimmelt eine Straßenbahn, und Ben nimmt endlich ein Stück Brot und etwas Käse und fängt an zu essen.

»Dann gab's einen Serben, Drago, den haben wir ›Drago & Gabbana‹ genannt, weil er nur Designerklamotten geklaut hat. Er ist in die Boutiquen gegangen, hat die Sachen unter seine eigenen angezogen, hat sie mitgehen lassen und sie dann verkauft. War aber kein lustiger Typ und hat Leute verprügelt, nur weil sie ihn angeblich komisch angeschaut haben. Allerdings lebst du als Obdachloser auch verdammt gefährlich. Als ich in Genf war, haben Jugendliche einen mit Benzin übergossen und angezündet, bloß weil er auf der Straße gelegen und geschlafen hat. Jetzt hat er kein Gesicht mehr und ist blind.«

Danach sagen wir beide lange nichts.

»Ich weiß echt, wie man Frauen verführt, stimmt's?«, fängt Ben irgendwann wieder an.

»Noch eine Geschichte über putzende albanische Junkies oder Leute, die abgefackelt werden, und ich bin für immer dein«, sage ich und lächle.

»Du bist im Ernst meine erste Freundin«, sagt Ben. »Meine erste und meine letzte.«

Fast verschlucke ich mich an einer Olive.

»Du hast noch nie eine Freundin gehabt?«

Ben schüttelt den Kopf.

»Klar hab ich mich mit Mädchen getroffen, aber ich hab nie den Sinn von festen Beziehungen verstanden. Nur die Mädchen dachten immer, dass ich meine Meinung ändere, wenn wir miteinander ins Bett gehen. – Und wie viele Boyfriends hast du gehabt?«

»Ziemlich viele«, sage ich. »Obwohl mir im Nachhinein klar ist, dass die meisten Idioten waren. – Du hast ehrlich noch nie eine feste Freundin gehabt?«

Ben sieht mich an und zuckt mit den Achseln.

»Ich war mir immer sicher, dass ich's wissen werde, wenn ich die Richtige gefunden habe«, sagt er und nimmt noch ein Stück Brot. »Und jetzt ist es so weit.

Ich hab dich lange beobachtet, wie du auf der Bank vor der Oper gesessen hast, und ich wusste auf der Stelle, dass du meine Frau und die Mutter meiner Kinder wirst.«

»Du hast mich nur auf der Bank sitzen sehen und all das gewusst?«, frage ich.

Ben nickt.

»Meine Mutter kann hellsehen«, sagt er. »Das hab ich bestimmt von ihr. Bevor was Schlechtes passiert, träumt sie immer von Hunden, und je nachdem, wie die sich benehmen, weiß sie Bescheid. Ich hab dich angesehen, und du warst so schön, da war mir alles klar.«

Hinter uns bimmelt wieder die Straßenbahn. Mein Körper fühlt sich plötzlich fiebrig an, und mein Unterleib glüht.

»Komm!«, sage ich.

14

Sobald wir in meiner Wohnung sind, haben wir Sex. Fast fangen wir schon auf dem Flurboden an, aber es gelingt mir, Ben in Richtung Schlafzimmer zu dirigieren. Wir küssen uns, während wir uns gegenseitig die Kleider herunterreißen. Optimus, der auf dem Bett gelegen und geschlafen hat, schießt so schnell aus dem Zimmer, dass er den Halt verliert und mit einem gewaltigen Rums gegen den Türrahmen schlittert.

»Du bist so verdammt sexy«, murmelt Ben und küsst mir den Hals.

Der Sex wird wild und schwindelerregend und vollkommen anders, als ich es bis dahin gekannt habe. Ich fühle mich scheu und verwegen zugleich.

»Ich bin verrückt nach dir, weißt du das«, sagt Ben. »Du machst mich ganz wirr im Kopf. Gestern hab ich so viel über dich geredet, dass Kobra mir irgendwann den Mund verboten hat.«

»Ich hab noch nie jemanden wie dich getroffen«, sage ich ehrlich.

Ben drückt mich so fest an sich, dass es fast wehtut.

»*Come with me if you want to live*«, flüstert Ben mir mit österreichischem Akzent und tiefer Stimme ins Ohr.

»Wieder Arnold?«

»›Terminator 2‹.«

»Bist du sicher, dass es nicht Schwarzenegger ist, in den du verliebt bist?«

»Wie kann man in den Mann *nicht* verliebt sein?«, fragt Ben mit gespielter Verwunderung. »Hast du noch nie sein Lächeln gesehen?«

»Wenn du duschen willst, kannst du's gern tun«, sage ich.

Als Ben aufsteht, sehe ich zum ersten Mal seinen ganzen nackten Körper. Er ist dünn. Es müssen die übereinander getragenen Kleider gewesen sein, die mich getäuscht haben. Er ist nicht so breit und schwer, wie ich dachte. Die Hüftknochen und Schlüsselbeine stehen ab, wie sie es besser nicht sollten, und man kann das Schambein erkennen. Er hat keine Haare auf der Brust, und jetzt sehe ich auch, dass er keinerlei Tätowierungen am Körper hat, obwohl ich mir sicher war, dass er der Typ ist, der sich von Kopf bis Fuß mit Tinte verzieren lässt. Zusammen gehen wir in die Küche.

»Shampoo, Spülung und Duschgel gibt's in der Dusche«, sage ich.

»Hast du zufällig eine Schere, mit der ich mir den Bart schneiden kann?«

»Im Badezimmerschrank.«

Ich höre, wie Ben das Wasser aufdreht und zwischen den Flaschen sucht, die in der Dusche auf dem Boden stehen.

»Ich werde wie ein kleines Mädchen duften«, ruft Ben und lacht.

Während er duscht, mache ich belegte Brote und schenke uns Rotwein ein. Dann werfe ich seine Kleider in die Waschmaschine, und während ich auf ihn warte, schaue ich fern und versuche, Optimus hinter dem Sofa vorzulocken. Mir fällt auf, dass Bens Hüftknochen kleine hellblaue Flecken auf den Innenseiten meiner Oberschenkel hinterlassen haben. Vorsichtig streiche ich mit den Fingern darüber.

»Ist das hier ein Einschweißgerät?«, höre ich ihn aus der Küche rufen.

Dann kommt er. Er trägt meine graue Jogginghose und ein Handtuch um die Schultern. Wasser tropft aus seinen Haaren, und er hat sich nicht nur den Bart geschnitten – er hat sich rasiert.

»Wow!«, ist das Einzige, was ich herausbekomme.

Zum ersten Mal kann ich wirklich sein Gesicht sehen. Seine Lippen sind größer und seine Wangen eingefallener, als ich gedacht hätte. Ein bisschen verlegen streicht er sich über die Wangen.

»Ich fühl mich so nackt«, sagt er. »Wie ein neugeborenes Baby.«

»Ein neugeborenes Baby, das unglaublich sexy ist, in dem Fall«, sage ich und füge schnell hinzu: »Das ist natürlich nicht pädophil gemeint, sondern ... okay, war wohl das falsche Bild. Du siehst jedenfalls sexy aus.«

Ben wirft sich über mich und knabbert an meinem Hals. Aus seinen Haaren fallen mir Wassertropfen ins Gesicht, und alles endet damit, dass wir wieder Sex haben, diesmal auf dem Sofa.

15

Claires Abschiedsparty in einer der Szenekneipen im Museumsquartier ist für mich der Inbegriff all dessen, was ich am Erwachsensein hasse. Die Berlitz-Truppe sitzt etwas steif um drei wackelige Metalltische, und allen ist bewusst, dass wir nur hier sind, weil wir fürchten, sonst könnte auch auf unsere eigene Abschiedsparty niemand kommen.

»Auf Claire!«, sagt Dagmar und hebt ihr Glas Mineralwasser.

»Auf Claire!«, wiederholen wir und heben unsere Gläser.

Auch Claire hebt ihr Glas, aber sie trinkt nicht. Vielleicht hat es mit der kleinen orangefarbenen L'Occitane-Tüte zu tun, die neben ihren Füßen steht und in der sich unser Abschiedsgeschenk befindet, für das wir nachmittags noch schnell das Geld zusammengekratzt haben. Das L'Occitane-Geschäft liegt direkt neben der Schule.

»Warum gibst du deinen Lehrerjob auf?«, fragt Randalls bulgarische Freundin, die wir alle zum ersten Mal sehen. Sie ist zudem die Einzige, die nicht bei Berlitz unterrichtet, was eine unschöne gruppendynamische Unwucht zur Folge hat. Schlimmer ist nur, dass Dagmar, die Leiterin unserer Schule, auch aufgetaucht ist.

»Ich werde wieder studieren«, sagt Claire. »In London.«

»Scheißstudentin«, sagt Sarah in einem Ton, der kaum noch als scherzhaft zu verstehen ist.

Alle lachen höflich.

»Danke, Sarah!«, sagt Claire.

Alle lachen wieder höflich.

»Ich freu mich drauf, wieder auf der anderen Seite zu sein«, fährt Claire fort und streckt sich. »Nur am Tisch zu sitzen und zuzuhören, wie sich jemand abstrampelt.«

»Fang bloß nicht an, Fotos zu posten, auf denen du bis ein Uhr nachmittags schläfst oder so!«, sagt Sarah.

Und wieder lachen alle höflich.

»Was gäbe ich dafür, wieder studieren zu können!«, sagt Randall.

Ich versuche diskret, einen Blick auf meine Uhr zu werfen, weil ich in einer halben Stunde Ben treffen will.

»Du bist doch noch nicht zu alt, um wieder zu studieren«, sagt Karen. »Ich hab mehrere Studenten an der Uni, die so alt sind wie du.«

Außer an der Berlitz-Schule unterrichtet Karen auch an der Universität.

»Stimmt, siebenundzwanzig ist noch lange nicht zu alt, um zu studieren«, sagt Randalls bulgarische Freundin und streicht ihm so liebevoll eine Locke aus der Stirn, wie man es nur ganz am Anfang einer Beziehung macht.

»Aber du bist doch gar nicht siebenundzwanzig, Randall«, sagt Dagmar. »Du bist vierunddreißig. So steht's jedenfalls in deinen Papieren.«

Randalls Gesicht wird dunkelrot. Er sieht erschrocken und wütend zugleich aus.

»Du bist vierunddreißig?«, fragt seine bulgarische Freundin mit großen Augen.

»Randall, du Lügner!«, sage ich und lächle.

Randalls Enttarnung macht den Abend gleich viel interessanter.

»Warum lügst du denn um Himmels willen, wenn's um dein Alter geht?«, fragt Mike.

»Das würdest du genauso machen, wenn du als Schauspieler einen Job suchst«, sagt Randall.

Randalls bulgarische Freundin lächelt unsicher, und ich sehe, dass sie ihre Hand von seinem Oberschenkel weggezogen hat.

»Hör ich richtig – hast du deine Freundin gerade wirklich als *Job* bezeichnet?«, fragt Mike.

»Wie kannst du überhaupt deine Freundin anlügen?«, fragt Sarah.

»Ja, Randall, erklär uns das mal!«, sage ich und lächle wieder.

»Genau, erklär's uns!«, sagt Mike.

»Okay, können wir jetzt damit aufhören, bitte?«, sagt Randall gereizt.

Aber seine Lüge bleibt das Thema des Abends, jedenfalls bis es für mich Zeit ist zu gehen.

Ich umarme Claire und wünsche ihr viel Glück bei ihrem Studium.

Weil ich nicht möchte, dass jemand mich mit Ben sieht, habe ich mich mit ihm vorm Volkstheater verabredet, das ebenso nah am Museumsquartier wie an meiner Wohnung liegt. Als ich ankomme, sitzt er schon auf der Steintreppe und isst eine Manner-Schnitte, das beliebte österreichische Waffelgebäck. Es muss gerade Pause sein, denn vor dem Theater stehen viele bleiche Menschen mit Brillen und rauchen. Einige halten auch ein Glas Champagner in der Hand. Ich gehe breit lächelnd zu Ben, und wir küssen uns.

»Versuchst du, dich in einen Österreicher zu verwandeln?«, frage ich mit Blick auf die Manner-Schnitte, die Ben noch immer in der Hand hält.

»Das ist das Ekligste, in was ich je gebissen habe«, sagt Ben und wirft die halbe Waffel weg. »Und ich hab schon Hundekekse gegessen!«

»Weil du so hungrig warst?«, frage ich.

»Nein, in der Schule«, sagt Ben. »Es sollte cool rüberkommen.«

»Ich hab mal jede Menge Himbeerjoghurt gefuttert, bevor ich gemerkt habe, dass er vollkommen verschimmelt war«, sage ich.

Dann küssen wir uns wieder.

»Ich dreh schon den ganzen Tag durch bei dem Gedanken, dich wiederzusehen«, sagt Ben und packt mich am Hintern.

»Bitte nicht vor der österreichischen Kulturelite«, sage ich lachend.

»Julia?«, sagt jemand hinter mir.

Ich drehe mich um und sehe Sarah, die Claires Abschiedsparty gleich nach mir verlassen haben muss. Verdammt.

»Ich wollte nicht stören«, sagt sie. »Ich wollte nur sehen, ob du's wirklich bist. Ich wusste nicht, dass du ...«

Sie spricht den Satz nicht zu Ende und lässt ihren Blick von mir zu Ben und wieder zurück wandern.

»Ben«, sagt Ben und streckt die Hand aus. »Sorry, dass ich Julia gerade an den Hintern gegriffen hab ...«

»Sarah«, sagt Sarah und ignoriert seine Hand. »Ich erinnere mich nicht, dich schon mal gesehen zu haben. Wohnst du in Wien?«

»Yep«, sagt Ben. »In einer Hecke im Stadtpark.«

»Er wohnt natürlich *nicht* in einer Hecke«, sage ich, als hätte Ben nur einen Witz gemacht.

»Doch, tu ich«, sagt Ben.

»Manchmal«, sage ich schnell. »Nur manchmal. Im Sommer. Wegen der frischen Luft.«

»Und warum wirklich?«, fragt Sarah.

»Warum nicht?«, sagt Ben und zuckt mit den Achseln.

»Hört sich fast an, als wärst du stolz darauf«, sagt Sarah, und mir fällt plötzlich ein, was für eine schreckliche Nervensäge sie sein kann.

Drinnen im Theater läutet es, und die Menschen auf der Treppe werfen ihre Kippen weg und leeren ihre Champagnergläser, bevor sie wieder hineingehen. Langsam verstummt das Stimmengewirr um uns herum.

»Warum sollte ich nicht stolz darauf sein?«, fragt Ben.

»Weil es zu verrückt ist, um stolz darauf zu sein«, sagt Sarah.

»Ja, ist es das?«, sagt Ben gereizt.

Ich habe das ungute Gefühl, dass sie sich gleich prügeln werden. Besser, ich gehe dazwischen.

»Wie habt ihr euch überhaupt kennengelernt?«, fragt Sarah.

»Das ist eine lange Geschichte, aber wir müssen leider los«, sage ich. »Tschau, Sarah!«

Ich gehe mit Ben in Richtung Neustiftgasse und verfluche die kleine multinationale, so erstickend inzestuöse wie klatschbesessene Berlitz- und Theaterwelt von Wien. Mein Geheimnis ist keins mehr. Sarah teilt die Wohnung mit Markus, der mit Ziggi zusammen ist, die Leonore bei den Requisiten und Kostümen für ihr nächstes Theaterstück hilft. Sarah wird es Markus erzählen, der es Ziggi erzählt, die es Leonore erzählt, die es dem Rest der Welt als große Neuigkeit verkünden wird. Meine wunderbaren Fritzl-Tage mit Ben sind definitiv vorbei.

16

Ben wartet fast jeden Tag nach der Arbeit auf mich. Aber er hält sich an meine Anweisung, es vor dem Starbucks zu tun, obwohl er, seit er sich rasiert und öfter die Haare wäscht, längst nicht mehr so pennerhaft aussieht. Aufgedreht wie ein kleines Kind hat er meistens irgendeinen Plan, was wir unternehmen könnten.

»Lass uns zur Donauinsel fahren!«, sagt er, als ich etwas früher als sonst Feierabend habe.

»Aber dann müssen wir ja mit der U-Bahn fahren«, sage ich.

Bens Finanzen sind etwas, worüber wir nie reden, weshalb ich Situationen vermeide, in denen die Geldfrage eine Rolle zu spielen droht.

»Und eine Fahrkarte kaufen …«, setze ich vorsichtig hinzu.

»Ich hab heute ein bisschen Geld verdient«, sagt Ben. »Ich bin an einem Laden vorbeigelaufen und hab mitgekriegt, wie ein Typ Fenster putzen sollte. Ich hab ihn gefragt, ob er Hilfe braucht, und er war so dankbar, dass er's nicht selber machen musste, dass er mir zwanzig Euro dafür bezahlt hat. Dabei hab ich nur eine Viertelstunde gebraucht.«

Unterwegs spricht Ben einen Gitarre spielenden

Rastafari an, und es dauert keine Minute, bis die beiden sich darüber unterhalten, wie es ist, in verschiedenen Ländern auf der Straße aufzutreten (London = unmöglich, Barcelona = das meiste Geld, Amsterdam = das beste Publikum). Als sie auseinandergehen, verspricht Ben, zu irgendeinem Fest zu kommen, das der Rastafari in ein paar Wochen geben will.

»*Stay cool, man!*«, sagt der Rastafari.

»Du auch«, sagt Ben.

»Du scheinst ja mit jedem reden zu können«, sage ich, als wir auf der Insel aus der U-Bahn steigen. »Wenn ich richtig mitgezählt habe, waren's mindestens vier wildfremde Leute, die du heute schon angequatscht hast.«

»Na und?«, sagt Ben. »Ich denk darüber nicht groß nach. Wie soll man sonst neue Leute kennenlernen?«

An einem warmen Herbsttag wie heute sind auf der Insel viele Leute unterwegs. Aus einem Lokal in der Nähe hört man Musik.

»Wenn eine Frau sich so benimmt, denken die Leute, sie ist entweder verrückt oder will vergewaltigt werden«, sage ich. »Oder beides.«

»Ach was!«, sagt Ben.

»Doch, ist leider so«, sage ich und nicke zur Bekräftigung.

»Ach was!«, wiederholt Ben. »Warum sollen die Leute so was denken?«

»Weil …«, sage ich. »Weil es nun mal so ist, wie ich sage. Frauen können nicht einfach wildfremde Menschen anquatschen wie du. Du kannst das, weil du ein Mann bist und stark aussiehst.«

»Es stimmt trotzdem nicht«, sagt Ben. »Ich kenne viele Mädchen, die es genauso machen. Wie lernst *du* denn neue Leute kennen? Lernst du überhaupt welche kennen?«

»Ständig«, antworte ich.

»Und wo?«

»Bei der Arbeit«, sage ich. »Und es ist nur anstrengend. Neue Leute sind das Anstrengendste, was einem passieren kann.«

»Aber das ist verrückt!«, bricht es aus Ben heraus. »Wenn du so denkst, triffst du doch immer nur die gleichen Leute.«

»Kann sein«, sage ich. »Aber ab einem gewissen Alter hört man sowieso auf, neue Freunde zu suchen. Wer's dann trotzdem noch tut, mit dem stimmt meiner Meinung nach was nicht.«

Wir finden nicht weit von der U-Bahn-Station einen Platz am Wasser und setzen uns. Um uns herum zeigen Jungs ihre nackten Oberkörper, zwei Inlineskater rollen vorbei, und etwas weiter entfernt wirft ein Mädchen ein rosa Kunststoffbein ins Wasser, das ein aufgeregter Golden Retriever wieder ans Ufer holt. Eine Familie hat eine Picknickdecke ausgebreitet, wobei die beiden Kinder weniger am Essen, sondern vielmehr an irgendetwas Weichem interessiert zu sein scheinen, in dem sie mit Stöckchen herumstochern.

»Ich springe von der Brücke«, sagt Ben plötzlich, steht auf und zieht sich das T-Shirt über den Kopf.

Dann läuft er tatsächlich zur Brücke, die sich nicht weit von uns über den Fluss spannt. Während er im Fußgängertunnel unter den U-Bahn-Schienen verschwindet, wird mir klar, dass es von der Brücke bis zum Wasser mindestens fünfzehn Meter sein müssen. Kurz darauf sehe ich ihn übers Geländer klettern. Ein paar südländisch aussehende Jungs in weißen Jeans merken, was er vorhat, und nähern sich ihm. Ben winkt mir zu.

»Hallo!«, höre ich ihn rufen.

Ich winke zurück und spüre meine Wangen heiß werden. Im Springen umschlingt er die Beine mit den Armen und drückt sie gegen die Brust. Als er mit einem dumpfen Knall im Wasser landet, klatschen die Jungs auf der Brücke in die Hände und pfeifen mit den Fingern. Mit einem breiten Lächeln und roten Wangen kommt Ben auf mich zugekrault. Als er aus dem Wasser steigt, schüttelt er sich wie ein Hund.

»Hast du keine Angst gehabt, auf dem Bauch zu landen?«, frage ich ihn.

Ben sieht mich an, als wäre ihm der Gedanke nie gekommen.

»Nein«, antwortet er. »Ich weiß ja, wie es geht. Beim einzigen Sprung, den ich je verhauen habe, war ich besoffen. Da hab ich mir den Fuß verstaucht.«

»Vielleicht sollte ich auch springen«, sage ich und schaue zur Brücke.

»Das würde ich nie erlauben«, sagt Ben.

»›Das würde ich nie erlauben‹, sagte die viktorianische Gouvernante streng. – Und warum nicht, wenn man fragen darf?«

»Weil du nicht dazu bereit bist«, antwortet er. »Nicht darauf vorbereitet.«

»Ich will's sowieso nicht«, sage ich ein bisschen mürrisch. Dann setze ich mich aufrecht hin und sehe ihm in die Augen.

»Ben«, sage ich ernst. »Ich mag es, gut organisiert zu sein. Ich mag ein Leben ohne Überraschungen. Ich bezahle gern Rechnungen, und ich liebe es, Puzzles zu legen. Eines Tages werde ich sogar anfangen, Kreuzworträtsel zu lösen, und sehr wahrscheinlich werde ich dann auch zu den Treffen der Kreuzworträtselfreunde fahren, um andere Menschen kennenzulernen, die auch gern Kreuzworträtsel lösen. Oder Puzzles legen und Rechnungen bezahlen. Schließlich muss es ja noch mehr davon geben. Es ist nichts, wofür ich mich schäme. Für mich ist es aufregend. Was ich nicht verstehe, ist, was *du* an *mir* aufregend findest.«

Ben sieht mich an.

»Dass du schön bist und ein gutes Herz hast«, sagt er.

»Aber das kannst du nicht wissen«, sage ich. »Eine Schülerin von mir hat sich mal als *vegetable* bezeichnet statt als *vegetarian*, und ich hab sie *nicht* korrigiert, weil ich es so lustig fand. Also läuft sie vermutlich immer noch herum und erzählt den Leuten, dass sie ›überzeugtes Gemüse‹ sei. Ein guter Mensch hätte so was nicht getan.«

»Trotzdem«, sagt Ben. »Du hast ein gutes Herz. Das weiß ich, und das sieht man. Warum willst du zum Beispiel mit mir zusammen sein?«

»Hatte ich eine andere Wahl?«, sage ich und lächle. Ben sieht mich fragend an.

»Ich hab einfach noch nie jemanden wie dich getroffen«, fahre ich achselzuckend fort. »Außerdem bist du immer gut gelaunt!«

»*Hell yeah*, das muss man auch sein!«, ruft Ben aus und lächelt endlich auch. »Es passiert so viel Schlechtes auf der Welt, dass man sich aufs Positive konzentrieren *muss*. Es gibt immer was, worüber man sich freuen kann. Sogar als ich halb verhungert im Straßengraben geschlafen hab, passierten Sachen, die zum Lachen waren.«

Er legt sich neben mich und schließt die Augen, während ich ihn ansehe und etwas spüre – eine Wärme und etwas Flatteriges in der Brust –, das ich schon lange nicht mehr gespürt habe. Trotzdem bin ich mir vollkommen im Klaren darüber, dass wir keine Zukunft haben. Er ist ein vierundzwanzigjähriger Penner ohne Ausbildung. Und ohne Schuhe. Ich werde keine Beziehung mit einem Möbelpacker oder Würmersammler ohne Zukunftspläne anfangen, und schon gar nicht werde ich so jemanden heiraten.

»Warum hast du die Schule nicht zu Ende gemacht?«, frage ich.

»Ist das irgendwie von Bedeutung?«, fragt Ben leicht genervt zurück.

»Nein«, lüge ich.

»Es war meinen Eltern nicht wichtig«, sagt Ben. »Mein Vater findet, richtige Männer gehen arbeiten und nicht an die Universität. Meine Eltern haben mir auch nie bei den Hausaufgaben geholfen. Wenn ich um Hilfe gebeten habe, hieß es: ›Bringen sie euch in der Schule nichts bei?‹ Erzogen hat mich mein Vater mit einem Gürtel, der zusammengerollt an einem Nagel an der Wand hing.«

»Vielleicht solltest du's jetzt versuchen«, sage ich. »Du könntest noch mal zur Schule gehen. Das ist hier kostenlos.«

»Niemals«, sagt er.

Seine Antwort macht mich erst erstaunlich gereizt, dann sage ich mir, dass es sowieso keine Rolle spielt. Er wird bald weiterziehen, und ich werde zu meinem alten Leben zurückkehren.

Wir liegen schweigend nebeneinander, genießen die Herbstsonne und hören dem weichen Rauschen des Flusses, dem Stimmengewirr um uns herum und der Musik aus dem nahe gelegenen Lokal zu. Gerade läuft »What Is Love« von Haddaway. Bens Hand sucht meine, und wir flechten die Finger ineinander.

»Was glaubst du, was deine Freunde, die gern Rechnungen bezahlen, gerade machen?«, fragt Ben nach einer Weile.

»Sie setzen ihre öde Wanderung durch die Wüste fort«, antworte ich.

Als es dunkel wird, nehmen wir die U-Bahn zu mir.

17

Leonore will mich im Café Westend am Ende der Mariahilfer Straße treffen. Als ich dort ankomme, ist sie schon da – das erste Warnsignal. Die Cafébesucher sind eine Mischung aus jungen Menschen, die angeregt miteinander reden, und Rentnern mit krummen Rücken, die im Schneckentempo an ihren Schnitzeln und Salzkartoffeln herumsäbeln. Drei Männer mit wettergegerbten Gesichtern und unechten Lederjacken sehen aus, als träfen sie sich, um über gestohlene Audis zu reden. Wenn ich nicht wüsste, dass man in der Gegend leicht einen Parkplatz findet, würde ich mich wundern, warum Leonore einen – für ihre Verhältnisse – so schäbigen Ort gewählt hat.

Sobald sie mich sieht, steht sie auf, und wir begrüßen einander mit Küsschen.

»Schön«, sagt sie. »Bist du direkt von der Arbeit gekommen?«

Ich nicke und ziehe meine Jacke aus.

»Wie war's?«, fragt Leonore.

»Willst du das wirklich wissen?«, frage ich und setze mich.

Leonore nickt mit einem Lächeln – das zweite Warnsignal.

»Es gibt einen Schüler, mit dem ich aus irgendeinem Grund bei Facebook und LinkedIn befreundet bin«, beginne ich. »Er ist gerade befördert worden, also hat er sein Profil bei LinkedIn um seinen neuen Titel aktualisiert, und eine Menge Leute haben seinen neuen Titel gelikt. Also hab ich seinen neuen Titel auch gelikt, und er hat gelikt, dass ich seinen neuen Titel gelikt habe. Genau das hab ich dann heute im Unterricht erzählt, und dass ich's erzähle, hat er sozusagen überhaupt nicht mehr gelikt, und in der Pause war ihm sein neuer Titel nur noch peinlich.« Ich schüttle den Kopf. »Freundschaften mit Schülern sind Minenfelder. Im Grunde kannst du mit ihnen nicht befreundet sein, das sollte ich inzwischen eigentlich wissen. Es ist wie bei dem berühmten Fußballspiel an Heiligabend irgendwann im Ersten Weltkrieg: Hinterher sind die Spieler doch wieder englische und deutsche Soldaten, die aufeinander schießen. Vor dem beleidigten Liker hatte ich heute zwei Schülerinnen aus derselben Firma, die einander so hassen, dass ich Lehrerin und Diplomatin gleichzeitig spielen muss. Und noch davor eine Fünfzehnjährige, die schon eine Zweitausend-Euro-Handtasche besitzt, aber ständig *could* und *would* verwechselt.«

Während ich rede, merke ich, dass Leonore mir überhaupt nicht zuhört. Ihr ganzer Körper signalisiert mir, dass sie nur darauf wartet, selbst reden zu können.

Also frage ich: »Wie laufen die Proben?«

Leonore erwacht zum Leben wie ein Hampelmann, wenn jemand am Schnürchen zieht.

»Die Schauspieler haben den Probenraum wieder in einem Zustand hinterlassen, dass ich fast ausgerastet bin«, antwortet sie. »Bin ich deren Sklavin, oder was? Triffst du dich übrigens noch mit dem Penner? Sarah hat mir von ihm erzählt.«

Ich muss schmunzeln.

»Sag mal, soll das eine Art Intervention werden? Bräuchte es dazu nicht ein paar mehr Leute?«

»Ich will mich nur vergewissern, dass du weißt, was du tust«, sagt sie.

»Ich weiß, was ich tue«, sage ich.

»Und dass er dich nicht ausnützt.«

»Er nützt mich nicht aus.«

»Dass er dich nicht verletzt.«

»Er wird mich nicht verletzen.«

»Nicht dass du eines Tages nach Hause kommst, und dein Videorekorder ist auf Nimmerwiedersehen verschwunden.«

»Da wir nicht 1987 schreiben, besitze ich keinen Videorekorder«, sage ich. »Wenn er was mitnehmen würde, wäre es der DVD-Player.«

»Julia, er ist *obdachlos*«, sagt Leonore. »Was habt ihr da für eine Zukunft? Hat er irgendeine Ausbildung? Irgendwelche Berufserfahrung? *Will* er überhaupt arbeiten? Hast du ihm etwa Geld gegeben?«

Ich antworte erst mal nicht, weil ihre Fragen mich komplett versteinert haben. Ich habe das Gefühl, ich muss gleich heulen, spüre aber genauso sehr eine rasende Wut in mir aufsteigen.

»Ich will nur sichergehen, dass du dir alles gut überlegt hast«, sagt Leonore.

Ich versuche, meine Stimme zu kontrollieren, weil ich befürchte, man könnte ihr die peinliche Mischung aus Lust zum Heulen und Wut anhören.

»Ich bin dir dankbar, dass du dir meinetwegen Sorgen machst, Leonore, und ich kann dir versichern, dass ich weiß, was ich tue. Ich habe nicht vor, eine ernsthafte Beziehung mit ihm anzufangen, und ich werde ihn bestimmt nicht heiraten, schon deshalb nicht, weil er demnächst nach Berlin weiterziehen wird und von da zurück nach Kanada, nehme ich an. Im Übrigen bin ich eine erwachsene Frau und, offen gestanden, etwas irritiert, dass ich mich plötzlich für meine Beziehungen rechtfertigen muss.«

Wenn ich ehrlich sein soll, hat Ben Berlin seit unserem ersten Date nicht mehr erwähnt, und manchmal hoffe ich, dass er in Wien bleiben wird. Ich sage mir dann jedes Mal mit Nachdruck, dass die Sache mit ihm nur ein kurzes Abenteuer ist.

»Sarah sagt, er war wahnsinnig aggressiv«, sagt Leonore.

»Wie bitte? Ben war doch nicht aggressiv!«

»Sie sagt, er hat sich unmöglich aufgeführt, obwohl sie ihm nur ein paar harmlose Fragen gestellt hat.«

»Sarah ist nicht ganz dicht«, sage ich. »Wenn jemand aggressiv war, dann sie.«

»Ich möchte ja, dass du dich verliebst und glücklich bist«, sagt Leonore. »Aber es klingt nicht, als wäre der Typ der Richtige.«

Mein ganzer Körper fühlt sich immer noch versteinert an, und ich vermeide jeden Augenkontakt mit Leonore. Ich muss daran denken, was sie mir mal erzählt hat: Sie hatte diese Stelle als Beraterin einer internationalen Firma hier in Wien, aber erst als sie damit aufgehört und ihre Karriere drangegeben hat, wurde der Sex mit ihrem beigen Mann richtig gut. Das ist eine der traurigsten Geschichten, die ich je gehört habe.

»Wir müssen jetzt nicht weiter darüber reden«, sagt Leonore. »Denk nur daran, was ich gesagt habe. Glaub mir, es gibt abenteuerlichere Typen als diesen Penner.«

»*Abenteuerlichere Typen?*«, frage ich verblüfft.

»Ja«, sagt Leonore. »Es ist doch ganz klar, dass es das ist, wonach du suchst. Aber da gibt es Alternativen.«

»Ich bin doch nicht hinter irgendwelchen abenteuerlichen Typen her«, sage ich.

»Okay, lassen wir's gut sein!«, sagt Leonore.

Ich bin erleichtert, und wir wechseln das Thema. Wir reden eine Weile über einen gemeinsamen Freund, der nach Dubai ziehen will, dann über die Küchenrenovierung, die Leonore plant, über ihre Begeisterung für *raw food* und alles mögliche andere, das sie begeistert. Aber plötzlich winkt sie jemandem zu.

»Gernot!«

Ein dunkel gekleideter Typ mit melancholischen Augen kommt an unseren Tisch, und mir ist sofort klar, was Leonore hier für ein Spiel treibt. Ich frage mich, wie groß die Wahrscheinlichkeit ist, dass sie daran stirbt, wenn ich ihr meine Melange über den Kopf schütte.

»Komm und setz dich!«, sagt Leonore beseelt. »Das ist meine Freundin Julia.«

Gernot und ich geben uns die Hand. Er ist kleiner als ich und sieht nicht älter als zweiundzwanzig aus.

»Wie geht's?«, fragt Leonore.

»*Not so fine*«, antwortet Gernot und schüttelt den Kopf. »Mir tun wieder die Augen weh.«

Ein Kellner kommt und nimmt seine Bestellung entgegen.

»Und ich sollte meine Wohnung putzen«, sagt Gernot, als der Kellner wieder weg ist. »Aber ... es geht nicht.«

Der Grund, warum es nicht geht, bleibt ein Mysterium.

»Gernot hat mir vor ein paar Jahren bei meiner Website geholfen«, erklärt mir Leonore. »So haben wir uns kennengelernt.«

»Nett«, sage ich.

Gernot starrt düster geradeaus.

»Er ist ein IT-Mensch«, sagt Leonore.

»Nett«, sage ich wieder.

Und plötzlich schaut Leonore auf ihr Handy.

»Oh nein, ich muss los! Aber ihr könnt ja bleiben. Die Getränke gehen auf mich.«

Bevor Gernot oder ich etwas sagen können, ist Leonore verschwunden. Eine halbe Minute später bekomme ich eine SMS von ihr: »Gernot hat fast den Großglockner bestiegen. Abenteuerlich!«

Ich lege das Handy beiseite und überlege, worüber ich mit Gernot, der fast den Großglockner bestiegen hätte, reden könnte. Am liebsten würde ich gehen, aber Gernot sieht so schon aus, als lasteten alle Sorgen der Welt auf seinen Schultern, da bringe ich es nicht übers Herz, ihn noch weiter zu deprimieren.

»Ja, also ... Gernot«, sage ich. »Und was machst du so in deiner Freizeit?«

Gernot denkt nach, bevor er antwortet.

»Am liebsten bin ich draußen in der Natur«, sagt er dann, und ich überlege, wie ich weiterfragen soll.

»Und was machst du so draußen in der Natur?«

»Äh, mir reicht es, einfach nur draußen zu sein.«

Danach sind wir für einen Augenblick still.

»Und wohin fährst du so, wenn du rauswillst in die Natur?«, frage ich schließlich.

»Irgendwo in die Umgebung von Wien.«

»Und ... kochst du gern?«, frage ich.

»Manchmal«, antwortet Gernot.

»Bitte einen vollständigen Satz!«, korrigiere ich.

»Wie?«

Ich spüre meine Wangen wärmer werden.

»Ich meine, es ist besser in vollständigen Sätzen zu antworten«, erkläre ich ihm. »›Manchmal koche ich gern.‹ So lernt man eine Sprache einfach schneller und besser.«

Gernot sagt nichts.

»Ich arbeite als Englischlehrerin an der Berlitz-Schule«, entschuldige ich mich. »So was hinterlässt bleibende Schäden.«

Gernots Miene hellt sich schlagartig auf.

»Dann kannst du mir vielleicht erklären, warum die Leute in amerikanischen Filmen immer *What's up?* sagen«, freut er sich. »Wieso *up*? Was soll da sein? Die wollen doch nicht wissen, was ›oben‹ ist, oder?«

Ich räuspere mich, bevor ich mit leicht verständlichen und so deutlich wie möglich ausgesprochenen Worten eine Erklärung versuche.

»Manche sagen, es handele sich hier um die Kurzform von *What's up with you?*, andere meinen, wir hätten es mit der Kurzform von *What's the up-date?* zu tun. Im Grunde ist es aber ein alberner Slang-Ausdruck, und man sollte ihn eigentlich gar nicht benutzen, weil es darauf keine richtige Antwort gibt.«

Gernot sieht enttäuscht aus.

»Aber weißt du, dass die richtige Antwort auf *How do you do? How do you do?* ist«, versuche ich, ihn zu trösten. »Da beantwortet man eine Frage mit einer Frage. Ziemlich lustig, oder? Natürlich sagt es kaum noch jemand. Außer in ›Downton Abbey‹.«

»Ich hab ›Downton Abbey‹ nie gesehen«, sagt Gernot. »Es ist nicht meine Art von Fernsehprogramm.«

»Meine auch nicht«, sage ich. »Ich stell mir nur vor, dass sie dort *How do you do?* sagen.«

Wir schweigen wieder, weil uns beiden klar ist, dass wir nicht die leiseste Ahnung haben, warum wir hier zusammen sitzen. Ich schiele auf die Männer mit den unechten Lederjacken und denke, ich sollte besser mit ihnen darüber reden, ob wir Aljoscha trauen können oder nicht.

»Gernot«, sage ich. »War wahnsinnig nett, dich zu treffen, aber ich muss jetzt los.«

»Okay«, sagt Gernot und klingt wie I-Aah aus ›Pu der Bär‹.

Vom Café Westend gehe ich direkt nach Hause und bin so wütend auf Leonore, dass ich am ganzen Körper zittere. Es ist offensichtlich, dass ihr meine Beziehung mit Ben nicht passt, und ich versuche zu verstehen, warum ihre Reaktion mich einerseits ärgert, mir aber andererseits auch einen regelrechten Kick gibt. Am Ende komme ich zu dem Ergebnis, dass es mir gefällt, dass sie mich womöglich in einem ganz neuen Licht sieht.

Ohne dass wir offiziell darüber reden, zieht Ben mit seiner kleinen Tragetüte voller Habseligkeiten bei mir ein. Ich räume eine Kommodenschublade frei und spendiere ihm eine unbenutzte Zahnbürste und einen eigenen Kamm. Ben tut so, als hätte er was für Optimus übrig, und Optimus revanchiert sich, indem er ihm in die frisch angeschafften Turnschuhe pinkelt.

18

Zu meiner Freude räumt Ben jeden Tag die Wohnung auf und geht sehr vorsichtig mit meinen Sachen um. Eines Tages taucht ein eingeschweißtes Foto von Arnold Schwarzenegger als Conan der Barbar an der Kühlschranktür auf, aber davon abgesehen ist alles, wie es immer war. Außerdem zeigt sich, dass Ben fantastisch kochen kann. Er erzählt, er habe schon mit sechs Jahren angefangen, Kochprogramme zu schauen, und versucht, es den Fernsehköchen nachzumachen. Genau wie sie habe er alles mit einem Salatbouquet garniert, nur sei es in seinem Fall nach Hundepisse riechendes Gras von der Gehsteigkante vor ihrem Haus in Burnaby gewesen.

Auf dem Heimweg von der Arbeit kaufe ich ein, und während ich mit einem Glas Wein in der Küche sitze, schnibbelt Ben Gemüse oder gibt Chili in einen Topf mit Chili con carne oder Tomatensoße. Er ist entsetzt, als er entdeckt, dass ich alles mit einem kleinen stumpfen Messer schneide, und wir gehen zusammen ein ordentliches Küchenmesser kaufen.

»Jetzt, da ich nicht mehr wie ein Yeti aussehe – und sogar wieder Schuhe trage –, könnte ich eigentlich versuchen, einen Job zu finden«, sagt Ben eines Tages, während er Staudensellerie in Stücke schneidet. Draußen ist schon schwarze Nacht. »Wenn ich weiter nur in deiner Wohnung rumhänge, werde ich verrückt. Ich war noch nie jemand, der auf anderer Leute Kosten lebt.«

»Ich glaube, Kanadier *dürfen* in Österreich arbeiten«, sage ich. »Ich meine, legal.«

Ich habe es längst heimlich im Internet nachgeschaut. Ben schüttelt den Kopf.

»Nein, richtige Arbeit zu finden ist zu schwer«, sagt er. »Schwarzarbeit wäre besser für mich. Es heißt, wenn man montagmorgens um sieben vor der polnischen Kirche im 3. Bezirk steht, kommen die Leute von den Baufirmen und fahren einen zu irgendwelchen Baustellen in der Peripherie.«

»Verstehe«, sage ich und versuche, meine Enttäuschung zu verbergen. In meiner Vorstellung war das nicht die Art Arbeit, die er sich suchen sollte.

»Hast du dir auch überlegt, ob du vielleicht was studieren könntest?«, frage ich. »Du könntest ja gleichzeitig arbeiten *und* studieren. – Gibt's nichts, was dich interessieren würde?«

Ben sagt erst nichts. Und dann: »Vielleicht was mit Autos. Ich hab mich schon immer für schnelle Maschinen und so interessiert.«

»Na also«, sage ich. »Vielleicht gibt's an der Uni ja irgendeinen Grundkurs in Schnelle-Maschinen-und-so.«

»Nein, ich bin nicht der Typ, der studiert«, sagt Ben ernst.

»Überleg's dir einfach«, sage ich.

Ben macht eine Dose Bier auf, und ich versuche, nicht mitzuzählen, wie viele davon er heute schon getrunken hat. Es sind neun.

»Was hast du eigentlich gegessen, als du obdachlos warst?«, frage ich.

»Immer das Beste«, sagt Ben. »Wenn man schon klaut, dann nimmt man auch gleich das Beste.«

»Haben sie dich nie erwischt?«

Ben bricht, ohne vom Sellerie aufzuschauen, in Gelächter aus.

»Ja, einmal in Amsterdam. Mein Fehler war, ein tiefgekühltes Hähnchen unter meiner Jacke zu verstecken. Zwei Tage hab ich dafür in einer holländischen Arrestzelle verbracht. Aber sie waren wahnsinnig nett. Man durfte zehn Zigaretten am Tag rauchen und auf einem kleinen Computer fernsehen oder Tetris spielen. Zum Lunch gab's immer Weißbrot mit Schokoladenstreuseln drauf.«

Bens Geschichten faszinieren mich. Eine handelt von einem Lkw-Fahrer in Spanien, der The English und ihn zu sich nach Hause eingeladen hat und wollte, dass sie vor seinen Augen Sex mit seiner fetten Frau haben. In einer anderen geht es um einen verrückten Nigerianer in Genf, der LSD genommen hat und einen Polizisten mit einer Axt anfallen wollte. Ben konnte ihn gerade noch davon abhalten. Einmal ist er mitten in der Nacht davon aufgewacht, dass eine zahnlose alte Alkoholikerin mit ihm vögeln wollte, und ein andermal haben The English und er fünfzig Euro auf der

Straße gefunden und sind damit in ein chinesisches Lokal mit einem All-you-can-eat-Buffet gegangen, das sie ratzekahl leer gefuttert haben. Zur Strafe hat man sie dann rausgeschmissen. Es sind Geschichten aus einer Parallelwelt, von der ich bisher keinen blassen Schimmer hatte. Einer Welt weit weg von meiner warmen Küche, deren Fenster jetzt beschlagen sind und die vom Duft nach gebratenen Zwiebeln, Basilikum und Knoblauch erfüllt ist.

Als ich merke, dass Ben kaum liest, sehe ich es als meine Aufgabe an, ihn in die wunderbare Welt der Literatur einzuführen. Heimlich kaufe ich Bücher, von denen ich glaube, dass er sie mögen wird und dass sie nicht so schwer zu lesen sind. Ich fange mit frühen Sachen von Stephen King und Michael Crichton an. Ich tue so, als würde ich sie zufällig im Bücherregal entdecken, und sage so beiläufig wie möglich, dass er sie vielleicht interessant finden könnte. Als er tatsächlich zu lesen beginnt und es mag, fühle ich mich wie eine stolze Bibliothekarin. Das erste Buch, das er von Anfang bis Ende eigenständig liest, ist Michael Crichtons ›Jurassic Park‹. Nachdem er auch Filmklassiker kennt, sehen wir uns zusammen »Der Mann, der König sein wollte«, »Fitzcarraldo« und »Geschichten aus der Gruft« an. Ich zeige ihm Wiener Sehenswürdigkeiten, von denen er nichts wusste, etwa Hundertwassers ungerades, mit Bäumen begrüntes Haus, die Gruft unter dem Stephansdom mit ihren Zehntausenden Schädeln und das gut gehütete Geheimnis, wo Adolf Hitler einst im 6. Bezirk gewohnt hat. Ich zeige ihm die Orte, wo die Widerstandsbewegung während des Zweiten Weltkriegs Botschaften in die Wände ritzte, das »Haus ohne Augenbrauen« auf dem Michaelerplatz und das Haus in der Walfischgasse, wo W. H. Auden in der Nacht nach einer Lyriklesung starb. Da Ben sich weigert, von mir Geld anzunehmen, gehen wir in Secondhandläden und versuchen, für das wenige eigene Geld, das er besitzt, passende und nicht gar zu abgetragene Kleidung zu finden. Wir halten eine gespielte Beerdigung für seine alten Klamotten ab und verbrennen sie auf einem öffentlichen Grillplatz auf der Donauinsel. Während die Flammen seine Jeans, T-Shirts und alten Boxershorts erfassen, deklamieren wir erfundene Bibelzitate, und eine muslimische Familie, die unweit von uns ein ganzes Lamm grillt, wirft uns neugierige Blicke zu. Mir gelingt das, was mir mit Matthias nie gelungen ist: Ich werde Professor Higgins. Und Ben ist meine Eliza Doolittle.

19

»Ich würde dir gern was von meiner Welt zeigen«, sagt Ben eines Tages.

»Das musst du nicht«, sage ich.

»Aber ich möchte es wirklich«, sagt Ben.

Ich versuche, jeden Ausdruck von Panik von meinem Gesicht fernzuhalten.

»Nein, ehrlich, Ben, du musst mir deine Welt nicht zeigen. Ich höre lieber Geschichten daraus, das ist für mich Abenteuer genug. Es hat seinen Grund, dass ich auf Facebook nur Follower bin und nie über mich selbst schreibe.«

»Facebook«, schnaubt Ben. »Facebook ist für Idioten. Mir wäre es einfach wichtig, dass du ein paar von meinen Kumpels triffst. Von mir aus jetzt gleich – nur mal vorbeischauen und die Lage checken.«

»Okay«, sage ich und wünschte, wir wären schon wieder auf dem Heimweg.

Wir fahren in den 10. Bezirk, wo manche Straßen aussehen, als hätten sie sich seit dem Zweiten Weltkrieg nicht verändert. Die Hausfassaden sind schmutzig braun, und an der Ecke gibt es ein Lokal – *Zur Kneipe*, in Fraktur geschrieben –, dessen sämtliche Fenster mit schweren dunkelroten Vorhängen zugehängt sind. Es fehlen nur mit einer rostigen Fahrradfelge spielende Jungs in kurzen Hosen. Und Fliegeralarm.

»Das ist also das Haus, das du mit der Gruppe Punks besetzen wolltest?«, frage ich vor einer abrissreifen Bruchbude.

Ben schüttelt den Kopf.

»Nein, das war woanders«, sagt er. »Das Haus hier gehört dem Onkel von Erdbeere, der uns erlaubt hat, bis zum Abriss drin zu wohnen. Hier hab ich nach dem Auszug aus der Hecke geschlafen, bevor ich zu dir gezogen bin.«

»Erdbeere?«, frage ich. »Heißt einer von den Punks wirklich ›Erdbeere‹?«

Zu meiner Überraschung lacht Ben nicht.

»Ich meine, warum heißt er so?«, frage ich leicht besorgt. »Er hat doch hoffentlich nichts Schlimmes gemacht, bei dem man an was rosarotes Süßes denken muss?«

»Ich nehme an, er mag Erdbeeren«, antwortet Ben. »Ist das für dich komisch?«

Wir betreten das Haus durch eine große, in den Angeln knirschende Metalltür. Im Flur dahinter stehen leere Eimer, und die Treppe nach oben ist mit rot-weißem Band abgesperrt. Betreten verboten. Ben öffnet eine Tür links von der Treppe und wird sofort lauthals begrüßt. Ich hole tief Luft und folge ihm. Wir betreten eine Wohnung mit dunklen Tapeten und vor Schmutz starrenden Fußböden. Es riecht nach Ben bei unserem ersten Date, nur etwas schwächer. Hier drinnen ist es exakt so kalt wie draußen auf der Straße, woraus ich schließe, dass es keine funktionierende Heizung gibt.

Ich werde drei Punks vorgestellt: Kobra, Vichor und Erdbeere. Obwohl es in Österreich fast obligatorisch ist, sich die Hände zu schütteln, nicken die Punks nur in meine Richtung. Ich nicke zurück. Zu meiner Überraschung hat keiner von ihnen eine neongrüne Irokesenfrisur oder lila Haare. Kobras Haare sind schwarz gefärbt, und Vichor und Erdbeere sind kahl rasiert. Alle drei tragen schwarze Kapuzenpullis und Jeans mit waagerechten Schlitzen, das ist offensichtlich der Dresscode in der Anarchistenwelt. Kobra und Vichor sehen älter aus, als es Punks meiner Vorstellung nach sein dürften.

»Was ist mit deinem Bart passiert?«, fragt der, den sie Erdbeere nennen.

»Ich wollte die kleinen Kinder nicht mehr erschrecken«, antwortet Ben.

»Und wohnst du jetzt im Schloss Schönbrunn oder im Belvedere?«, fragt Kobra.

»Leck mich!«, sagt Ben und lacht.

»Gut, dich wiederzusehen, Alter!«, sagt Vichor.

»Gleichfalls«, sagt Ben.

Kobra scheint der stille, aber unanfechtbare Anführer zu sein, Vichor gleich nach ihm der Nächste in der Hierarchie. Erdbeere ist nervös und fahrig wie ein Hund, der so an Schläge gewöhnt ist, dass er vor Freude durchdreht, wenn das Herrchen ihn ausnahmsweise streichelt. Kobra haut Ben begeistert auf den Arm.

»Wir wollen zum Flughafen«, sagt er. »Kommst du mit?«

Ich kann sehen, wie gern Ben Ja sagen würde, aber er hat mir schon versprochen, dass wir auf dem Heimweg einkaufen gehen. In Sekundenschnelle bin ich zum Klischee der Freundin mutiert, die Ben im Wege steht, wenn er hin und wieder in sein altes Singleleben zurückkehren möchte. Die Situation macht mich nervös, und ich bin kurz davor zu sagen, dass er natürlich mit seinen Kumpels mitgehen kann. So würde ich demonstrieren, wie verständnisvoll und pflegeleicht ich bin, obwohl ich ihn in Wahrheit von diesem Ort und diesen Leuten weghaben möchte. Aber ich sage nichts. Ich stehe nur linkisch herum und versuche zu lächeln und interessiert auszusehen.

»Geht jetzt leider nicht«, antwortet Ben. »Vielleicht ein andermal.«

»Was will er denn am Flughafen?«, frage ich leise, als Kobra nach nebenan verschwindet.

»Sich besorgen, was er braucht«, sagt Ben. »Dort gibt es ein paar Mülltonnen, die er jeden zweiten Tag checkt.«

»Und was sucht er genau?«

»Eine Menge Leute schmeißen vorm Einchecken noch schnell Drogen weg, mit denen sie nicht erwischt werden wollen. Zu Hause haben sie nicht dran gedacht, und jetzt muss es schnell gehen. Du glaubst nicht, wie viele Tütchen mit Pillen, Gras und Hasch Kobra findet. Manchmal sogar Kokain. Und Handys. Ab und zu war ich dabei.«

Ben zeigt in einen der Nachbarräume.

»Das hier war mein Schlafzimmer«, sagt er.

Ich werfe einen Blick hinein und sehe, dass die Hälfte der Fußbodenbretter fehlt. Abgesehen von einem Stuhl und einem Stapel alter Zeitungen, ist das Zimmer leer.

»Meine weiche Matratze muss ja eine Tortur für dich sein«, sage ich. »Hast du hier auch auf einer Plane und Pappkartons geschlafen?«

»Nein, nur in meiner Hecke«, sagt Ben in einem Ton, als sollte ich mir seine früheren Schlafplätze eigentlich besser merken können. In Gesellschaft der Punks benimmt er sich mir gegenüber anders als sonst. Es ist, als bewegte er sich mental einen Schritt von mir weg und auf sie zu.

Wir setzen uns auf ein Sofa im Flur der Wohnung. Hier scheint der Versammlungsort der Punk-Kommune zu sein. Es gibt keine Fenster, und wir sind von nicht weniger als fünf Türen umgeben. Das Sofa ist gulaschbraun und hat Flecken, die ich zu ignorieren beschließe. Eine nackte Glühbirne leuchtet von der Decke. Ich versuche, möglichst entspannt auszusehen, so als säße ich jeden Tag auf bekleckerten, schlecht riechenden Sofas. Alles um uns herum ist so schmutzig, dass ich Tränen in mir aufsteigen spüre.

»Wollt ihr Suppe?«, fragt Erdbeere.

»Gern«, antworte ich, und Erdbeere verschwindet in der kleinen Küche.

»Erdbeere kocht immer Suppen«, sagt Ben. Dann lehnt er sich an mich und flüstert: »Er muss ständig kotzen.«

»Hängen die zwei Dinge irgendwie zusammen?«, flüstere ich zurück.

Ben zuckt mit den Achseln.

»Weiß ich nicht«, antwortet er. »Es passiert eben.«

Kurz darauf kommt Erdbeere mit drei Tassen blassroter Suppe zurück. Obwohl sie zu dünn ist und eine seltsam metallische Note hat, sage ich, dass sie schmeckt. Vichor setzt sich an die Wand gegenüber. Kobra nimmt im Schneidersitz mitten im Zimmer Platz und beginnt, einen Joint zu rollen.

»Fährst du bald mal wieder nach Hause?«, fragt Ben Vichor.

»Scheiße nein!«, antwortet Vichor. »Die Scheißösterreicher haben damit aufgehört, einen nach Hause zu deportieren. Früher brauchte ich nur einen Stein gegen die Straßenbahn zu schmeißen, und die Pissköpfe haben mich zu Mama nach Polen zurückgeschickt. Muss ja sein, dass man sich mal die Kleider waschen lässt und ordentlich satt isst. Aber jetzt hat sich's mit Freifahrkarten, und selber kann ich's mir Scheiße noch mal nicht leisten, nach Hause zu fahren. Pissköpfe!«

Trotz der vielen Flüche lächelt Vichor die ganze Zeit, und Ben lacht sich schlapp.

»Und seht euch das an!«, sagt Vichor und beginnt, eines seiner Hosenbeine hochzurollen.

Ben und ich lehnen uns nach vorn, um zu sehen, was Vichor uns zeigen will. Es ist eine mindestens fünfzehn Zentimeter lange, von dickem Schorf aus eitrigem Blut bedeckte Wunde unterm Knie. Die Haut darum herum ist hochrot. Vichor schaut mit der gleichen stolzen Rührung darauf wie ein Vater auf sein neugeborenes Baby.

»Scheiße, was ist passiert?«, fragt Ben.

Kobra zupft sich Tabakkrümel von der Zunge.

»Hab mich mit einem Pisskopf geprügelt«, sagt Vichor und zuckt mit den Achseln. »Die Wunde ist nicht geheilt, und ich hab doch keine Scheißkrankenversicherung. Aber um die Ecke gibt's einen Tierarzt mit einem Schild, dass er ›kleine und große Tiere‹ behandelt, und Scheiße noch mal, schließlich bin ich gewissermaßen auch ein großes Tier, also bin ich bei dem reinspaziert. Der Typ war ganz okay für einen Österreicher, aber angeblich darf er mich nicht behandeln, weil er sonst seine Zulassung verliert. Zum Glück ist seine Frau auch Ärztin, und zwar für Menschen, also hat er sie gebeten, dass sie mir Antibiotika verschreibt und die Wunde sauber macht.«

Ben lacht immer noch. Er hat die ganze Zeit gelacht – ich hab's wenigstens versucht. Jetzt rollt Vichor endlich das Hosenbein wieder runter.

Eine halbe Stunde später sind Ben und ich auf dem Weg zurück in den 7. Bezirk, weil Kobra und Vichor zum Flughafen aufbrechen wollten und Erdbeere ein Nickerchen brauchte. In meinem Körper ist eine seltsame Spannung. Ben und die Punks haben viel gelacht, und trotzdem war es, als hätte ein unsichtbarer Nebel aus Aggression und Bitterkeit die Wohnung vergiftet. Außerdem bin ich von der Kälte noch ganz steif.

»Scheiße, sind das coole Typen!«, sagt Ben.

Ich nicke und lächle. Ben sieht mich an.

»Was ist?«, fragt er. »Da stimmt was nicht, das seh ich an deinem Gesicht.«

Ich will die Stimmung nicht verderben und versuche, mich so diplomatisch wie möglich auszudrücken.

»Sie machen einen wahnsinnig netten Eindruck«, sage ich. »Es war nur so, als wäre ich gar nicht da.«

»Wie meinst du das?«

»Hast du nicht gemerkt, dass sie mir keine einzige Frage gestellt haben? Für die war ich der unsichtbare Nicht-Punk. Es ist ... Manche Leute würden so was vielleicht ein bisschen unhöflich finden.«

Ben sieht ehrlich überrascht aus.

»Erdbeere hat dir Suppe angeboten«, sagt er schließlich.

»Wahrscheinlich weil es unhöflich gewesen wäre, wenn er dir Suppe angeboten hätte und mir nicht«, sage ich. »Aber ich verstehe natürlich, dass sie Nicht-Punks gegenüber misstrauisch sind. Menschen, die Arbeit haben und ihre Kleider waschen. – Macht aber nichts, frag ich Vichor eben nächstes Mal, wie ihm die Kokoschka-Ausstellung gefallen hat.«

»Vichor würde, Scheiße noch mal, nie zu einer Kokoschka-Ausstellung gehen«, sagt Ben gereizt.

»Ich *weiß*«, sage ich und gebe mir Mühe, nicht auch gereizt zu klingen. »War nur ein Versuch, ein bisschen die Stimmung aufzulockern.« Ich lächle Ben an, spreche aber mit betont ernster Stimme weiter. »Was ich dich fragen wollte, Vichor, findest du nicht auch, dass

Kokoschka sehr schön zeigt, wie die Flucht vor der Wirklichkeit eben nicht zur Freiheit führt?« Ich halte kurz inne, dann tue ich so, als wäre ich Vichor, und sage: »Scheiße noch mal, der Pisskopf Wittgenstein hat recht, wenn er sagt, dass Kokoschka das emotionale Skelett der Menschen freilegt. Nimm zum Beispiel Erdbeere: Hätte Kokoschka Erdbeere gemalt, sähen wir dessen Seelenleben in eine krumme Figur vor einem kotzgrünen Hintergrund transformiert. Aber Scheiße noch mal, ich muss los und ein paar alte Tanten mit Steinen beschmeißen!«

»Hör auf damit!«, ist alles, was Ben dazu sagt.

»Entschuldige!«, sage ich. »Aber sie haben mich wirklich ignoriert.«

Wir setzen uns in die Straßenbahn, die bald darauf in den dunklen Tunnel am Matzleinsdorfer Platz eintaucht.

»Du hast sie auch nichts gefragt«, sagt Ben plötzlich.

»Doch, hab ich«, lüge ich. »Ben, gib's zu: Sie sind komisch und unhöflich.«

»Du weißt nichts über sie. Kobra hat fünf Jahre im Gefängnis gesessen«, sagt Ben. »Man hat ihm vorgeworfen, einen Fernseher auf einen Polizisten geworfen zu haben, aber er war's nicht.«

»Das sagen alle Fernsehwerfer.«

»Er war's nicht«, wiederholt Ben. »Der Polizist war vom Hals abwärts gelähmt, aber trotzdem verpfeift man niemanden. Die Jungs sind in Ordnung. Du findest nur, dass Menschen, die keine Ausbildung haben, Idioten sind.«

»Nein, überhaupt nicht«, sage ich. »Ich glaube nur, dass Menschen glücklicher werden, wenn sie sich ihre Arbeit aussuchen können, und das kann man nun mal am besten mit einer vernünftigen Ausbildung. Man hat dann einfach mehr Möglichkeiten. In der Welt wimmelt es ja nicht gerade von Wurmfängern, die ihre Arbeit so lieben, dass sie nie in Rente gehen wollen – wobei sie das sowieso nicht könnten, weil sie als lebenslange Schwarzarbeiter keine Rente hätten.«

Wir fahren in die Station Kliebergasse ein, wo die Wände voller Plakate sind. Sie werben für Verdi-Opern, Ballettaufführungen und eine Ausstellung in der Albertina, wo man die Juwelen der russischen Zaren zeigt. Schmutzstreifen bedecken die Plakate, die auf so vielen ihrer Vorgänger kleben, dass die Ecken nach vorne abstehen.

»Findest du, dass *ich* ein Idiot bin?«, fragt Ben.

»Natürlich nicht. Ich halte nur Leute, die Steine auf Straßenbahnen werfen, für Idioten.«

»Nur damit du im Bild bist: Ich hab mein ganzes Leben lang gearbeitet«, sagt Ben. »Nur das letzte Jahr bin ich herumgereist, und wenn ich arbeite, bin ich gut, egal, *was* ich mache.«

»Ich hab dir nichts vorgeworfen. Entspann dich!«

Ben knurrt eine Antwort und bleibt für den Rest des Tages schlecht gelaunt. Ich weiß nicht, ob sein Ärger mir oder seinen Punk-Kumpels gilt, aber er wird nicht noch einmal vorschlagen, dass wir bei ihnen vorbeischauen.

20

An einem Mittwochnachmittag sitze ich mit einer meiner Lieblingsschülerinnen zusammen. Edeltraud ist siebzig Jahre alt und hat beschlossen, ihr Englisch ein bisschen aufzufrischen. Ihr Mann ist vor vier Jahren gestorben, bei ihr hat man zur selben Zeit Dickdarmkrebs diagnostiziert. Seit sie davon genesen ist, hat sie Straßenkinder in Kathmandu unterrichtet, gelernt, Harfe zu spielen, und sich einen Blauen Himmelsfalter auf die Schulter tätowieren lassen. Als Nächstes will sie anfangen, Finnisch zu lernen.

»Welche Hausmittel helfen denn gegen eine Erkältung?«, frage ich, während ich ein kleines Gähnen zu verbergen versuche. Edeltraud ist auf Stufe 4, und wir nehmen gerade das siebte Kapitel im entsprechenden Berlitz-Buch durch. Es ist *Krankheiten und Hausmittel* überschrieben. Draußen auf der Mariahilfer Straße hört man die Sirene eines Polizeiautos heulen.

»Ich persönlich bevorzuge ein großes Glas Glenmorangie«, sagt Edeltraud seufzend. »*Müssen* wir mit dem Kapitel weitermachen?«

»Selbstverständlich nicht«, sage ich und bin schlagartig hellwach. »Gibt es was Bestimmtes, worüber du gern reden möchtest?«

Von der Stunde sind nur noch zehn Minuten übrig, danach treffe ich Ben, und die in Kapitel 7 aufgeführten Ratschläge, Knoblauch und Hühnersuppe zu essen oder ein heißes Bad zu nehmen, sind mir ohnehin suspekt. Edeltraud kramt eine Zeitschrift aus ihrer Tasche.

»Im ›New Scientist‹ gibt es einen Artikel über flüssiges Methangas auf einem der Saturnmonde«, sagt sie. »Ich hab nicht alle Wörter verstanden, vielleicht könntest du mir da helfen.«

Draußen heult eine zweite Polizeisirene auf und nur Sekunden später eine dritte.

»Gern«, sage ich.

Dann hören wir ein leises Klopfen an der Tür.

»Ja«, sage ich.

Dagmar, die Chefin, streckt den Kopf ins Zimmer. Im Lehrerzimmer kursiert seit Neuestem das Gerücht, sie werde von Büromaterial sexuell erregt, und Mike behauptet, er habe sie einen roten Bic-Stift auf eine Weise streicheln sehen, die ihm regelrecht unheimlich gewesen sei.

»Ich wollte nur sagen, dass alles in Ordnung ist«, sagt sie. »Bleibt einfach hier und macht ganz normal mit dem Unterricht weiter!«

»Was ist denn passiert?«, frage ich.

»Ein Raubüberfall«, antwortet Dagmar.

»Oh nein! Sie haben doch hoffentlich nicht die Grammatikbücher mitgenommen!«, platzt es aus mir heraus.

Dagmar sieht mich mit leerem Blick an. Im Lehrerzimmer kursiert auch das Gerücht, Spezialisten des Allgemeinen Krankenhauses Wien hätten ihr in einem komplizierten Eingriff jeden Sinn für Humor entfernt.

»Der Überfall ist auf der anderen Straßenseite«, sagt sie. »Wie gesagt, es ist alles in Ordnung. Ihr könnt mit dem Unterricht weitermachen. Haltet euch nur bitte von den Fenstern fern! Außerdem müssen wir leider im Gebäude bleiben, bis alles vorbei ist.«

»Okay«, sage ich.

Sobald Dagmar aus der Tür ist, stürzen Edeltraud und ich zum Fenster. Die Mariahilfer Straße ist bis auf fünf Polizeiautos vor dem Gebäude, in dem wir unsere Unterrichtsräume haben, geräumt. Zwanzig Männer in schwarzen Uniformen und mit dem weiß gedruckten Wort »COBRA« auf dem Rücken nähern sich der Bankfiliale auf der anderen Seite der Straße. Es ist die, in der ich einmal, nur um meine Nerven zu beruhigen, ein Auszahlungsformular ausgefüllt habe.

»Wie viele Bankräuber es wohl sind?«, frage ich.

Wir halten Ausschau, sehen aber nur die schwarz uniformierten Polizisten routiniert einen Halbkreis bilden. Weiter entfernt in der Mariahilfer Straße versuchen andere Polizisten, neugierige Zuschauer abzudrängen. Mehrere von ihnen halten Handys in die Höhe, um die dramatischen Ereignisse zu filmen.

»Es müssen Amateure sein«, sagt Edeltraud.

»Wie kommst du darauf?«, frage ich.

»Alle wissen, dass die beste Zeit für einen Bankraub der Montagmorgen ist, weil ihn da niemand erwartet«, erklärt mir Edeltraud. »Die Österreicher machen aber auch alles verkehrt.«

»Da bin ich ausnahmsweise anderer Meinung. Ich liebe die Österreicher«, sage ich, während wir weiter die Vorgänge unten auf der Straße verfolgen. »Gut, sie können arrogant und unfreundlich sein, aber sie wissen auch, wie man das Leben genießt. Ein gutes Glas Wein, freitags früh Feierabend, die Oper, das Theater, leckere Törtchen, Weihnachtsmärkte, Müller-Reis mit Zimt, eine Eurovision-Song-Contest-Teilnehmerin mit Bart, die schöne österreichische Natur, Weingärten innerhalb der Stadtgrenzen Wiens und der Eissalon Tuchlauben. Was will man mehr. Diese exotische Dekadenz, als würden wir alle ewig leben oder schon morgen sterben – ich möchte nirgendwo anders leben als in Wien.«

»Die Österreicher stecken vor allem anderen auf der Welt den Kopf in den Sand«, sagt Edeltraud grimmig.

Kurz darauf zucken wir beide zusammen, als es zum Ende der Stunde läutet, und mir fällt wieder ein, dass ich mit Ben verabredet bin. Nur dürfen wir ja das Gebäude nicht verlassen.

»Bist du jemals ausgeraubt worden?«, frage ich Edeltraud.

»Nur in Brasilien«, sagt sie und hält drei Finger hoch. »Dreimal. Einmal in einem Restaurant, einmal beim Schwimmen in einer Lagune mit anderen Touristen und ein drittes Mal, als die Polizei das Taxi angehalten hat, in dem ich gesessen bin.«

»Die Polizei?«

Edeltraud nickt.

»Die Polizei. – Und du? Bist *du* schon mal ausgeraubt worden?«

»Einmal. In einer der Eisdielen am Schwedenplatz«, sage ich. »Ich hab für drei Kugeln bezahlt, aber nur zwei bekommen. Die Kugel Erdbeereis haben sie mir nie gegeben, die Banditen.«

Plötzlich hört man im Bankgebäude Schüsse. Die Cobra-Polizisten ducken sich, und die Hälfte von ihnen drückt sich links, die andere Hälfte rechts vom Eingang gegen die Wand. Einer macht Zeichen zu uns herüber. Wir sollen von den Fenstern weg. Ein Krankenwagen und zwei weitere Polizeiautos tauchen auf. Aus den anderen Unterrichtsräumen höre ich, dass man dort die Anweisungen Dagmars und der Polizei ignoriert.

»Julia!«, höre ich es plötzlich rufen.

Edeltraud sieht mich an, aber ich bin mir trotzdem nicht sicher, ob ich richtig gehört habe.

»Julia!«, ruft es wieder.

»Hier!«, rufe ich zurück.

Dann wird die Tür aufgestoßen, und Ben stürzt herein. Mit drei großen Schritten ist er bei mir, umarmt mich und gibt mir einen langen Kuss.

»Du bist okay«, sagt er erleichtert.

»Klar bin ich okay«, sage ich.

Ben schüttelt den Kopf. Seine Stirn ist nass von Schweiß.

»Ich hatte doch keine Ahnung, was los ist«, sagt er. »Ich war auf dem Weg hierher, als mich plötzlich ein schwarz gekleideter Mann mit Maschinengewehr angeschrien hat, dass ich nicht weiterdarf. Weil alle Polizeiautos auf eurer Straßenseite stehen, dachte ich, hier wäre was passiert.«

»Wie zum Beispiel was?«, frage ich lächelnd. »Dass einer unserer Schüler ausflippt?«

»Weiß man's? Jemand könnte sich ja mal über ein Verb oder Komma oder weiß der Kuckuck was aufregen. Ich bin so froh, dass du okay bist. Wenn dir was passiert wäre, hätte ich dem Schuldigen den Kopf abgerissen.«

»Drüben gibt's einen Bankraub – live«, sage ich und zeige über die Straße.

Ben schaut aus dem Fenster.

»Cool«, sagt er. »Ich hoffe, die Bankräuber gewinnen.«

Erst jetzt wird mir bewusst, dass Edeltraud die ganze Zeit neben mir steht und Ben anstarrt.

»Edeltraud, das ist Ben«, sage ich.

»Hallo«, sagt Ben, und sie geben sich die Hand.

Edeltraud nickt in Richtung Straße.

»Und wie bist du ins Gebäude gekommen?«, fragt sie Ben.

»Über den Hinterhof und dann das Regenrohr hoch«, sagt Ben. »Kurz dachte ich, dass das Rohr nicht hält, aber zum Glück ist alles gut gegangen. Eine nette Frau im zweiten Stock hat mich reingelassen, als ich an die Fensterscheibe geklopft habe. Von da bin ich die Treppe hochgerannt.«

»Mein Held«, sage ich.

Fast gleichzeitig streckt Dagmar wieder den Kopf ins Zimmer. Für einen Augenblick scheint sie überrascht zu sein, einen wildfremden Mann neben mir und Edeltraud stehen zu sehen, dann setzt sie eine Miene auf, die sie selbst vermutlich als geschäftsmäßig, aber durchaus entgegenkommend bezeichnen würde.

»Wir werden die Schule schließen«, sagt sie. »Die Polizei sagt, dass sich das hier noch Stunden hinziehen kann, da ist es sicherer, wir machen für heute Schluss. Wir sollen den Hinterausgang nehmen.«

Dagmar verschwindet, und Edeltraud fragt fröhlich: »Ist das nicht wie früher, als man von der Schule nach Hause durfte, weil es schneit?«

»Ich war eins von den wenigen Kindern, die gern zur Schule gegangen sind«, sage ich.

»Hinterausgang?«, fragt Ben.

»Er führt hinten aus dem Gebäude zur Parallelstraße«, sage ich. »Aber ich finde deinen Weg über das Regenrohr und durch die Wohnung wildfremder Menschen viel dramatischer und schöner, Spider-Man.«

Ben sieht ein bisschen enttäuscht aus, aber dann klatscht er in die Hände.

»Dann muss ich dich wenigstens auf den Armen ins Freie tragen«, sagt er.

Ich schüttle den Kopf.

»Ich bleib lieber auf den Füßen«, sage ich. »Aber vielen Dank!«

»Du darfst *mich* raustragen«, sagt Edeltraud.

Und schon hat er sie hochgehoben. Sie kreischt vor Begeisterung.

»*Spider-Man, Spider-Man, does whatever a spider can ...*«, singt Ben, während er mit Edeltraud auf den Armen aus dem Zimmer stürmt.

Ich nehme meine Bücher und stecke sie lächelnd in die Tasche.

In der nächsten Unterrichtsstunde fragt mich Edeltraud, wo man Männer wie Ben findet.

»In einer Hecke im Stadtpark«, antworte ich und denke, dass es vielleicht doch an der Zeit ist, dass meine Freunde Ben kennenlernen. Und er sie.

21

Leonores »Closer« hat Premiere. Sie führt nicht nur Regie, sondern spielt auch eine der Hauptrollen. Es ist das erste Mal, dass Leonore und ihre Theaterfreunde Ben treffen werden, und ich habe sogar Rebecca überredet, mit ihrem Jesus zur Premiere zu kommen. Ben ist frisch rasiert und geduscht, und ich habe dafür gesorgt, dass er seine besten Kleider anzieht.

»Möchtest du nicht die andere Jacke nehmen?«, frage ich, als wir uns zum Gehen fertig machen.

»Ich mag die hier«, sagt Ben.

»Sie sieht ein bisschen verzopft aus«, versuche ich, ihm zu erklären. »Nimm doch die, die wir im Secondhandladen gefunden haben.«

»Ich mag die hier«, wiederholt Ben in einem Ton, der mir sagt, dass die Unterhaltung beendet ist.

Auf dem Weg zum Theater überraschen uns die ersten Schneeflocken des Winters. Ben scheint nicht allzu begeistert von der Idee, ins Theater zu gehen. Er schaut sehnsüchtig zu den kleinen Holzbüdchen am Graben, wo sie Orangenpunsch und Glühwein verkaufen.

»Müssen wir uns das ganze Stück ansehen?«, fragt Ben.

»Wir bewerfen die Schauspieler mit unseren faulen

Tomaten, dann hauen wir so schnell wie möglich ab«, antworte ich.

»Echt jetzt?«, fragt Ben.

»Idiot«, sage ich und lächle ihn an. »Wart's doch mal ab, vielleicht findest du das Stück ganz toll? Es soll ziemlich pornografisch sein und spannend noch dazu.«

Ben sieht nicht sehr überzeugt aus.

Und leider ist die Aufführung nicht gut. Einmal fällt ein Bild ohne jeden Grund von der Wand, die Beleuchtung ist verwirrend, und die vier Schauspieler scheinen in vier verschiedenen Stücken mitzuspielen. Als Leonore einen lasziv gemeinten Poledance aufführt, fängt Ben an zu lachen, und alle drehen sich nach ihm um. Das Fatale ist, dass Leonore sich selbst als junge Frau besetzt hat, statt die Rolle zu spielen, die Julia Roberts in der Verfilmung des Stücks spielt.

Als endlich Schluss ist, drängeln sich alle in der kleinen Bar im Foyer, in der gratis Red Bull serviert wird. Auf Metalltabletts liegen trockene Miniaturbrote und Cocktailtomaten, die mit einer undefinierbaren lachsrosa Creme gefüllt sind. In einer Ecke steht der beige Mann und spricht mit niemandem.

»Rebecca, das hier ist Ben«, sage ich. »Ben, Rebecca.«

»Nett, dich kennenzulernen«, sagt Rebecca.

»Gleichfalls«, sagt Ben. »Sag mir bitte, dass du genauso gelitten hast wie ich. Julia ist zu lieb, um zuzugeben, wie schrecklich das gerade war.«

»Vor allem Leonore war schrecklich, oder?«, sagt Rebecca halb flüsternd und lehnt sich näher zu Ben.

Ich kann sehen, dass sie ihn gutheißt. Andererseits würde sie wahrscheinlich jeden gutheißen, solange es nicht Matthias ist, den sie offen missbilligte.

Als Leonore aus ihrem Umkleideraum kommt, überreiche ich ihr den Blumenstrauß, den ich mitgebracht habe, und sage ihr, wie wunderbar sie war. Seit Ben bei mir eingezogen ist, habe ich aufgehört, mich mit ihr zu treffen, und die Stimmung zwischen uns ist, gelinde gesagt, frostig geworden, ganz so, als wäre meine neue Beziehung ein persönlicher Verrat ihr gegenüber.

»Ist doch gut gelaufen«, sagt Leonore mit einer Selbstsicherheit, die man nur bewundern kann.

»Leonore, das hier ist Ben. Ben, Leonore.«

Ben und Leonore geben sich die Hand. Es ist Hass auf den ersten Blick.

»Du bist also der Penner, der bei Julia eingezogen ist?«, fragt Leonore.

»Yep«, sagt Ben. »Und du bist die schlechte Schauspielerin mit dem reichen Mann?«

»Leonore, du warst einfach fantastisch«, sage ich erschrocken.

Dann kommt zum Glück jemand, um Leonore zu gratulieren, und ich packe Ben am Arm und führe ihn in eine stille Ecke.

»Sag doch nicht so was!«, flüstere ich. »Sie ist eine Freundin von mir. Hast du sie noch alle?«

»Sie ist nicht deine Freundin«, sagt Ben. »Und selbst wenn, warum willst du mit so einer Person befreundet sein?«

»Weil, weil ...«, fange ich an zu stottern. »Weil man nicht nur Freunde fürs Leben haben kann. Du und The English, ihr seid das, aber man braucht auch Freunde, die man nicht so mag.«

»Nein, die braucht man nicht.«

»Eben doch«, sage ich. »Weil es sonst damit endet, dass nur noch ein einziger Freund übrig bleibt. Und wenn der wegzieht oder stirbt, hat man niemanden mehr. Man braucht auch halbe Freunde oder meinetwegen gute Bekannte!«

Ben sieht mich böse an.

»Sei um Himmels willen nicht so schwedisch!«

»*So schwedisch?* Was weißt du darüber, wie die Schweden sind? Ich bin der einzige schwedische Mensch, den du überhaupt kennst.«

»Sei nicht so schwach, wollte ich sagen«, verdeutlicht Ben. »Im Leben brauchst du Eier.«

»Erstens hasse ich diese Art zu reden«, flüstere ich wütend. »Und zweitens hasse ich diese Art zu reden.«

»Von solchen Leuten wirst du doch nur ausgenutzt. Du bist tausendmal mehr wert als diese Eleonore.«

»Leonore«, korrigiere ich ihn.

»*Whatever*«, sagt Ben.

»Nur weil du auf einer Plane und Pappkartons geschlafen hast, kannst du noch lange nicht auf alle sozialen Normen pfeifen. Und es gibt dir auch nicht das Recht, dich als Wahrheits-Buddha aufzuspielen. Überhaupt nicht!«

»Du bist feige.«

»Feige?«

Ich merke, dass ein Paar zu uns herschielt, und senke die Stimme.

»Feige?«, wiederhole ich.

»Okay, vielleicht nicht feige«, sagt Ben. »Das war das falsche Wort. Aber du lebst dein ganzes Leben so verdammt sicher. Nie gehst du Risiken ein.«

»Und das ist jetzt neu für dich? Ich dachte, das hätte ich dir schon erzählt, als wir das erste Mal auf der Donauinsel waren: dass ich keine Überraschungen mag! Und was ist so falsch daran, keine Risiken einzugehen? Vor ein paar Wochen hab ich bei Rot die Straße überquert, und weißt du, was passiert ist? Ich bin von einem österreichischen Greis angepampt worden. Obwohl die Straße total leer war! Keine Autos weit und breit!« Jetzt habe ich mich warm geredet und spüre es im ganzen Körper. »Ich hab den Mythos satt, dass abenteuerlustige Menschen besser sein sollen als Menschen, die es nicht sind. Dass man nur jemand ist, wenn man nackt im Ganges gebadet oder Delfine gestreichelt hat. Oh, seht her, ich bin auf einem Musikfestival, es gibt nirgendwo Toiletten, und ich bin von Kopf bis Fuß voll Matsch, ist das nicht cool?!«

Wir sind beide einen Augenblick still, und ich sehe, wie der beige Mann mit ernster Miene in sein Handy spricht. Wenn Ben und ich nicht streiten würden, wäre jetzt ein Witz darüber fällig, dass Red Bull wahrscheinlich in einer Krise steckt: *Keine Flügel mehr am Lager, verdammt!*

»Wenn dich sonst noch was an mir stört, nur zu,

das ist die beste Gelegenheit, es loszuwerden!«, sage ich schließlich.

Ben sieht mich an.

»Du hast anscheinend eine Allergie gegen offene Fenster, jedenfalls ist es in der Wohnung immer stickig.«

»Eine Allergie gegen offene Fenster?«
Ben nickt.

»Am glücklichsten wärst du wahrscheinlich in einer Tonne.«

»Frische Luft wird überschätzt«, murmle ich.

»Und du gehst manchmal viel zu früh ins Bett. Eine erwachsene Frau sollte nicht schon um neun ins Bett gehen.«

»Eine erwachsene Frau kann selbst bestimmen, wann sie ins Bett geht«, zische ich. »Alle coolen Menschen gehen früh ins Bett. Weil wir wissen, wie wichtig der nächtliche Schlaf ist. Außerdem kann man so vorm Einschlafen noch lesen. Nur Loser bleiben die ganz Nacht wach.«

»*Whatever*«, sagt Ben. »Leonore ist trotzdem eine verzweifelte Kuh.«

»Und du warst, als wir uns kennengelernt haben, ein stinkender Penner«, sage ich. »Nur falls du's vergessen hast.«

Es war unser erster Streit. Minutenlang stehen wir danach nebeneinander und trinken wortlos unser Red Bull.

»Sollen wir gehen?«, fragt Ben schließlich.
Ich sehe ihn an.

»Ich will nicht mit dir streiten«, sage ich.

»Die Vorstellung war schon schrecklich genug«, sagt Ben.

»Los dann!«, sage ich.

Auf dem Heimweg bringt Ben mich zum Lachen, als er an einer Laterne Leonores Poledance nachmacht. Die Straßen sind inzwischen vollkommen mit Schnee bedeckt.

22

»Das sehen wir uns genauer an«, sage ich begeistert.

Ben und ich stehen auf dem Weihnachtsmarkt am Spittelberg und haben dunkelblaue Becher mit dampfendem Glühwein in den Händen. Den Weihnachtsmarkt am Spittelberg mag ich besonders gern, weil er so versteckt in ein paar kleinen Straßen im 7. Bezirk liegt, dass keine Touristen hinfinden. Stattdessen wimmelt es dort von Studenten, Familien mit Kindern und der Sorte Wiener Hipster, die in leeren Büros mit Holzböden und allenfalls einer riesigen aufblasbaren Heineken-Flasche als postmodernem ironischem Statement vor ihren Laptops sitzen. Wir haben fast zehn Grad Minus, und man kann den Atem der Leute sehen. Es ist so eng, dass Ben und ich dicht aneinandergepresst stehen müssen, wogegen ich natürlich nichts habe.

Ben ist frisch rasiert, was, wie immer, den doppelten Effekt hat, dass seine Augen größer aussehen als sonst und ich ihn pausenlos anstarren muss. Ich merke, dass es gleich mehreren jungen Frauen genauso geht, was meinerseits zu einer gewissen Selbstzufriedenheit führt. Ich frage mich ernsthaft, ob es eine Geschäftsidee wäre, einen Onlinedating-Service zu starten, der Frauen um die dreißig mit Pennern zusammenbringt.

Was David an Zähnen fehlt, macht er mit der Fertigkeit wett, Kühlflüssigkeit zu trinken.

Ben beobachtet eine Gruppe tief hängende Rucksäcke tragender Gymnasiasten, die gerade auf dem Markt einfallen.

»Teenies«, bemerkt er schaudernd. »Vielleicht können die uns erklären, was balinesische Holzskulpturen, peruanische Wollmützen und Räucherstäbchen auf einem Weihnachtsmarkt zu suchen haben?«

»Für jemanden, der vor Kurzem noch in einer Hecke geschlafen hat, kannst du manchmal verdammt konservativ sein«, sage ich. »Noch einen?«

Eigentlich schmeckt der Glühwein sauer und billig, aber ich habe beschlossen, dass wir es gemütlich haben sollen. Nach dem Weihnachtsmarkt wollen wir noch ins türkische Restaurant Kent im 6. Bezirk. Ben hat sich dort schon so mit einem der Kellner angefreundet, dass er zur Hochzeit des Cousins eingeladen ist und aus Ankara ins Land geschmuggelte Zigaretten angeboten bekommt.

»Sicher«, sagt Ben. »Aber *ich* zahle.«

Er holt ein paar Münzen aus der Tasche und beginnt zu zählen.

»Nein«, sage ich schnell. »*Ich* zahle, ist schon okay. Noch mal dasselbe?«

»Nein, lass *mich* bezahlen!«, sagt Ben etwas gereizt.

»Nein, ist schon okay. Hör auf!«

»Du hast den ersten Becher bezahlt«, knurrt Ben. »Und ich hab genug Geld.«

»Ganz ehrlich, Ben, es ist kein Problem. Hör bitte auf!«

»Nein.«

»Hör auf!«

»Lass mich bezahlen!«

»HE!«

Die zwei jungen Leute sind so plötzlich neben uns aufgetaucht, dass wir zusammenzucken. Ein Mädchen und ein Junge. Der Junge hat Pickel auf den Wangen und das Mädchen frisch geföhnte Haare.

»Wir sind von der Internationalen Schule hier in Wien, dürfen wir euch ein paar Fragen stellen?«, fragt das Mädchen auf Englisch und fährt, ohne eine Antwort abzuwarten, fort: »Frage Nummer eins: Seid ihr von hier?«

»Nein«, sagt Ben.

»Ja«, sage ich gleichzeitig.

Das Mädchen sieht uns ein bisschen verwirrt an. Der Junge notiert unsere Antworten auf einem iPad. Auch das Mädchen wirft einen schnellen Blick darauf und fragt: »Macht ihr Urlaub in Wien?«

»Nein«, sage ich.

»Ja«, sagt Ben.

Die nächste Frage muss das Mädchen langsam vom iPad ablesen: »Hier liegt eine Menge Dreck auf den Straßen – wärt ihr bereit, als Umweltvolontäre zu arbeiten und ihn aufzusammeln?«

»Niemals«, sagt Ben.

Das Mädchen und der Junge starren ihn an. Die Wangen des Mädchens werden eine Spur röter.

»Auf den Wiener Straßen liegt doch gar kein Dreck«, sage ich. »Wien ist eine der saubersten Städte der Welt.«

»Es handelt sich um *hypothetische* Fragen«, sagt das Mädchen in einem Ton, als wäre ich ein bisschen zurückgeblieben.

Jetzt liest sie die nächste Frage ab: »Was wäre eurer Meinung nach die beste Art, den Dreck auf den Straßen zu reduzieren?«

»Mehr Abfallkörbe aufzustellen …«, beginne ich.

»Denen, die alles einsauen, eine Abreibung zu verpassen«, sagt Ben.

Der Junge mit den Pickeln knurrt zustimmend, während er Bens Antwort notiert.

»Fällt euch etwas ein, was die Welt verbessern könnte?«, fragt das Mädchen. »Aus der Umweltperspektive gesehen?«

Ben nickt heftig.

»Hört auf, Pandas zu retten!«, sagt er. »Der einzige Grund, weshalb Pandas noch leben, ist, dass Menschen sie niedlich finden. Es kostet Millionen von Dollar, sie zu schützen, und sie sind von Natur aus schwach. Lasst die Pandas aussterben und gebt das Geld für was anderes aus. – Schreib das genauso auf, wie ich es gesagt habe!«

Der Junge schreibt, so schnell er kann. Das Mädchen starrt Ben an. Eine Teenagerwelt ist plötzlich nicht mehr, wie sie war.

»Danke für eure Zeit!«, sagt das Mädchen und zieht den Jungen fort, obwohl er noch nicht mit dem Schreiben fertig ist.

Als die Teenies außer Hörweite sind, sage ich zu Ben: »Du hast vergessen, ihnen zu sagen, dass du auch Robbenbabys und hungernde afrikanische Kinder hasst.«

»Und dass ich sehr für Krebs bin«, sagt Ben und lächelt.

»Sag bitte trotzdem nicht mehr, dass man irgendjemandem eine Abreibung verpassen sollte.«

»Warum nicht?«

»Weil du dann wie ein Neandertaler rüberkommst. Es gibt bessere Arten, mit Menschen zu kommunizieren.«

»Mit Idioten nicht«, sagt Ben.

Innerlich seufze ich, aber ich führe die Unterhaltung nicht weiter.

Zu meiner Erleichterung lässt es auch Ben gut sein.

Nach einem weiteren Glühwein und einem Orangenpunsch spüre ich einerseits die Kälte nicht mehr, und andererseits haben die Menschen um uns herum ihre Konturen verloren. Es ist nicht mehr so voll auf dem Markt, viele sind schon nach Hause gegangen, um dort zu Abend zu essen.

»Noch einen!«, sage ich und halte meinen Becher hoch. »Dann kriegst du vielleicht meinen Falco zu sehen, wie er ›Rock me Amadeus‹ singt. Das ist meine Paradenummer, musst du wissen, nur dass sie leider keiner sehen will. – Moment mal, hast du etwa das rote T-Shirt an?«

Unter Bens Jacke habe ich etwas Rotes blitzen sehen. Ben nickt.

»Es ist schmutzig«, sage ich. »Ich hab die letzten Nächte darin geschlafen.«

»Wenn ein Mädchen was angehabt hat, bleibt es für mindestens eine weitere Woche sauber«, sagt Ben. »Hast du das nicht gewusst?«

»Nein, aber es klingt logisch«, sage ich mit einer etwas zu hohen Stimme. »Schau mal da drüben, eine meiner Schülerinnen!«

Ich zeige auf Vera, die mit einem kleinen Mädchen vor einem Duftkerzenstand steht und sich ein lila Exemplar aus der Nähe anschaut.

»Dann geh doch hin und sag Hallo!«, sagt Ben.

»Die Schüler reagieren immer verunsichert, wenn sie mich außerhalb des Klassenzimmers sehen. Als dürfte es mich sonst gar nicht geben. – Ich bring schnell die Becher zurück, da ist Pfand drauf. Dann sollten wir los ins Kent, mir wird nämlich schon ein bisschen …«

Ich bringe den Satz nicht zu Ende, weil sich mir plötzlich ein bitterer Geschmack in den Mund drängt. Ich nehme nur Bens Becher und steuere mit wackeligen Schritten auf das Glühweinbüdchen zu.

»Hallo, Julia!«

Jemand tippt mich auf die Schulter. Es ist Vera.

»Vera!«, sage ich. Und dann noch einmal: »Vera!«

»Das hier ist meine Tochter Sabine«, sagt Vera. »Sabine, das hier ist meine Englischlehrerin Julia.«

Ich gebe der Tochter, die ihr Haar in zwei dünnen Zöpfen trägt, die Hand. Ich hoffe, weder sie noch Vera merken, dass ich mich zusammenreißen muss, um halbwegs aufrecht zu stehen. Bestimmt rieche ich, wenn ich den Mund aufmache, nach billigem Rotwein.

»Kauft ihr Geburtstagsgeschenke?«, frage ich.

Der bittere Geschmack in meinem Mund wird schlimmer. Dazu kommt von irgendwoher ein unappetitlicher Geruch nach Bratwurst.

»Wir halten mehr nach *Weihnachtsgeschenken* Ausschau«, korrigiert mich Vera.

»Und ist letzte Woche ein Nikolaus in eure Schule gekommen?«, frage ich Veras Tochter, deren Namen ich schon vergessen habe. Bekanntlich kommt der Nikolaus in Österreich und Deutschland am 6. Dezember. Veras Tochter sieht mich mit entsprechend versteinerter Miene an.

»*Der* Nikolaus ist zu uns in die Schule gekommen«, sagt sie. »Nicht *ein* Nikolaus.«

Genau da sehe ich die Bratwurst beziehungsweise einen Mann, der in ein Bratwurstbrötchen beißt, aus dem durchfallgelber Senf zwischen Brötchen und Wurst ins Freie quillt.

»Richtig«, sage ich, bevor ich mich elegant in einen der beiden dunkelblauen Becher in meinen Händen übergebe.

Ich stehe still. Vera und ihre Tochter stehen still. Das Ganze ging so schnell und geschmeidig vor sich, dass ich ohne die Becher in meiner Hand womöglich gar nicht geglaubt hätte, dass es passiert ist.

»Entschuldigt mich!«, murmle ich und wende mich von den beiden ab.

Ich gehe, so schnell es mir möglich ist, zurück zu Ben, stelle die Becher neben ihm auf den Boden und ziehe ihn fort von den Buden und Menschen. Dabei versuche ich, die Tränen zurückzuhalten.

»Ben, ich hab gerade vor den Augen einer Schülerin gekotzt«, sage ich weinerlich.

Ben muss lachen.

»Wirklich?«

Ich nicke.

»In einen Glühweinbecher«, schluchze ich.

»Gut gezielt«, sagt Ben. »Nur ist jetzt das Pfand futsch – macht zehn Euro.«

Inzwischen sind wir in der Burggasse angelangt. In der Fußgängerzone ist gestreut, trotzdem habe ich Probleme mit dem Gehen und muss mich an Ben festhalten.

»Verstehst du nicht?«, sage ich. »Ich hab vor den Augen einer Schülerin *gekotzt*.«

Ben zuckt mit den Schultern.

»So was passiert«, sagt er. »Geht's dir schon besser?«

»Nein, so was *darf* nicht passieren«, sage ich. »Unsere Schüler glauben, dass wir eine Art Roboter sind. Wir dürfen nicht ganz normal menschlich sein. Und definitiv nicht eklig menschlich. Ich hatte mal einen Mathelehrer, der hat vor der Klasse gefurzt und musste die Schule wechseln, weil ihn danach niemand mehr ernst genommen hat. Er hat an eine Schule *in einem anderen Land* gewechselt.«

»Hör auf, dir ständig Gedanken darüber zu machen, was andere über dich denken! Wen kümmert's?«

»Mich kümmert's. *Mich*. Und *du* bist schuld!«

Ich klammere mich an Ben und halte wie paranoid nach Vera oder irgendwelchen anderen Schülern Ausschau.

»Und *wieso* bin ich schuld?«, fragt Ben.

Es ist so kalt, dass ich erst jetzt bemerke, wie rot seine Ohren geworden sind.

»Weil ich sonst nicht so viel Glühwein trinke«, sage ich. »Ich trinke erst so viel, seit wir zusammen sind. Wie kann es überhaupt sein, dass du nicht betrunken bist?«

»Dafür braucht's ein bisschen mehr als vier Becherchen Glühwein«, sagt Ben beinahe düster. »Immerhin hab ich auf der Straße schon vor dem Frühstück eine Flasche billigen Rotwein getrunken.«

Mein Magen gibt einen gurgelnden Laut von sich, und noch einmal breitet sich in meinem Mund der bittere Geschmack von Wein mit Gewürznelke aus.

»Mir geht's nicht gut«, sage ich. »Wir sollten besser nach Hause gehen.«

»Klar«, sagt Ben enttäuscht.

Fast trete ich danach in Hundekacke.

»Alle diese stinkenden Hunde im 7. Bezirk!«, sage ich. »Oh Gott, ich muss gleich wieder kotzen, und wir haben noch nicht mal zu Abend gegessen. Obwohl wir normalerweise immer zu Abend essen. Und *du* kochst. Oh Gott, bist du ein *feeder*?«

»Was soll das sein, ein *feeder*?«

»Einer, den es aufgeilt, wenn andere essen«, sage ich und gerate blitzartig in Wut. »Solche Typen kriegen sexuell einen Kick, wenn ihre Freundinnen fünfhundert Kilo schwer werden und sich Schwimmringe um ihre Schwimmringe legen. Du bist ein *feeder! Darum* machst du immer das Abendessen.«

»Ich mache immer das Abendessen, weil *du* nur Nudeln mit Pesto kannst«, sagt Ben. »Und diesen komischen Ziegenkäsesalat. Außerdem scheinst du zu glauben, dass man Essen ausschließlich auf der höchsten Stufe kochen kann.«

»Die höchste Stufe ist die einzig wahre«, sage ich undeutlich. »Die anderen sind nur Farce.«

Ben schließt die Haustür auf, und natürlich ist es drinnen um ein paar Grad wärmer. Komischerweise geht es mir sofort noch schlechter, und das Treppenhaus beginnt sich zu drehen. Im zweiten Stock zeige ich auf die Tür zur Linken.

»ELFRIEDE JELINEK«, flüstere ich.

»Schrei nicht so!«, sagt Ben.

Ich schlage erst die Hände vor den Mund, dann forme ich sie zu einem kleinen Trichter und sage, diesmal wirklich im Flüsterton: »Elfriede Jelinek.«

»Ich weiß nicht, wer das ist«, sagt Ben.

»Je-li-nek. Die Nobelpreisträgerin. ›Die Klavierspielerin‹. ›Bambiland‹. ›Die Liebhaberinnen‹.«

Ben zuckt mit den Achseln, was mich aus irgendeinem Grund noch wütender macht, als ich es schon bin. Worauf ich in irgendeinem Teil meines Gehirns österreichischen Glühwein der Liste jener Alkoholika hinzufüge, die mich sehr, sehr wütend machen und darum in Zukunft gemieden werden sollten. Auf der

Liste stehen bisher nur Whisky sowie Wein aus Schonen.

»Du bist dermaßen ahnungslos«, sage ich sauer. »In unserem Haus wohnt eine Nobelpreisträgerin. Eine NOBELPREISTRÄGERIN. In *unserem* Haus. *Our House. In the middle of our street. Our house.* Eine Nobelpreisträgerin. JELINEK. Du Ignorant!«

Mühsam steigen wir weiter die Treppe hinauf, tun es, obwohl die Welt für meinen Geschmack ein bisschen zu sehr schwankt und mir inzwischen der Kopf wehtut. Der bittere, ätzende Geschmack erfüllt inzwischen meinen ganzen Mund.

»Es gibt auch viele Dinge, die *du* nicht weißt«, sagt Ben. »Wie zum Beispiel, was ein Buick Grand National ist.«

»Ich weiß genug, um zu wissen, dass ich gar nicht wissen will, was ein Buick Grand National ist«, sage ich und beginne, mich auf allen vieren fortzubewegen, weil mir das die sicherste Art zu sein scheint, es mit der Treppe aufzunehmen.

»Und wer ist jetzt ahnungslos?«, fragt Ben. »Komm, ich helf dir!«

Ich wedle seine Hand weg.

»Nein, das kann ich allein!«, zische ich und krabble weiter. »Bis in meine Tonne.«

Als ich am nächsten Morgen aufwache, hat Ben ein Glas Wasser und zwei Aspirin auf dem Nachttisch platziert. Neben dem Bett steht auch ein Eimer, der Gott sei Dank leer ist. Die ganze Wohnung ist aufgeräumt, er hat sogar die Wäsche auf den Ständer gehängt. Optimus hat was zu fressen bekommen, und die Toilette riecht nach Duftspray. Zu meinem Erstaunen hat Ben sogar die Schuhe im Flur nach der Größe geordnet, aber als ich mich dafür bedanke, sagt er, dass ihm gerade dafür kein Dank gebühre, weil ich selbst es gewesen sei, die – auch in der Wohnung noch auf allen vieren krabbelnd – die Schuhe so ordentlich aufgereiht habe.

23

Ben und ich tun so, als wären Michail Baryschnikov und Anna Pavlova für ein einziges Mal zusammen auf dem Eis. Jetzt, wo die Zeit der Weihnachtsmärkte zu Ende ist, gibt es vor dem Rathaus eine riesige Schlittschuhbahn. In den Bäumen hängen große Schneeflocken aus Kunststoff, und das Rathaus ist lila beleuchtet. Obwohl es fast halb zehn Uhr abends ist, wimmelt es auf der Schlittschuhbahn noch von Leuten. Aus den Lautsprechern strömt klassische Musik, die perfekt zu unseren frei erfundenen Sprüngen, Schritten und Pirouetten passt.

»Ich brauch eine kleine Pause«, sage ich, nachdem wir in einer dramatischen Pose stehen geblieben sind. »Danach könnten wir Nancy Kerrigan und Tonya Harding spielen.«

Ben lächelt, bevor er, den linken Arm nach vorn, das rechte Bein nach hinten gestreckt, davongleitet. Ich versuche, ohne mit allzu vielen Leuten zusammenzustoßen, an die Bande zu fahren. Der Abend ist besonders, weil Ben den Eintritt und die Schlittschuhmiete übernommen hat. Die Polen im 3. Bezirk haben ihm Arbeit gegeben. Ein Versuch als Kartenverkäufer für die touristischen Mozart-Konzerte war zuvor gescheitert. Es ist sonst *der* Job für verzweifelte und einigermaßen gut aussehende junge Männer in Wien, aber die Mozart-Kostüme waren Ben zu klein und die Touristen hat er zu anderen, besseren Mozart-Konzerten geschickt. Nach zwei Wochen hatte er gerade mal zwanzig Euro verdient, weil sie die Mozart-Jungs auf Provisionsbasis einstellen. Jetzt arbeitet er als Gipser.

»Die Polen sind Blutsauger«, hat er mir erklärt. »Ein Österreicher bekäme zwanzig Euro die Stunde, mir zahlen sie achtzig Cent pro Quadratmeter. Das heißt, wenn ich hundert Quadratmeter dreimal statt nur einmal spachteln muss, hab ich hinterher auch nur achtzig Euro. Aber es ist wenigstens Arbeit.«

»Ich bin stolz auf dich«, hab ich gesagt.

»Sag so was nicht!«

»Warum nicht?«

»Wenn ich fünf Jahre alt wäre und dir ein schönes Mosaik aus Nudeln gebastelt hätte, könntest du stolz sein«, war Bens Antwort. »Ich mache einen Scheißjob, aber ich freu mich, endlich fürs Essen bezahlen zu können.«

Während ich an der Bande stehe und versuche, meine steif gefrorenen Zehen wiederzubeleben, entdecke ich Karen, die auch an der Berlitz unterrichtet. Sie ist so schmal und blass, dass die Schüler regelmäßig fragen, ob sie vielleicht krank ist. Eine Schülerin hat ihr sogar mal Butterbrote und Orangen mitgebracht.

»Hallo Karen!«

Karen sieht mich und kommt mit einer großen Tasche in der Hand zu mir her.

»Hörst du auf oder fängst du an?«, frage ich sie.

»Ich will gerade nach Hause«, sagt sie. »Bist du allein hier?«

Ich schüttle den Kopf und zeige auf Ben, der nicht mehr den Balletttänzer auf dem Eis gibt, sondern vor zwei wildfremden Kindern einen Robotertanz hinlegt. Die Kinder lachen sich schlapp.

»Was ich dich fragen wollte«, sagt Karen, nachdem wir die Szene eine Weile stumm beobachtet haben. »Hättest du Interesse, einen Abendkurs an der Universität zu übernehmen? Es ist ein Anfängerkurs, den ich sonst halte, aber ich hab gerade überhaupt keine Zeit dafür.«

»Hier an der Universität?«, frage ich. »Ja, unbedingt!«

»Schön«, sagt Karen. »Der Kurs geht erst im September los, aber sie bezahlen dreimal so viel wie Berlitz.«

»Wow, danke!«

»Außerdem muss ich demnächst wieder Seminararbeiten korrigieren, davon könntest du mir auch welche abnehmen. Wird genauso gut bezahlt, ich schaff's nur nicht mehr allein.«

Als Karen sich verabschiedet, habe ich ein großes Lächeln auf dem Gesicht. Ein Job an der Universität. Und an der Berlitz bekomme ich inzwischen einen höheren Stundensatz, weil ich seit mehr als dreitausend Stunden unterrichte. Dazu hab ich, wie um dem Ganzen die Krone aufzusetzen, eine Superidee für die

Geschichte einer verbotenen Liebe, nämlich zwischen einem katholischen Priester und einer jungen Frau in Australien. Ich weiß auch schon, wie der Priester heißen soll, Father Ralph, was mich selbst ein bisschen wundert, weil ich Ralph schon immer für einen hochgradig albernen Namen gehalten habe. Andererseits sollte man als Schriftstellerin auf seine Instinkte hören. Ich weiß jetzt schon, was das für ein brillanter, herzzerreißender Roman werden wird! Mit diesem Gedanken mache ich mich auf den Weg zu Ben.

»Ben, ich werde Englisch an der Universität unterrichten!«, rufe ich ihm zu.

»Dann komm her, Frau Professorin!«

Ben führt meine rechte Hand nach oben, und ich drehe eine Pirouette. Als er mich wieder loslässt, sage ich: »Ich werde mich nicht gleich Professorin nennen dürfen, nur weil ich einen Abendkurs gebe, aber geil ist es trotzdem.«

»Der Gipser und die Professorin«, sagt Ben.

»Ich weiß nicht, ob eine Professorin mit einem Gipser zusammen sein kann«, gebe ich zurück.

»Sorry, Baby!«, sagt Ben und lässt mich noch eine Pirouette drehen. »Aber du bleibst für den Rest deines Lebens bei mir.«

Es sind nicht die wilden Stunden mit Ben, die ich am meisten mag, sondern das ruhige Alltagsleben. Wenn wir zusammen frühstücken, im Supermarkt einkaufen oder abends nebeneinander auf dem Sofa sitzen, ich mit einem Glas Rotwein und er (nachdem ich ihn endlich davon überzeugen konnte, dass es kein Gesetz gibt, das einem das Trinken aus der Dose vorschreibt) mit einem Glas Bier. Dazu essen wir Lindt-Schokolade der Geschmacksrichtung »Salted Caramel«. Es sind Stunden, in denen ich eine Freude, eine Zufriedenheit und eine Ruhe verspüre wie noch nie zuvor. Ein Teil von mir beginnt zu hoffen, dass Ben Berlin vergessen hat.

»Bubbles sollte diesen Loser Johnny echt loswerden«, sagt Ben. »Er käme ohne ihn hundertmal besser klar.«

»Ich will nicht zu viel verraten, aber Johnny ist Bubbles' Untergang«, sage ich.

Weil Ben nie »The Wire« gesehen hat, ackern wir uns durch alle fünf Staffeln und reden über McNulty, Kima, Omar und Herc, als wären sie gute Bekannte.

»Pawel von der Arbeit hat mir erzählt, dass man nur eine Stunde von Wien entfernt Ski fahren kann«, sagt Ben plötzlich.

»Ich weiß«, sage ich. »In Semmering.«

»Warum hast du mir das nie erzählt?«

»Weil mich Skifahren nicht interessiert«, antworte ich.

»Aber da müssen wir hin, wenn es so nah ist. Pawel sagt, ich kann mir die Snowboardsachen von seinem Cousin ausleihen.«

Ich antworte nicht gleich.

»Hm ... ich weiß nicht«, sage ich schließlich. »Der Anblick, wenn ich mit fünf Kilometern in der Stunde hangabwärts pflüge, könnte für dich ein bisschen zu aufreizend sein. In sexueller Hinsicht, meine ich. Ich weiß nicht, ob du damit klarkommen würdest.«

»Quatsch, das wird cool!«, sagt Ben begeistert.

»Okay«, sage ich. »Am Samstag – aber nur, wenn du mir versprichst, dir keine weißen Striche unter die Augen zu malen, und mich nie allein oben am Hang stehen lässt.«

»Abgemacht«, sagt Ben.

Worauf wir uns noch eine Folge von »The Wire« ansehen. Beim anschließenden Zähneputzen unterhalten wir uns darüber, ob D'Angelo Barksdale Avon hätte verpfeifen sollen oder nicht.

»Man verpfeift niemanden«, beharrt Ben. »Niemals.«

»Ist das so in der Unterwelt?«, frage ich und fahre mit tiefer Stimme fort: »*Verpfeif niemanden, niemals!* – Gibt's noch mehr solche Regeln, an die ihr euch haltet?«

»*Ihr?*«, sagt Ben. »Ich bin doch nicht in der Mafia.«

Ich spüle den Mund aus.

»Also dann keine Regeln«, sage ich. »Aber doch Dinge, die man tut oder nicht tut. Unter Pennern?«

Ben denkt nach.

»Wenn, dann wären es vermutlich Dinge wie, dass man mit anderen teilt, wenn man Alkohol ergattert hat, dass man niemandem den Schlafplatz streitig macht und vor allem niemals mit der Polizei redet.«

»Klingt wie bei Berlitz«, sage ich begeistert. »Wir teilen uns die blaue Murphy-Grammatik, weil es die beste ist, wir nehmen niemandem seine Schüler weg und reden vor allem niemals mit Dagmar. – Die Ähnlichkeiten sind erschreckend.«

Wir machen das Licht aus und gehen ins Schlafzimmer.

»Was bedeutet *effervescent*?«, fragt Ben, als wir im Bett liegen und lesen.

»Lebhaft oder überschwänglich«, antworte ich. »Aber bist *du* hier nicht der Muttersprachler?«

»Doch«, sagt Ben und seufzt.

»Wenn du dir in der Schule ein bisschen Mühe gegeben hättest, wüsstest du solche Sachen vielleicht«, sage ich halb im Scherz.

»Ja, Mama«, sagt Ben und seufzt wieder.

Ich versuche, mich von seiner Antwort nicht aus dem Konzept bringen zu lassen.

»Apropos Mamas und was sie alles aushalten müssen, aber jemand wie ich nicht«, sage ich. »Könntest du eventuell aufhören, deine schmutzigen T-Shirts über die ganze Wohnung zu verteilen?«

Ben seufzt ein drittes Mal, bevor er antwortet.

»Ja«, sagt er mit Verzögerung und schaut in sein Buch, damit ich verstehe, dass er nicht mehr gestört werden möchte. Ich werde das Gefühl nicht los, dass er sich das »Mama« so eben noch verkneifen konnte.

24

Der darauffolgende Donnerstag an der Berlitz wird anstrengend, weil alle meine Schüler neu und nicht auf derselben Lernstufe sind. Eine Frau – Stufe 3 – hört nicht mehr auf, von der Wohnung zu reden, die sie und ihr Freund gerade gekauft haben. Ich weiß schon, dass es im Badezimmer italienischen Marmor gibt und sie nicht weniger als zwei Balkone haben sowie einen Aufzug, der sie direkt in die Wohnung bringt.

»Und sie ist hundertzwanzig ... was heißt ›Quadratmeter‹?«, fragt sie.

»*Square meters*«, antworte ich.

Die Frau lächelt breit.

»Hundertzwanzig Quadratmeter groß«, sagt sie. »Im 1. Bezirk.«

»Wie schön«, sage ich und hoffe, dass sie endlich Ruhe gibt.

»Mein Freund ist Vize-MD bei Hewlett-Packard hier in Österreich«, sagt sie und strahlt dabei.

Ein paar Sekunden lang gestatte ich mir zu überlegen, wie es wohl wäre, wenn ich einen Freund hätte, der Vize-MD bei Hewlett-Packard ist. Wie es wäre, wenn ich nicht das Essen bezahlen müsste, ganz zu schweigen davon, dass der Vize-MD von Hewlett-

Packard bestimmt eine gültige Aufenthaltsgenehmigung besitzt.

»Da muss Ihr Freund sicher viel arbeiten«, sage ich, um irgendein Haar in der MD-Suppe zu finden.

Die Frau schüttelt den Kopf.

»Nicht mal«, sagt sie. »Wir schauen auch immer, dass wir viel reisen und schöne Urlaube machen können. Letzten Winter waren wir auf den Malediven.«

»Oh!« ist alles, was mir dazu einfällt.

Da ich inzwischen genug von der fantastischen Wohnung, dem tollen Freund und den schönen Urlauben weiß, zwinge ich die Frau, eine fantastisch langweilige Übung zum Gebrauch von Adverbien zu machen.

In den letzten drei Stunden muss ich dann einen ausgesprochen unsympathischen Mann mit rotblonden Haaren ertragen. Obwohl er ein AMS-Schüler ist, hat man ihm aus irgendeinem Grund Einzelstunden statt Gruppenunterricht genehmigt. Wir haben gerade einen Artikel in ›Passport‹ gelesen.

»Was heißt *behemoth?*«, fragt er und zeigt mit dem Finger auf die Stelle, wo das Wort steht.

Kurz überlege ich, ob ich bluffen soll, aber ich bin zu müde, um irgendetwas zu erfinden. Ben hatte in der letzten Nacht besonders viel geschnarcht. Mir ist aufgefallen, dass er das immer dann tut, wenn er besonders viel Alkohol getrunken hat. Seit er als Gipser für die Polen arbeitet, trinkt er mehr als sonst.

»Ich weiß es, ehrlich gesagt, nicht«, sage ich. »Aber ich werde es in der Pause nachschauen.«

Der Rothaarige schaut mich beinahe angewidert an.

»Sie wissen es nicht?«, sagt er.

Jetzt weiß ich, warum er Einzelunterricht bekommt: damit ihm niemand das Berlitz-Buch für die Stufe 6 auf den Kopf haut.

»Nach dem Zusammenhang, in dem das Wort benutzt wird, würde ich vermuten, dass es etwas ausgesprochen Negatives bezeichnet«, sage ich in dem Versuch, die Situation zu retten. »Aber das Wort hat definitiv keinen englischen Ursprung.«

»Wie kann es sein, dass Sie als meine Englischlehrerin *nicht* wissen, was ein Wort in einem englischen Text bedeutet?«, antwortet der Mann.

Plötzlich wünschte ich mir, ich könnte mich in meine Wohnung beamen. Weg von Idioten wie diesem Mann. Weg von der Berlitz-Schule und der ganzen Welt. In eine leere Wohnung, in der ich allein sein kann und mit niemandem reden muss.

»Wir sind eben alle nur Menschen«, sage ich und versuche ein Lächeln. Dann sage ich das, was ich den Schülern immer wieder sage: »Lehrer sind keine Wörterbücher.«

»Stimmt es, dass Sie eigentlich aus Schweden kommen?«, fragt der Mann. »Und gar nicht aus England? Dass Englisch gar nicht Ihre Muttersprache ist?«

»Wenn Sie Seite 37 aufschlagen, können wir ...«, beginne ich und versuche dabei zu verbergen, dass meine Stimme vor Wut zittert.

Aber der Rotblonde kann es einfach nicht lassen.

»Wenn Sie nicht wissen, was das Wort bedeutet, werde ich um einen anderen Lehrer bitten.«

Am liebsten würde ich ihm ins Gesicht schreien, dass es nicht einmal er ist, der seine Stunden bezahlt, sondern der österreichische Staat, er also überhaupt keine Forderungen zu stellen hat.

»Nur weil ich nicht weiß, was *behemoth* bedeutet?«, frage ich.

»Ist Ken donnerstags um diese Zeit frei?«, fragt der Mann. »Ich habe gehört, dass er gut sein soll.«

»Ich erkundige mich im Sekretariat«, sage ich.

Als irgendwann auch die dritte Stunde zu Ende ist, bleibe ich sitzen. Zum Glück braucht niemand den Raum. Ich starre vor mich hin und wünsche mir noch inständiger als zuvor, ich könnte allein in meiner Wohnung sein. Nur für ein paar Stunden. Vielleicht sogar für ein paar Tage. In meinem jetzigen Zustand habe ich keine Lust, mit irgendjemandem zu reden oder jemand anders beim Reden zuzuhören, nicht mal Ben. Nach zwanzig Minuten stehe ich auf und hole meine Jacke aus dem Lehrerzimmer.

Als ich nach Hause komme, hole ich, bevor ich die Tür aufschließe, kurz Luft.

»Hallo!«, rufe ich und hoffe, dass Ben noch bei der Arbeit ist.

»Ich bin hier«, antwortet Ben. »Im Wohnzimmer.«

Ich ziehe die Schuhe aus und sehe, dass eine von Bens schwarzen Socken im Flur liegt. Die mit dem großen Loch an der Ferse. Ich hebe sie auf und gehe damit ins Wohnzimmer.

»Die hier hab ich bei den Schuhen gefunden«, sage ich.

»Oh, Entschuldigung!«, sagt Ben. »Wirf sie einfach in den Wäschekorb!«

Er sitzt mit meinem Laptop am Tisch, auf dem Bildschirm ist irgendein virtuelles Autorennen auf Pause gestellt.

»Was ist das?«, frage ich.

»Ich hab ein klasse Gratis-Rennspiel im Internet gefunden«, sagt er. »Man fährt auf dem echten Nürburgring.«

Mein Ärger wird schlagartig zehnmal größer.

»Ich hab meines Wissens nie gesagt, dass du Sachen auf meinem Computer installieren darfst«, sage ich.

»Warum bist du so schlecht gelaunt?«, fragt Ben sauer.

»Ich bin nicht schlecht gelaunt«, sage ich und versuche, meine Stimme zu kontrollieren. »Ich bin nur ein bisschen müde und würde es begrüßen, wenn du mich erst fragst, bevor du was auf meinem Laptop installierst.«

Ich gehe ins Schlafzimmer, um Bens Socke in den Wäschekorb zu werfen, und wünschte mir, ich könnte nur mit Optimus auf dem Sofa sitzen und mir irgendwas im Fernsehen anschauen. Mir ist plötzlich, als könnte ich in Bens Anwesenheit nicht atmen. Dann entdecke ich auf dem Nachttisch eine Dose Ottakringer. Ich nehme sie und stürme zurück ins Wohnzimmer.

»Musst du wirklich in der ganzen Wohnung deine

Bierdosen herumstehen lassen?«, frage ich und knalle sie vor den Laptop.

»Es ist nur eine Bierdose«, sagt Ben. »Gott, bist du schlecht gelaunt!«

»Sagte ich nicht gerade, dass ich *nicht* schlecht gelaunt bin? Ich finde es nur ekelhaft, in eine Wohnung zu kommen, in der überall Socken und Bierdosen herumliegen.«

»Ekelhaft?«, wiederholt Ben. »Und deine Scheiße riecht gar nicht, nein?«

Das lässt mich explodieren.

»Du bist manchmal echt widerlich«, zische ich. »Wer hat denn Hundekekse gegessen und wischt sich beim Essen die Finger an den Socken ab? *Sich die Finger an den Socken abwischen* – weißt du, wie ekelhaft *das* ist? Manchmal seh ich dich an und schäme mich nur noch.«

Ben sagt nichts, aber sein Gesicht ist um eine Nuance dunkler geworden und sein Blick härter.

»Manchmal hab ich sogar das Gefühl, es gibt dir einen Kick, wenn du mir zeigst, was für ein ungehobelter Proll du bist«, fahre ich fort. »Das *hasse* ich. Und wie du dich gegenüber meinen Freunden verhältst! Du bist aggressiv und provozierst, als wolltest du ihnen schneller einen Grund geben, dich nicht zu mögen, als sie es von allein schaffen würden.«

»Alle deine Freunde sind Idioten«, sagt Ben mit angespannten Kiefermuskeln. »Außer Rebecca.«

»Genau. Und The English ist eine Art Philosophieprofessor.«

»The English hat Philosophie studiert«, sagt Ben. »Vier Jahre lang.«

»Wer Philosophie studiert, ist ein Idiot, so sieht's aus. Weil es nur ein Glasperlenspiel ohne jeden Wert ist. Genauso gut könnte man ›Die Simpsons‹ studieren. Im Übrigen will ich nicht über The English reden, sondern darüber, dass dein Benehmen komplett unakzeptabel ist. Ich verdiene was Besseres als das hier – als *dich!*«

Ben wendet sich wieder dem Laptop zu.

»Ich dachte, wir gingen *ebenbürtig Seite an Seite*«, sagt er mit gekünstelter Stimme.

»Machst du Witze?«, frage ich. »Findest du wirklich, dass du mir ebenbürtig bist? Soll das der Witz des Jahrhunderts sein? Willst du noch was wissen: Ich mag die Sache mit der Zunge, die du an meinem Arsch machst, nicht. ICH TU NUR SO, ALS WÜRDE ES MIR GEFALLEN!«

Ich stürme ins Schlafzimmer und knalle die Tür zu. Eine Dreiviertelstunde später mache ich die Tür wieder auf. Ich habe mich beruhigt, und außerdem muss ich pinkeln. Für den Bruchteil einer Sekunde überlege ich, das in eine Blumenvase zu erledigen, damit ich das Schlafzimmer nicht verlassen muss. Bis ich merke, dass ich bereit bin, um Verzeihung zu bitten.

Als ich in die Küche komme, kocht Ben ein Chili. Ob seine roten Wangen nur vom aufsteigenden Dampf herrühren, kann man nicht wissen.

»Es tut mir leid«, sage ich.

»Gleichfalls«, sagt er, aber seine Stimme klingt fremd und kalt.

»Ich liebe dich«, sage ich.

»Ich liebe dich auch«, sagt er mit derselben fremden Stimme.

Es ist das erste Mal, dass wir es gesagt haben, aber die Stimmung zwischen uns könnte nicht weniger liebevoll sein.

»Und die Sache mit der Zunge«, sage ich vorsichtig. »Ich tu nicht immer nur so. Manchmal mag ich es. Oder … ich hab nichts dagegen, dass du's tust. Wenn du's tust.«

»Ist okay«, sagt Ben und konzentriert sich darauf, eine Dose mit schwarzen Bohnen zu öffnen. »Ich werd's nicht mehr tun.«

»So hab ich's nicht gemeint.«

»Ist okay«, wiederholt Ben und öffnet eine zweite Dose, diesmal mit roten Bohnen.

Ich stehe an der Tür und schaue zu, wie er den Inhalt der Dosen in den großen Topf gießt und umrührt.

»Oh Gott, hatte ich heute einen schrecklichen Schüler!«, stöhne ich und beginne, Ben von dem Rothaarigen zu erzählen.

Ich weiß, dass ich den Rest des Abends das Gutelaunebärchen geben muss, um meinen Wutausbruch wiedergutzumachen, und ich bin dazu bereit. Während wir essen, wird die Stimmung – langsam und unter vielen angestrengten Scherzen meinerseits – wieder halbwegs normal, und nach dem Essen sehen wir uns eine Folge von »The Wire« an und knabbern dazu Schokolade wie immer.

Der nächste Tag bei Berlitz wird zum Glück besser. Ich habe nur drei Gruppen, und eine davon ist die mit Bettina, Steffi und Hans.

»*The homework was a bit hard you give*«, beschwert sich Steffi.

»*Was it difficult?*«, korrigiere ich behutsam. »*Can you tell me …?*«

Plötzlich erstarre ich. So wie ich vor ein paar Monaten wusste, dass Ben vor der Berlitz statt vorm Starbucks auf mich warten würde, weiß ich jetzt etwas anderes. Weiß es mit derselben Sicherheit und Klarheit.

Als die letzte Stunde zu Ende ist, renne ich die Mariahilfer Straße hinauf, laufe durch die Stiftgasse, dann durch die Burggasse und schließlich durch die Neustiftgasse. Mir brennt der Hals vor Anstrengung, und mein Rücken ist nass von Schweiß. Zu Hause angekommen, stürme ich die Treppe hinauf, sodass ich unterwegs stolpere und mir das Knie anstoße. Der serbische Hausmeister, der gerade das Treppenhaus schrubbt, fragt, ob ich mich verletzt hätte. Ich schüttle den Kopf und sage, es sei nur eine Schramme, obwohl es in meinem Knie pocht, dass mir die Tränen kommen.

Ich stürze in die Wohnung und dort von Zimmer zu Zimmer.

»Ben!«, rufe ich.

Aber ich weiß es ja.

Er ist weg.

25

»Was machst du denn?«, fragt Rebecca besorgt.

Sie findet mich tränenüberströmt neben einer Hecke im Stadtpark sitzen. Sie hat zwei dunkelblaue Stofftaschen voller Englischbücher dabei, muss also, nachdem sie meine SMS bekommen hat, direkt von der Berlitz gekommen sein.

»Ich versuche, Ben zu finden«, sage ich, dann wische ich mir die Tränen ab und stehe auf, um die nächste Hecke zu untersuchen, obwohl es offensichtlich ist, dass darin kein eins fünfundzeunzig Meter großer Mann stecken kann.

Es ist dunkel geworden, und es fällt Schnee in Form kleiner harter Eiskügelchen. Abseits der Straßenlaternen ist der Stadtpark dunkel und uneinladend. Ab und an ertönt aus dem flachen übel riechenden Teich genau in der Parkmitte ein jammervolles Quaken. Von allen Parks in Wien mochte ich den hier schon immer am wenigsten. Der Grund: Entenkacke und Stadtstreicher. Die Ironie des Schicksals will es, dass ich gerade auf der Suche nach meinem eigenen Stadtstreicher bin.

»Ich kann ihn nirgends finden«, sage ich mit zittriger Stimme.

Ein benutztes Kondom glänzt zwischen den Blättern

der viel zu kleinen Hecke, und es stinkt nach Pisse und schlimmeren menschlichen Hinterlassenschaften. Ich ziehe mich zurück und wende mich wieder Rebecca zu.

»Ich kann ihn nirgends finden«, wiederhole ich und fange wieder an zu weinen.

Rebecca führt mich behutsam zur nächsten Bank, und wir setzen uns.

»Vielleicht ist ihm was passiert und er liegt in irgendeinem Krankenhaus«, schlägt Rebecca vor.

»Ich hab im AKH angerufen. Die haben das ganze Krankenhaussystem durchgecheckt und ihn nicht gefunden«, sage ich.

»Vielleicht ist er verhaftet worden?«, sagt Rebecca.

»Aber dann hätten sie doch sicher angerufen«, sage ich.

»Nicht, wenn das, was er gemacht hat, so schrecklich ist, dass er nicht will, dass du's weißt.«

»Wie was zum Beispiel?«

Rebecca antwortet nicht, sondern schaut mich nur an, als wäre Ben von Nekrophilie bis zum Klauen von Überraschungseiern alles zuzutrauen.

»Und du hast ihn natürlich auf dem Handy angerufen?«, fragt Rebecca.

»Er hat kein Handy«, sage ich. »Und ich kenne seine Mailadresse nicht – wenn er überhaupt eine hat.«

»Und was ist mit Facebook?«

»Er ist nicht bei Facebook. Er sagt, Facebook ist für Idioten.«

»Aber *du* bist doch bei Facebook«, sagt Rebecca.

»Und?«

»Wieso warst du dann nicht sauer, dass er alle, die bei Facebook sind, für Idioten hält?«

»Ehrlich gesagt, ist mir Facebook nicht wichtig genug, als dass man mich mit so was beleidigen könnte«, antworte ich.

Ich will mich im Augenblick nicht über Facebook unterhalten. Ich will über Ben reden, weil er, solange ich über ihn rede, nicht weg ist.

»Ich versteh's nur nicht«, sage ich.

»Wenn er dich nur wegen eurem Streit verlassen hat, verdient er's nicht, mit dir zusammen zu sein«, sagt Rebecca.

»Nein«, sage ich und schüttle den Kopf. »Ich bin es, die ihn nicht verdient. Er war immer so lieb und fröhlich und verrückt nach mir, und ich hab mich immer nur geschämt und war die ganze Zeit sauer auf ihn, weil – keine Ahnung, warum. Weil er keine Ausbildung hat? Ich hab das Beste, was ich je hatte, wegen einer Socke und einer Bierdose kaputt gemacht. Weil ich ein beschissener Snob bin, darum!«

»Red keinen Unsinn!«, ermahnt mich Rebecca säuerlich.

»Jetzt ist er weg, und ich bin schuld. Ich bin so doof.«

Wir sitzen im Dunkeln, und ich schluchze und rotze Rebeccas Mantel voll.

»Du bist nicht doof, nur weil du was Besseres haben willst«, sagt Rebecca, die mich in den Armen hält.

»Ich bin so doof«, wiederhole ich.

Der eisige Schnee fällt weiter, und alles, was man hört, ist das dumpfe Rauschen des Verkehrs, das vom Ring herüberweht.

Am nächsten Morgen fahre ich in den 10. Bezirk, um Kobra, Vichor und Erdbeere zu besuchen. Ich will herausfinden, ob Ben dort ist. Aber wo das Abrisshaus stand, klafft, von einer wackeligen Absperrung gesichert, ein Abgrund voller Schutt und Ziegelsteine.

26

Die Tage kommen und gehen, und ich erfinde immer neue Erklärungen dafür, dass Ben fort ist. Er hat sich doch entschlossen, per Anhalter nach Berlin zu fahren. Er hat einen alten Kumpel getroffen. Die Polen haben ihm irgendeinen Last-minute-Job außerhalb von Wien angeboten. Er plant eine *Wahnsinns*überraschung für mich! Aber alle Gründe klingen gleich falsch.

Aus Tagen werden Wochen. Ich warte jetzt. Und warte. Und werde zum Roboter. Ich gehe zur Berlitz, unterrichte, gehe ins Fitnessstudio, warte auf die Straßenbahn, füttere Optimus und putze mir die Ohren mit Wattestäbchen. Ich tue alles, was ich sonst auch tue. Aber gleichzeitig schreit jedes einzelne Atom in mir: WO IST BEN? Im Regal im Schlafzimmer liegen immer noch seine T-Shirts, die ich gewaschen und dann sorgfältig zusammengefaltet habe. In der Schublade in der Küche liegt, auf ein kariertes Geschirrtuch gebettet, das Küchenmesser, das wir zusammen gekauft haben. Im Waschbecken im Bad kleben dunkle Haarsträhnen, die ich nicht entfernen mag. Im Regal im Wohnzimmer rühre ich ein paar zusammengeknüllte alte Quittungen und drei Münzen nicht an, und auf dem Nachttisch im Schlafzimmer liegt aufgeschlagen Stephen Kings ›Night Shift‹. Alles ist, wie es sein sollte. Außer dass Ben nicht da ist. Der Einzige, der sich freut, ist Optimus. Wie ein Ex, der mir alles verziehen hat, schiebt er mir wieder die Schnauze in die Hand und scharrt schwungvoll den Sand aus dem Katzenklo.

Ich vermisse Ben so sehr, dass es mir schwerfällt, mich auf irgendetwas anderes zu konzentrieren. Mir fallen all die Gründe ein, warum ich ihn wirklich liebe: weil er mich ganz und gar akzeptiert; weil er findet, dass »Always« von Erasure der schönste Song der Welt ist, obwohl er das einem seiner männlichen Freunde gegenüber niemals zugeben würde; weil ich mich mit ihm nicht verstellen muss; weil er fest zu glauben scheint, dass alles, was ich tue, fantastisch ist; weil er genau wie ich findet, dass Halloumi überschätzt wird und Capoeira albern ist; weil er sexy und groß ist; weil er sich kein bisschen dafür schämt, dass er Arnold Schwarzenegger bewundert; weil er mich an den coolen Typ an meiner Schule erinnert, der Mädels wie mich nicht mal bemerkt hat; weil wir vor ein paar Wochen eine ganze Unterhaltung auf Portugiesisch geführt haben, obwohl wir es beide nur nachmachen können; weil ich sonst noch keinen Menschen getroffen habe, der jede Nacht träumt, er wäre ein Superheld; weil der Sex mit ihm fantastisch ist und es trotzdem nie so lange dauert, dass mir dabei der Kühlschrank einfällt und die Frage, ob es nicht an der Zeit wäre, ihn mal wieder aufzuräumen; weil er mich zum Lachen bringt; weil ich ihn zum Lachen bringe; weil er die schwedische Hip-Hop-Band Labyrint genauso mag wie ich – und überhaupt leuchten, seit ich ihn getroffen habe, alle Farben in meinem Leben tausendmal heller.

Und dann kommt der Brief. Erst sehe ich ihn gar nicht, weil er mitten in einem Billa-Prospekt steckt: »Ja!-Fruchtjoghurt nur € 0,59, Emmentaler nur € 1,29!« Erst als ich das Blättchen in die Küche lege, weil ich es später fürs Katzenklo verwenden will, bemerke ich ihn. Er ist an Ben adressiert. Der erste Brief an ihn, seit er bei mir eingezogen ist. Ich sehe das dunkelblaue Logo auf dem Umschlag, und mein Herz schlägt schneller. Ich reiße den Brief auf und lese, dass Ben für den Grundkurs im Fach Maschinenbau an der Technischen Universität Wien angenommen ist. Er hatte sich Wochen vor unserem Streit dafür beworben.

27

Ich gehe wieder mit Leonore aus. Es ist Ballsaison, und überall sieht man vor Kälte zitternde Mädchen und Frauen in langen Kleidern und mit Betonfrisuren. Während der nächsten zwei Monate wird die Grundnahrung der Wiener Bevölkerung aus Prosecco und mit Aprikosenmarmelade gefüllten Krapfen bestehen.

Leonore und ich befinden uns in der Bar des Metropolitan Hotels, von der Leonore offensichtlich meint, es sei *die* angesagte Location. Genau wie Optimus schenkt sie mir einen alles verzeihenden herablassenden Blick.

»Ich habe vor, ›Die Vagina-Monologe‹ zu inszenieren«, sagt sie. »Die Einkünfte gehen ans Frauenhaus im 13. Bezirk.«

»Sind die Vagina-Monologe nicht ein bisschen passé?«, frage ich. »So ein bisschen Neunzigerjahre?«

Leonore sieht mich an.

»Wie kann es jemals passé sein, für die Befreiung und die Unabhängigkeit von Frauen zu kämpfen?«

Ich könnte innerlich explodieren.

»Für die Befreiung und die Unabhängigkeit von Frauen?«, wiederhole ich. »Du ziehst doch wohl nicht los und kämpfst gegen die Taliban in Afghanistan. Du stehst nur zwei Stunden auf der Bühne und redest über Vaginen, noch dazu in einem Stück, in dem es um brutale sexuelle Erlebnisse geht! Das sexuelle Beziehungen zwischen Männern und Frauen überhaupt sehr negativ darstellt. Und dann der unappetitliche Monolog über die ›gute Vergewaltigung‹ einer Dreizehnjährigen – ich hasse die Vagina-Monologe!«

Leonore sieht mich immer noch fragend an. Und ich frage mich selbst, was ich da rede. Ehrlich gesagt, habe ich gar nichts gegen die Vagina-Monologe.

»Bist du plötzlich Antifeministin, oder was?«, schnaubt Leonore.

»Oh Gott, jetzt hast du mich erwischt«, sage ich. »Du hast ja so recht: Ich hasse alle Frauen. Die Küche ist verdammt noch mal der Ort, wo wir hingehören!«

Ich habe nicht die geringste Lust, in meine Wohnung zurückzukehren, warum sabotiere ich also den Abend?

»Vielleicht sollten wir nach Hause gehen«, sagt Leonore frostig. »Ich muss morgen früh raus.«

»Nein! Bitte bleib noch ein bisschen!«, sage ich. »Entschuldige, wenn ich ein bisschen schroff war. Natürlich solltest du inszenieren, was du willst. Du bist sicher eine fantastische ...« – ich versuche, das Wort so normal wie möglich auszusprechen – »... Vagina.«

Leonore strahlt. Fünf Minuten später berührt sie mich am Arm.

»Sag mal, was ist eigentlich mit dem Typ ... wie hieß er noch gleich ... der von der Straße?«

»Simon«, sage ich, weil ich mir sicher bin, dass Leonore sehr wohl Bens Namen weiß.

»Ehrlich? Simon?«, sagt sie. »Und was ist mit ihm?«

»Er musste für eine Weile nach Amsterdam«, sage ich.

»Ach so«, sagt Leonore und beginnt, von der Hawaii-Reise zu erzählen, die ihr Mann, sie und ihr Sohn für Ostern planen.

Als wir eine Stunde später in der Passage stehen, ist es wie ein schreckliches Déjà-vu, gegen das auch die gewaltige Menge Alkohol, die ich intus habe, nichts ausrichten kann. Alles ist wie immer – und doch nicht. Weil Ben in mein Leben getreten und jetzt fort ist. Auf dem Boden stehen braune Pfützen vom Schnee, der von den Schuhen der Besucher getaut ist, und die Luft ist feuchter als sonst. Ich hole uns Drinks und sehe mehrere Männer im Frack. Ihre nach hinten gegelten Haare lassen darauf schließen, dass sie von irgendeinem Ball in der Nähe geflüchtet sind. Jemand tippt mich leicht auf die Schulter. Es ist der Schauspieler Mike aus der Berlitz.

»Hallo, Julia!«

»MIKE!«

Ich stürze mich auf ihn und verpasse ihm zwei Wangenküsse, obwohl wir uns erst vor ein paar Stunden gesehen und einander noch nie auf die Wangen geküsst haben. Der Abend scheint voller Überraschungen.

»Kommst du oft hierher?«, fragt Mike und schaut sich um.

»Ist das dein bester Anmachspruch?«, frage ich mit tiefer Stimme und einem Blick, der verführerisch wirken soll.

»I-ich ... da-das war kein ...«, stottert Mike.

Ich boxe ihn auf den Arm.

»Entspann dich! Aber mal ehrlich: Was sagst du, wenn du jemanden anmachen willst? Fragst du, wie spät es ist, oder was?«

Mike denkt nach.

»Ich frag eigentlich nur nach dem Namen«, sagt er. »Hast du gehört, dass die Berlitz an der Mariahilfer Straße vielleicht umziehen soll? Die Miete ist wohl zu hoch.«

»Nein, Mike! Nein!«, sage ich böse. »Kein Wort über die Berlitz! Ich will endlich den Menschen im Schauspieler im Englischlehrer Mike kennenlernen. Oder den Schauspieler im Menschen Mike. Den Menschen im Menschen Mike. Mike, Mensch, wer bist du?«

Mike starrt mich an. Und noch wartet die letzte – und größte – Überraschung des Abends auf mich: dass ich Sex mit ihm habe.

28

»Du hast mich gekratzt«, sagt Mike.

Er hat sich neben mir aufgesetzt und versucht, sich den Rücken abzutasten. Ich sage nichts, weil ich hoffe, dass er, sobald ich die Augen zumache, verschwindet. Dass ich es, wenn ich mich ganz fest konzentriere, schaffe, dass er sich in Luft auflöst.

»Ich glaube, es blutet sogar«, fährt Mike fort.

Ich kneife die Augen immer fester zu. *Streng dich an, Julia, streng dich an!*

»Oh Gott, du hast mir doch hoffentlich keinen Knutschfleck verpasst?«, sagt Mike.

Ich öffne kurz die Augen und sehe, wie er sich mit den Fingern den Hals abtastet, als hätte ich einen Knutschfleck in Blindenschrift hinterlassen.

Der Sex war allenfalls mittelmäßig. Wir taten beide so, als wären wir schärfer aufeinander, als wir's tatsächlich waren. Als Mike sein T-Shirt auszog, sah ich dunkle Haarbüschel, die ihm unregelmäßig aus der Brust wuchsen, dazu unter einer Brustwarze drei Muttermale, die mich in ihrer Anordnung an den Gürtel im Sternbild Orion erinnerten. Am Ende musste ich die Augen schließen und an Ben denken.

»Du warst ziemlich wild«, sagt Die-Person-die-immer-noch-neben-mir-im-Bett-sitzt. »Das hätte ich nie von dir gedacht.«

Statt zu gehen, tut Mike etwas viel Schlimmeres: Er kriecht unter die Decke und legt den Arm um mich wie ein Klammeräffchen. Ich öffne die Augen und starre vor mich hin. Ich muss meine ganze Willenskraft aufwenden, um ihn nicht wegzuschubsen. Am liebsten zum Fenster hinaus.

»Wenn wir ausgeschlafen haben, könnten wir bei WIRR frühstücken und danach einen Spaziergang in Schönbrunn machen«, sagt Mike aufgeräumt. »Und vielleicht läuft im Burg Kino eine Matinee. Ich warne dich jetzt schon, dass ich im Kino Popcorn brauche.«

Ich springe fast aus dem Bett.

»Mike, entschuldige, aber du musst jetzt gehen!«, sage ich und versuche, möglichst schnell in möglichst viele Kleider zu schlüpfen. Am liebsten würde ich mir auch noch Jacke, Schuhe, Mütze, Schal und Fausthandschuhe anziehen und schleunigst verschwinden, aber leider bin ich schon bei mir zu Hause.

»Es ist drei Uhr nachts«, sagt Mike.

»Wien ist eine der sichersten Städte der Welt«, sage ich. »Halt dich von Männern fern, die dir vor offenen Kastenwagen Süßigkeiten anbieten wollen, dann passiert dir nichts, versprochen.«

»Ich weiß nicht mal, ob noch ein Bus fährt. Und draußen ist es kalt. Es hat zu regnen angefangen.«

»Mike, du bist nicht aus Zucker, du musst gehen. Ich hab einen Freund. Nein, *einen Verlobten*. Wir werden heiraten.«

Zuerst sagt Mike nichts mehr. Dann schaut er unter die Bettdecke. Und unters Kopfkissen. Und hinter die Vorhänge. Schließlich nimmt er das graue kleine Stoffkaninchen, das auf meinem Nachttisch sitzt, und hält es hoch.

»Hallo, ich bin Julias Verlobter«, sagt er mit schriller Mädchenstimme. »Wenn wir ›Sex and the City‹ gucken, nimmt sie mich immer fest in den Arm und wir essen zusammen Schokolade.«

Ich weiß nicht, wie ich reagieren soll. Ich bin zu müde, zu betrunken und zu angeekelt. Der einzige konkrete Gedanke, den ich fassen kann, ist der, dass »Sex and the City« schon vor zehn Jahren zu Ende war, sein Versuch, mich zu beleidigen, also lächerlich ist.

»Wie?«, sage ich. »Leg das Kaninchen wieder hin!«

»Wenn du einen Verlobten hast, wo ist er dann?«, fragt er. »Auf Facebook hast du angegeben, dass du Single bist. Wie kannst du da einen Verlobten haben?«

Ben hat recht. Facebook ist für Idioten.

»Und warum bist du mit mir ins Bett gegangen?«, fährt Mike fort.

Ich antworte nicht.

»Schöne Verlobte!«

»Gib mir das Kaninchen!«

Mike wirft mir das Kaninchen zu, und genau da kommt Optimus ins Schlafzimmer geschwänzelt. Lautlos springt er aufs Bett und beginnt, an Mike herumzuschnuppern.

»Ja, wo kommst du denn her, du Süße?«, sagt Mike. »Was bist du für ein süßes Miezekätzchen!«

Optimus macht es sich auf Mikes Schoß bequem und schnurrt.

»Optimus, hierher!«, sage ich. »Optimus!«

Aber der Judas beginnt nur, noch lauter zu schnurren.

»Optimus, hierher! HIERHER!«

Mike und Optimus machen weiter, bis es mir reicht und ich den Kater von Mikes Schoß reiße. Mit einem lauten Maunzen befreit er sich und springt aus dem Zimmer.

»Was bist du bloß für ein Mensch?«, sagt Mike mit starrem Blick. »Erst bist du deinem Verlobten untreu und verführst mich, und hinterher quälst du deine Katze.«

Ich hebe das Kaninchen auf und werfe es nach ihm.

»Verschwinde aus meiner Wohnung!«, brülle ich.

Mike zieht sich an. Mit einer gewissen Befriedigung sehe ich, dass ich ihm tatsächlich den Rücken blutig gekratzt habe.

»Ich muss mal schnell auf die Toilette«, murmelt Mike kurz vor der Haustür.

»RAUS!«, schreie ich und schiebe ihn ins Treppenhaus.

Es dauert lange, bis ich einschlafen kann. Als es mir gelingt, schlafe ich so tief, dass ich nicht höre, wie das Handy klingelt.

29

Ich starre auf die Nummer.

001 604 685 30238

Zweimal hat mich jemand zu erreichen versucht. Alle Handynummern in Österreich beginnen mit 06 und normale Nummern mit 01. Die hier ist zu lang und hat außerdem zwei Nullen am Anfang. Plötzlich schnürt es mir den Magen zu einem Knoten zusammen. Ich renne zum Computer, fahre ihn hoch und tippe die Ziffern ein. 001 604 ist die Vorwahl für Vancouver in Kanada. Irgendjemand im Zimmer stößt unkontrollierte Freudenschreie aus.

Die darauffolgenden drei Tage weigere ich mich, die Wohnung zu verlassen. Der Berlitz sage ich, ich sei schwer erkältet, und Rebecca muss für mich einkaufen: Whiskas – ausgewählte Stücke in Gelee, Milch, Brot und portugiesischen Rotwein. Bei mir herrscht Ausnahmezustand, erkläre ich ihr.

»Du weißt aber schon, dass man ein Handy überall mit hinnehmen kann?«, fragt sie vorsichtig.

Sie sitzt neben mir auf dem Sofa, und vor uns auf dem Couchtisch liegt das Handy.

»Das verstehst du nicht«, sage ich.

Seit Tagen kann ich kaum die Augen von dem Handy wenden und trage es von Zimmer zu Zimmer. Sogar auf die Toilette nehme ich es mit. Weil beim Duschen die Gefahr besteht, dass ich das Klingeln überhöre, sind meine Haare schmutzig und besitzt mein Pyjama ein unverwechselbares Aroma. Auch habe ich in der Zeit die mir neue Welt des Nachmittagsfernsehens entdeckt. Eine Welt, in der sich deutsche Vorabendserien mit Namen wie »Sturm der Liebe« mit Schlagersendungen abwechseln, in denen die Moderatoren Lederhosen tragen und sich auf grünen Wiesen tummeln. Außerdem weiß ich jetzt, dass Wencke Myhre noch lebt und in den deutschsprachigen Ländern ausgesprochen populär ist.

»Hast du versucht zurückzurufen?«, fragt Rebecca.

»Ungefähr alle zehn Minuten, aber es geht niemand dran«, sage ich. »Inzwischen gibt es nur noch ein Besetztzeichen.«

»Und wenn er's gar nicht war?«

»Ich kenne niemanden in Kanada«, sage ich. »Ich weiß, dass er's war. Ich weiß es einfach.«

»Und was, wenn er deine Nummer irgendjemandem in Kanada gegeben hat und der Betreffende wollte *ihn* erreichen?«, fragt Rebecca.

Für einen Augenblick fällt mir dazu nichts ein.

»Daran hab ich noch gar nicht gedacht«, sage ich dann. Und schüttle den Kopf. »Nein, ich weiß, dass es Ben war, der mich anrufen wollte. Ich *weiß* es einfach.«

Und jetzt sagt Rebecca, was sie niemals hätte sagen dürfen: »Aber wenn Ben ein Penner ist oder war – wie konnte er es sich dann plötzlich leisten, nach Kanada zurückzufliegen? Und warum versucht er nicht, noch mal anzurufen?«

Ich antworte nicht. Wir schweigen und starren das Handy an.

Nach weiteren zwei Tagen bin ich gezwungen, die Wohnung zu verlassen, weil Rebecca sich weigert, mich in meiner selbst gewählten Kaspar-Hauser-Existenz noch länger zu unterstützen, und mir das Toilettenpapier ausgegangen ist. Meine zukünftige Freundin Elfriede Jelinek hätte mich nie so schmählich im Stich gelassen.

Mit Mördermiene renne ich zum Supermarkt, kaufe Essen und Toilettenpapier und renne wieder nach Hause, obwohl ich das Handy in die Tasche gesteckt und mitgenommen habe. Während ich die Treppe hinaufhetze, klingelt es. Rebecca.

»Hallo«, sage ich.

»Du klingst so enttäuscht«, sagt Rebecca. »Aber ich hab die Adresse gefunden.«

»Welche Adresse?«

»Die Adresse hinter der Telefonnummer. Die Adresse, von der aus Ben angerufen hat.«

»Was? Rebecca, danke, danke, danke!!! Aber wie hast du das gemacht? Ich konnte nur sehen, dass es eine Nummer in Vancouver sein muss.«

»Es war nicht ganz einfach«, sagt Rebecca. »Ich konnte nicht rauskriegen, wer da wohnt, aber die Adresse, von der Ben angerufen hat, war 1348 Commercial Drive in Vancouver.«

»1348 Commercial Drive, 1348 Commercial Drive, 1348 Commercial Drive«, sage ich vor mich hin.

»Du kannst dir das Haus bei Google in der Street View anschauen«, fährt Rebecca fort. »Sieht ziemlich gediegen aus.«

Rebecca hat recht. Als ich »1348 Commercial Drive« bei Google Maps eingebe, ist eine breite Straße mit grünen Bäumen und mehreren Geschäften zu sehen. Auf einer Seite gibt es ein Lokal mit einem schwarzen Baldachin, das Caffé Amici. 1348 Commercial Drive. Mich überkommen Freude und Ruhe. Endlich habe ich einen Hinweis, der mich zu Ben führen kann. Es ist, als füllten sich meine leeren Lungen wieder mit Luft.

»Rebecca, ich muss dich um ein Gefallen bitten«, sage ich. »Kannst du dich um Optimus kümmern, während ich dort hinfahre?«

Rebecca ist klug genug, mich nicht von meinem Plan abbringen zu wollen. Stattdessen stellt sie mir ganz pragmatische Fragen.

»Wäre es nicht einfacher und billiger abzuwarten, ob er nicht noch mal anruft?«

»Ich kann nicht länger warten«, sage ich. »Die Warterei macht mich wahnsinnig.«

»Aber was, wenn er angerufen hat, um mit dir Schluss zu machen?«

»Dann werde ich es wenigstens wissen«, sage ich. »Ich werde nach Kanada fahren. Ich wollte da schon immer hin, bisher gab's nur keinen Grund dafür. Außerdem hab ich wirklich lange keinen Urlaub mehr gehabt und kann mir die Reise leisten. Wenn ich Ben finde, werde ich ihn um Verzeihung für all die schrecklichen Dinge bitten, die ich ihm an den Kopf geworfen habe, und ihm sagen, dass ich jetzt weiß, dass er sich entschlossen hat zu studieren.«

Ich höre selbst, wie unappetitlich verzweifelt ich klinge, und der vernünftige Teil von mir flüstert: *Fahr nicht!* Aber ich beschließe, nicht auf ihn zu hören. Nach all dem Warten etwas ganz Konkretes, Praktisches tun zu können fühlt sich wunderbar befreiend an.

»Aber klingt es nicht ein bisschen nach Glenn Close in ›Eine verhängnisvolle Affäre‹, nur auf Verdacht um die halbe Erdkugel zu fliegen?«, fragt Rebecca.

Ich antworte nicht.

Fahr nicht!

»Was, wenn du hinfährst, und er hat eine Frau und drei Kinder? Irgendeine Frau, die Shania oder Melody heißt?«

»Erstens weiß ich, dass es nicht so ist«, sage ich. »Und zweitens wüsste ich dann wenigstens Bescheid – spätestens nachdem ich Shania umgebracht habe. Alles ist besser, als nichts zu wissen.« Für einen kurzen Augenblick halte ich inne. »Irgendetwas muss passiert sein. Ich muss wenigstens versuchen herauszufinden, was.«

Sechs Tage später sitze ich in einer Maschine der British Airways und fliege nach Vancouver.

30

Die Maschine ist proppenvoll. Auf dem Flug nach London hatte ich noch einen Fensterplatz, aber nach der Zwischenlandung bin ich zwei Plätze vom Fenster entfernt am Mittelgang gelandet. Der Sitz ist hart und eng, und wie ich mich auch drehe und wende, ich kann darin nicht bequem sitzen. Außerdem ist so wenig Raum für die Beine, dass meine Knie fast den Sitz vor mir berühren. Verzweifelt versuche ich, genügend Platz für mich, eine Schlafdecke, ein Paar Kopfhörer, ein Paar Reisesöckchen, zwei Ohrstöpsel und die Speisekarte zu schaffen, nicht zu vergessen das kleine Kissen, das man mir im Namen der British Airways übergeben hat, als ich an Bord gegangen bin. Mein Versuch endet damit, dass ich mit all den Gegenständen auf dem Schoß dasitze, was es so gut wie unmöglich macht, das kleine Tischchen vor mir herunterzuklappen. Neben mir sitzt ein Paar in den Fünfzigern, das kein Wort miteinander spricht. Die Frau liest in einem Taschenbuch, und der Mann stiert vor sich hin. Die anderen Passagiere haben schon die Kopfhörer aufgesetzt und glotzen auf die Bildschirme vor ihnen.

»Was möchten Sie trinken?«, fragt eine Bassstimme.

Ich schaue auf und sehe einen geschminkten Mann mit einem blonden Pagenschnitt-Toupet und einem blau-roten Seidenschal, der offenbar den Adamsapfel verbergen soll.

»Einen Orangensaft, bitte!«, murmle ich.

»Bitte schön!«, sagt die Bassstimme, während ich den Saft entgegennehme.

Ich wende mich meinem Nachbarn zu, weil mich interessiert, wie er die nette Überraschung, dass unsere Stewardess ein Transvestit oder Transsexueller ist, aufnimmt, aber er bestellt nur ein Bier und nimmt nicht einmal Blickkontakt mit mir auf.

Ich sinke in meinen Sitz und gäbe so viel dafür, wenn Ben neben mir säße. Was hätte es über die Stewardess nicht alles zu sagen gegeben! Seit Ben verschwunden ist, führe ich fast täglich Gespräche mit ihm. Um mich aufzumuntern, denke ich an die kleinen Albernheiten, die er von sich gegeben hat: über Tina Turner zum Beispiel (»Sie war doch schon immer sechzig, oder?«), über Hippies (»Ich hab noch nie einen Hippie getroffen, der nicht geizig war.«), über Penélope Cruz (»Sie erinnert mich an eine Kakerlake.«) oder über Müll (»Müll ist die Zukunft.«). Kleine triviale Albernheiten, die mich zum Lachen brachten und über die ich mit niemandem sonst lachen würde, eben weil sie so trivial sind. Ich freue mich schon auf den Tag, an dem ich auf eine Kakerlake treten und Ben erzählen kann, ich hätte eine Penélope Cruz massakriert. Bei dem Gedanken muss ich lächeln, aber nicht einmal die Erinnerung an Ben lässt den Flug schneller vergehen. Also schaue ich mir eine Komödie mit Kate Hudson an, was aber nicht hilft, sondern mich auf die Idee bringt, mir mit irgendetwas Scharfem, Spitzem die Augen auszustechen. Von überall her hört man es in dem riesigen Flugzeug seufzen, hüsteln, räuspern, schnauben, leise reden und schnarchen. Erst als die erste Mahlzeit serviert wird, erwachen alle wieder zum Leben.

»Bitte sehr!«, sagt die Bassstimme und stellt ein dunkelblaues Tablett auf das Tischchen, das ich doch noch habe ausklappen können.

Es gibt erstaunlich viel zu essen, und es sieht sogar appetitlich aus. Überraschenderweise nimmt jetzt mein Sitznachbar Kontakt mit mir auf.

»Sehen Sie, was man uns serviert?«, fragt er.

Ich sehe seine Frau mit den Augen rollen, bevor sie sich hoch konzentriert dem Essen zuwendet, dann schaue ich auf mein Tablett.

»Es sieht ganz gut aus«, sage ich.

»Aber sehen Sie, was es *ist*?«, fragt der Mann.

Noch einmal schaue ich auf das Essen und versuche, das Rätsel zu lösen. Der Mann kreist mit einer weißen Plastikgabel über meinem Tablett.

»Weißbrot, Nudeln, rotes Fleisch und ein überzuckertes Dessert«, sagt er. »Alles Nahrungsmittel, die uns garantiert verstopfen.« Er lehnt sich in meine Richtung. »Die Fluggesellschaften tun alles, damit wir nicht auf die Toilette gehen, jedenfalls nicht groß. *Alles*. Diese Art Essen ist ein Angriff auf unsere Verdauung – daran haben Sie sicher noch nie gedacht.«

Der Mann zwinkert mir zufrieden zu und beginnt dann, Butter auf sein kleines Brötchen zu streichen.

Verstopfung hin oder her, ich esse trotzdem alles auf, nicht weil ich Hunger habe, sondern damit die Zeit vergeht. Danach gibt es Kaffee. Als der Mann neben mir seine Kunststofftasse entgegengenommen hat, wendet er sich wieder mir zu.

»Verstopft auch«, sagt er.

Ich lächle und deute eine Jubelgeste an.

»Was führt Sie nach Kanada?«, fragt er.

»Ein Freund. Und Sie?« Ich nicke beiden zu, ihm und seiner Frau. »Kommen Sie aus Kanada?«

»*Oh yeah*«, sagt der Mann, und es klingt fast wie ein schwedisches *Åh ja*. »Aus Kelowna. Liegt etwa drei Stunden Autofahrt von Vancouver entfernt.«

»Haben Sie Urlaub in England gemacht?«, frage ich.

»Nein«, sagt der Mann, und damit ist unser Gespräch beendet.

Ich hole den Lonely Planet über British Columbia heraus, den ich in Heathrow gekauft habe. Ich bin zum ersten Mal in Nordamerika, aber wurde schon von so viel amerikanischem Fernsehen berieselt, dass es sich anfühlt, als hätte ich dort ein Parallelleben geführt. Wenigstens in den USA. Über Kanada weiß ich nicht ganz so viel, habe aber immerhin ein paar Folgen »Ice Road Truckers« gesehen. Und als ich klein war, habe ich die ›Anne auf Green Gables‹-Bücher verschlungen, von denen meine alte Sehnsucht nach Kanada herrührt. Eines Tages wollte ich dort hinfahren und wie Anne *raspberry cordial soda* trinken, was auch immer das sein mochte.

Fast zwei Stunden lang lese ich, was man tun soll, wenn einen ein Bär angreift, erfahre, dass es Orte gibt, die Kamloops und Banff heißen, und bewundere Fotos von schneebedeckten Bergen. Dann ist es Zeit für die nächste Mahlzeit. Da das Paar neben mir eingeschlafen ist, esse ich diesmal allein, und nach den vielen Zeitzonen, die wir schon passiert haben, weiß ich nicht mehr, ob es sich um das Frühstück, das Mittag- oder das Abendessen handelt. Ich versuche zu schlafen, aber es gelingt mir nicht. Auf dem kleinen Bildschirm, der die Flugroute und die genaue Lage des Flugzeugs anzeigt, sehe ich, dass wir uns über dem offenen Meer befinden, und mir fällt der Anfang einer ergreifenden Geschichte ein. Es wird darin um eine Gruppe Schuljungen gehen, deren Flugzeug auf einer verlassenen Insel notlandet. Gerade noch rechtzeitig erinnere ich mich seufzend daran, dass William Golding schon ›Lord of the Flies‹ geschrieben hat. Ben hat recht, ich sollte lieber über etwas schreiben, das mit meinem eigenen Leben zu tun hat.

Nur um mir die Beine zu vertreten, gehe ich zur Toilette und gerate in eine Ansammlung wartender Menschen, die mir wie Untote vergangener Transatlantikflüge erscheinen. Unsere spezielle und eine weitere Stewardess stehen in der Nähe und flüstern miteinander, während sie Kaffee zubereiten. Irgendwo im Flugzeug fängt ein Baby an zu weinen. Die Luft wird immer stickiger und das Dröhnen der Motoren mit jeder Minute lauter. Es gibt wieder Wasser und Orangensaft.

Über die nächsten Stunden spüre ich ein Kribbeln im ganzen Körper, und die Beine tun mir weh, dass es kaum auszuhalten ist. Man serviert uns noch eine Mahlzeit, und ich werde langsam, aber sicher klaustrophobisch. Ich versuche, wieder zu schlafen, und es gelingt mir wieder nicht. Mein Sitz verwandelt sich in ein Gefängnis in Miniaturformat, und der Lonely Planet langweilt mich zu Tode. Ich schaue mir eine Komödie nach der andern an, ohne wirklich etwas zu begreifen. Inzwischen schmerzen außer meinen Beinen auch meine Knie. Diese Reise wird nie enden, denke ich, dann geht die Maschine in den Sinkflug.

31

Mein Nachbar stößt mich mit dem Ellbogen an und nickt in Richtung Fenster.

»Kanada«, sagt er, als hätte das Reiseziel vorher noch nicht festgestanden.

Ich recke den Hals, und alles, was ich sehen kann, sind braune Wälder.

»Ich dachte, in Kanada gibt es hauptsächlich Kiefern«, sage ich.

»Es *sind* Kiefern«, sagt die Frau.

»Aber sie sind braun?«, sage ich.

Der Mann und die Frau nicken.

»*Oh yeah*«, sagt die Frau. *Åh ja.* »Der Bergkiefernkäfer hat die Bäume getötet, bestimmt mehr als die Hälfte aller Bäume in British Columbia. Manche sagen, es sei der größte Insektenangriff, den die Welt bisher gesehen hat. Die Winter sind nicht mehr kalt genug, um die Käfer zu töten.«

Ich bin fast zu schockiert, um etwas dazu zu sagen. Draußen sieht man weiter nur braune Wälder.

»Die sind wirklich alle tot?«, frage ich.

Der Mann und die Frau nicken wieder.

»Aber warum schreibt darüber niemand. Das ist doch eine Weltnachricht! Der größte Insektenangriff, den die Welt bisher gesehen hat, und die Hälfte der Wälder ist tot – das ist doch *schrecklich*.«

Die Frau zuckt mit den Achseln.

»Über Kanada wird eben nicht geschrieben.«

Ich werfe einen wütenden Blick auf den Lonely Planet mit den Fotos von dunkelgrünen Wäldern und schaue für den Rest des Landeanflugs nicht mehr aus dem Fenster. Es ist meine Art, gegen die toten Wälder und den Bergkiefernkäfer in British Columbia zu protestieren.

Endlich landen wir und wanken, einer Schar lebender Toter nicht unähnlich, aus dem Flugzeug. Mir tun die Beine so weh, dass ich am liebsten auf allen vieren kriechen würde. Der Himmel ist bewölkt, und eine Uhr im Flughafen zeigt zwanzig vor elf. Für einen Augenblick muss ich überlegen, ob es zwanzig vor elf am Morgen oder am Abend ist. Nach dem langen Flug und vierundzwanzig Stunden ohne Schlaf wankt auch mein Zeitgefühl. Auf wackeligen Beinen lasse ich mich mit den anderen mittreiben. Ich verspüre jetzt auch ein leichtes Unwohlsein.

»Den Pass, bitte!«

Ich reiche dem Mann mit den kurz geschorenen Haaren hinter der Panzerglasscheibe meinen Pass und schenke dem ersten Kanadier, den ich in Kanada treffe, ein Lächeln. Er lächelt nicht zurück.

»Was ist der Grund Ihrer Reise nach Kanada?«, fragt er.

»Ich will einen Freund besuchen.«

»Wie heißt Ihr Freund und wie ist seine Adresse?«

»Er ... er heißt Ben Richards, und seine Adresse lautet 1348 Commercial Drive. Hier in Vancouver.«

Bilde ich mir es nur ein oder hat der Mann auf die Adresse reagiert?

»Um welche Art von Freundschaft handelt es sich?«

Fast bin ich versucht, mich zu dem pakistanischen Mitpassagier hinter mir umzudrehen und ihn zu fragen, ob der Mann hinter der Panzerglasscheibe mich das fragen darf. Stattdessen beuge ich mich näher zu der Scheibe hin, damit nur er mich hört.

»Wir sind ein Liebespaar«, sage ich und werde rot, aber mehr aus Wut über die intime Frage als aus Verlegenheit.

Der Mann mustert mich.

»Woher kommen Sie?«

»Aus Wien«, sage ich. »In Österreich. Ich bin in London zwischengelandet.«

»Warum sind Sie aus Wien abgeflogen, wenn Sie einen schwedischen Pass besitzen?«

»Ich wohne in Wien.«

»Was sind Sie von Beruf?«

»Englischlehrerin.«

»Haben Sie vor zu arbeiten, während Sie sich in Kanada aufhalten?«

»Nein«, antworte ich. »Die Kanadier sprechen ja schon sehr gut Englisch – abgesehen von den Frankokanadiern natürlich.«

Sofort geht mir auf, dass der Versuch zu scherzen ein Fehler war. Der Mann mit den kurz geschorenen Haaren mustert mich wieder.

»Wollen Sie die Frankokanadier beleidigen?«, fragt er streng.

Ich schüttle den Kopf und spüre meine Wangen heiß werden.

»Entschuldigung!«, sage ich. »Auf keinen Fall. Und ich habe *nicht* vor zu arbeiten, während ich in Kanada bin. Entschuldigung!«

»Wie viel Geld haben Sie bei sich?«

»Ich ... zweihundert kanadische Dollar in bar«, stammle ich. »Und meine Visa-Karte.«

»Woher haben Sie das Geld?«

»Vom Menschenhandel in Moldawien«, sage ich. Nicht. Stattdessen: »Ich gebe Englischunterricht. An der Berlitz-Schule. Wie ich schon sagte, ich bin Englischlehrerin.«

Als ich endlich meinen Stempel in den Pass bekomme und meine Reisetasche holen kann, zittern mir die Beine. Ich bin geschockt, wie mich die Kanadier behandeln, und schimpfe im Stillen mit Ben, dass sie längst nicht so freundlich sind, wie er immer behauptet hat. Bens Antwort lautet sinngemäß, dass ich nur zufällig an einen Idioten geraten bin, dem es einen Kick gibt, wenn er andere mies behandeln kann. Das Unwohlsein, das ich verspüre, wird trotzdem schlimmer.

Mit der Tasche in der Hand betrete ich eine riesige Halle und versuche herauszubekommen, von wo der Zug in die Stadt abfährt. Die Erleichterung und die Freude darüber, in Kanada zu sein, ringen mit der Müdigkeit und dem Jetlag, die immer schlimmer werden und alles um mich herum ins leicht Surrealistische verschieben. Ich bin mir sicher, dass ich zu langsam rede, als ich die Frau an der Information frage, wo ich hier eine Zugfahrkarte kaufen kann. Und plötzlich überkommt mich ein fürchterlicher Gedanke. *Ich bin hier falsch!* Vancouver liegt auf der anderen Seite der Erdkugel. Oder umgekehrt. Ich bin hier richtig, und Vancouver liegt falsch. Oder egal. Jedenfalls. Ist. Alles. Am. Falschen. Platz.

Auf dem Weg zum Bahnsteig muss ich mich ein paarmal festhalten, und nur mit allergrößter Anstrengung gelingt es mir, mich im Zug auf einen der blauen Sitze zu setzen. Obwohl ich noch nie LSD genommen habe, weiß ich plötzlich, dass es sich genau so anfühlen muss. *Wie können alle um mich herum so tun, als wäre das hier normal!* Wie in einem Krampf klammere ich mich an den Armlehnen meines Sitzes fest, damit ich nicht an die Decke schwebe. Oder zu Boden stürze.

32

Ich gebe mir alle Mühe, die große Stadt, die Wolkenkratzer und weiter entfernt die Berge mit den weißen Spitzen zu bewundern, aber es misslingt mir. Auch während der Zugfahrt kämpfe ich mit dem Unwohlsein und den offenbar zu einem ausgewachsenen Jetlag gehörenden Halluzinationen.

Als ich an der Endhaltestelle aussteige und eine Rolltreppe hinunterfahre, sehe ich ihn und bin sofort hellwach. Eine kindliche Freude breitet sich in meinem Körper aus, und ich muss an mich halten, dass ich nicht loskichere. Eine Geschäftsfrau, die an mir vorbeieilt, möchte ich am liebsten packen und ihr zeigen, dass nicht weit vom Ende der Rolltreppe entfernt ein ECHTER INDIANER steht! Es gibt sie also wirklich! Klar ist mir bekannt, dass es in Nordamerika Indianer gibt, aber einen leibhaftig vor mir zu sehen bringt mich zum Kichern. Dann bemerkt der Indianer, dass ich ihn anstarre, und kommt auf mich zu. Erst jetzt sehe ich, wie schäbig er gekleidet ist und dass aus irgendeinem Grund drei leere PET-Flaschen an seinem Gürtel hängen. Er öffnet den Mund, und ihm fehlen beide Vorderzähne.

»Hast du mal 'ne Kippe?«

Ich schüttle den Kopf. Enttäuscht schlurft der Indianer zum nächsten Mülleimer, und meine Freude ist verflogen. Bis ich den Bahnhof verlasse, hat mich ein zweiter Indianer nach einer Zigarette gefragt.

Ich gehe zum Buchanan Hotel, in dem ich ein Zimmer für fünfundsiebzig kanadische Dollar pro Tag reserviert habe. Es gibt ein Bett mit einer geblümten Tagesdecke, einen Tisch, einen Schrank, einen Fernseher und ein winziges Waschbecken. Vor dem Fenster hängen zur Tagesdecke passende geblümte Vorhänge. Das Bad und die Toilette teile ich mit zwei anderen Zimmern auf derselben Etage. Es ist erstaunlich still in dem Hotel.

Trotzdem darf ich jetzt nicht einschlafen. In allen Reiseführern wird empfohlen, sich sofort auf die örtliche Zeit umzustellen. Da es noch nicht einmal zwei Uhr nachmittags ist, muss ich mich also zwingen, mich nicht hinzulegen, und da ich nicht zum Commercial Drive will, bevor ich nicht eine Nacht geschlafen habe, beschließe ich, Vancouver zu erkunden.

»Möchten Sie einen Stadtplan?«, fragt der asiatische Mann an der Rezeption.

Ich schüttle den Kopf.

»Danke, aber ich hab das hier«, sage ich und halte den Lonely Planet hoch.

Stundenlang laufe ich in der Stadt herum. Im Stanley Park bewundere ich einen Totempfahl und im West End doch noch die Wolkenkratzer. Alles kommt mir seltsam vertraut vor. Erst denke ich, dass es am Jetlag liegen muss, dann fällt mir ein, dass ich Vancouver deshalb so gut kenne, weil dort sämtliche amerikanischen B-Movies spielen. Trotz meines Vorurteils, dass alle Nordamerikaner Übergewicht haben, sehen die Menschen ringsum normal und sogar verdächtig sportlich aus.

Der Himmel wird grau, und es dauert keine halbe Stunde, bis ein feiner Regen einsetzt. Ich kaufe mir einen Cupcake und einen Weizengrassaft. Mir tun die Füße weh, aber ich gehe immer weiter, weil ich weiß, dass ich bei einer Rückkehr ins Hotel auf der Stelle einschlafen würde. Ich lasse mich bis ins pittoreske Gastown treiben und schaue in Galerien, in denen sie von Ureinwohnern gefertigte Masken verkaufen. Hinter einer Straßenecke gerate ich dann in die Hölle.

Die Straße vor mir ist voller skelettähnlicher Wesen, die ziellos durch die Gegend wandeln. Alle sind grau wie Zombies, und die meisten starren zu Boden. Einige von ihnen schieben Einkaufswagen mit gefüllten Plastiktüten. Ein krankhaft fetter Mann, Indianer und der erste übergewichtige Mensch, dem ich in Vancouver begegne, fährt mit seinem motorisierten Rollstuhl auf mich zu und würde mir über die Füße rollen, könnte ich nicht gerade noch zur Seite springen. Dummerweise gehe ich danach weiter, anstatt umzukehren. An jeder Straßenecke stehen Grüppchen zerlumpter Gestalten. Viele hocken auf Pappkartons, reden miteinander und tauschen Zigaretten. Ein Mann in einem langen schmutzigen Mantel fragt mich etwas, was ich nicht verstehe. Ein Typ mit tätowierter Stirn setzt einer auf dem Boden liegenden

Frau eine Spritze in den Hals. Die Augen der Frau sind geschlossen.

»Oh Gott, wie geht es ihr?«, rufe ich.

Der Mann mit der Spritze ignoriert mich. Stattdessen reagiert einer mit einer schwarzen Kapuzenjacke, der danebensteht.

»*Juggin*«, grunzt er.

Der mit der Kapuzenjacke zündet eine Zigarette an und steckt sie dem Spritzenmann in den Mund, damit der seine Tätigkeit nicht unterbrechen muss. Jetzt sehe ich, dass die Frau keinesfalls um die dreißig ist, wie ich erst dachte, sondern im Teenie-Alter. Ihre Beine sind so mager, dass die Knie unnatürlich groß wirken. Ich kann das sehen, weil über einer schrecklichen Schürfwunde an einem ihrer Beine die schmutzige Hose aufgerissen ist. Ich gehe schnell weiter. Ich will weg von hier. Zurück zum Hotel. Nein, zurück nach Wien. Zurück in meine Wohnung und zu Optimus. Ich will nicht hier sein. Aber ich habe mich verlaufen. Mir ist schlecht. Und ich habe Angst.

Als ich in eine Seitenstraße einbiege, sehe ich einen jungen Mann mit einer nach hinten gedrehten Kappe vor einer Wasserpfütze auf dem Gehsteig sitzen. Neben ihm liegen ein schwarz verbrannter Löffel und ein Feuerzeug. Er zieht gerade eine Spritze auf. Mit Wasser aus der Pfütze. Als ich kehrtmache, fährt mich eine grauhaarige Frau im braunen Jogginganzug fast mit ihrem Elektrorollstuhl an. Woher kommt diese Invasion von Elektrorollstühlen? Etwas weiter brennt Feuer in einem Mülleimer. Es riecht nach verbranntem

Plastik, und die Luft nimmt einem den Atem. Plötzlich weiß ich nicht mehr, aus welcher Richtung ich gekommen bin.

»Bist du okay?«

Ich mache einen Satz, als mich jemand am Arm packt. Es ist eine kräftige Frau mit einem Mondgesicht. Auf ihrer hellblauen Windjacke steht »Vancouver Volunteer Corps«.

»Ich hab mich verlaufen«, sage ich. »Und da drüben ist ein Typ, der sich was mit Pfützenwasser spritzen will. Jemand muss ihn daran hindern.«

»Wo ist dein Hotel?«, fragt die Frau.

»Im West End«, sage ich.

Die Frau hakt sich bei mir ein und führt mich in die entgegengesetzte Richtung, in die ich habe gehen wollen.

»Komm, wir besorgen dir ein Taxi!«, sagt sie brüsk. »Hast du genug Geld für ein Taxi?«

Ich nicke.

»Was ist das hier für eine Gegend?«, frage ich.

»Downtown East Side«, antwortet die Frau. »Auch Junk Town, Skid Row und Crack Town genannt.«

»Da sind wahnsinnig viele Junkies«, sage ich.

»Sie sind harmlos«, sagt die Frau, während wir die Straße hinuntergehen. »Wenigstens tagsüber. Es sind die Drogenhändler, vor denen du dich in Acht nehmen musst. Skid Row ist nicht mal das Schlimmste – du solltest Surrey sehen.«

»Aber warum tut die Polizei nichts dagegen?«

Ein Mann mit nacktem Oberkörper und Bierbauch

schiebt uns einen übervollen Einkaufswagen entgegen. Er grüßt die Frau.

»Hallo, Al!«, grüßt sie zurück. »Was soll die Polizei machen? Es sind einfach zu viele. Darum helfen *wir* ihnen.«

Ich denke an den tätowierten Mann und die Frau, die auf dem Boden lag.

»Was bedeutet *juggin?*«

»So nennt man es, wenn man Heroin direkt in die Halsschlagader spritzt. Sie glauben, dass sie so schneller und besser high werden, aber der einzige Unterschied ist, dass sie davon Hirnblutungen bekommen. Junkies sind nicht die gescheitesten Menschen auf der Welt, sonst wären sie keine Junkies geworden.«

Die Frau streckt den Arm aus, und ein Taxi fährt neben uns an den Straßenrand. Es wird schon dunkel.

»West End«, sagt die Frau zum Taxifahrer, als er die Scheibe heruntergelassen hat.

»Vielen Dank für die Hilfe!«, sage ich.

»Eine gute Zeit in Vancouver!«, sagt die Frau und lächelt.

Dann dreht sie sich um und geht in die Richtung, aus der wir gekommen sind. Sie sieht erleichtert aus, dass sie mich losgeworden ist.

Der Taxifahrer fragt mich, woher ich komme.

»Wien«, sage ich.

»Oh, die Kanäle!«, sagt er mit einem sehnsüchtigen Seufzer.

33

Ein junges Hippiepaar steht vor dem McDonald's am Commercial Drive. Die beiden beobachten Händchen haltend die Leute, die drinnen essen. Das Mädchen hat kurz geschnittene Haare und trägt ein langes regenbogenfarbenes Kleid, der Junge hat einen Pferdeschwanz und trägt Schlaghosen.

Ich kann den Blick nicht von ihnen wenden. In Wien gibt es keine Hippies. Falls es jemals welche gegeben hat, müssen sie rasch vertrieben worden sein. Mit Operetten und Sachertorte vermutlich. Im Übrigen weiß ich gar nicht, ob ich überhaupt schon einmal richtige Hippies gesehen habe. Und jetzt stehen zwei vor mir. Der Junge hat sich mit schwarzem Filzstift ein riesiges Friedenszeichen auf die Jeansjacke gemalt. Trotzdem fangen die beiden plötzlich an, mit den Fäusten gegen die Fensterscheibe des McDonald's zu hämmern.

»Schweine!«

»Ihr vernichtet die Natur!«

»Ihr Mörder!«

»Heuchler!«, schreien sie.

Drinnen heben ein paar Gäste den Blick, um zu sehen, woher der Lärm kommt.

»Wisst ihr nicht, was ihr da esst?«, ruft das Mädchen.

»Wie könnt ihr in diesem Scheißladen essen?«, ruft der Junge. »Wisst ihr nicht, dass McDonald's Regenwälder zerstört?«

»Von allen Lokalen am Drive sucht ihr euch ausgerechnet McDonald's aus!«

»Ihr esst unseren Planeten auf!«

Ich bin gerührt vom Engagement der beiden. Als Angehörige einer Generation, die Passivität für das Normale hält, kommen mir angesichts ihrer Leidenschaft und ihres Protests die Tränen. Es fehlt nicht viel, und ich würde mich ihnen anschließen, auch wenn meine Parolen wohl etwas anders klängen.

»Hört auf, *I'm lovin it* als Slogan zu benutzen!«, würde ich schreien. »Das *Present Progressive* wird niemals bei Gefühlen benutzt, ihr unsere schöne Sprache massakrierenden Idioten! Es muss *I love it* heißen!«

Ein Gast in den Vierzigern zeigt dem Paar den Mittelfinger, bevor er sich wieder seiner Zeitung zuwendet und einen Schluck Kaffee aus dem Pappbecher nimmt. Alle fangen wieder an zu essen und ignorieren das Paar, das weiter schreit und gegen die Fensterscheibe trommelt. Erst als ein Angestellter kommt und den beiden mit einem Besen droht, als wären sie zwei lästige Tauben, gehen sie weiter, das heißt, zuvor zeigt der Junge noch allen, also niemandem, das Peace-Zeichen.

Der Commercial Drive ist lang und breit. In der Tat ist der McDonald's die Ausnahme – sonst gibt es dort vegane Lokale und homöopathische Läden im Überfluss. Die Menschen auf der Straße sind eine herrliche Mischung verschiedener Ethnien. Zwei Männer in Neonwesten gehen mit kleinen Greifern den Gehweg entlang, und erst denke ich, sie sammeln gewöhnlichen Abfall ein. Doch bei näherem Hinsehen sind es weggeworfene Spritzen. Ich spüre immer noch den Jetlag, nur fühlt es sich inzwischen so an, als würde mein Körper von unsichtbaren Kräften zusammengedrückt.

Als ich das Hippiepaar nicht mehr sehen kann, gehe ich in die Richtung, in der das Haus mit der Nummer 1348 liegen sollte. Vor mir bückt sich ein Obdachloser nach einer noch nicht gerauchten Zigarette. Er dreht sich zu mir um und präsentiert mir seinen Fund.

»Eine Zigarette!«, sagt er. »Ich bin hier langgegangen, hab mir eine Zigarette gewünscht und hab eine gefunden!«

Er schließt die Augen und lächelt.

»Hundert Dollar, hundert Dollar«, höre ich ihn murmeln.

»Viel Glück!«, sage ich und lächle auch.

Nummer 1302 beherbergt eine Akupunkturklinik, in der man auch chinesische Arzneien kaufen kann. Im Verkaufsraum sitzt eine asiatische Frau in einem weißen Arztkittel und starrt in die Luft. Die nächsten Gebäude sind Mietshäuser mit verschiedenfarbigen Haustüren. An einem Fenster entdecke ich ein Schild mit einem Ken-Kesey-Zitat: *You're either on the bus or off the bus.* 1324 ist eine auf LGBT-Bücher spezialisierte Buchhandlung. Mein Herzschlag beschleunigt sich, und plötzlich entdecke ich den schwarzen Baldachin, den man auf Google Maps sehen konnte. Als ich näher komme, sehe ich, dass der Name »Caffé Amici« überstrichen wurde, dort aber immer noch ein Café existiert. Ich frage mich, wie alt das Google-Foto eigentlich ist. Weil es bis zum Frühling noch ein paar Monate hin ist, sind die Bäume natürlich auch nicht grün, und die Häuser sehen schäbiger aus als auf dem Foto.

Mein Herz hämmert wie ein Schlagzeug. Ich habe die Nummer 1348 erreicht und finde eine chemische Reinigung, deren Tür verrammelt ist. An der Hauswand ist ein öffentliches Telefon montiert. Der Hörer hängt herunter, und um die Tastatur sind große Brandflecken. Alle freien Flächen des Apparats sind bekritzelt, und was ich so genau gar nicht sehen will, ist der klebrige Dreck auf den Tasten. Ich nehme mit spitzen Fingern den Hörer und lege ihn auf.

Eine ganze Weile stehe ich vor dem Telefon. Auf Google Maps war weder eine chemische Reinigung noch ein öffentliches Telefon zu sehen, aber jetzt kommt mir beides ganz selbstverständlich vor. Ein Teil von mir wusste wohl schon die ganze Zeit, dass ich Ben an der Adresse nicht finden würde und alles, was ich mir vorgestellt hatte, nur Hirngespinste waren. Ich hatte mich an einen Strohhalm geklammert.

Zum ersten Mal trifft es mich wie ein Faustschlag in die Magengrube, dass ich ihn nie mehr wiedersehen werde. Und dass ich nie herausfinden werde, warum er verschwunden ist. Etwas geht in mir kaputt. Ich möchte am liebsten schreien: »WO BIST DU?! WARUM HAST DU MICH ANGELOGEN? DU HAST GESAGT, WIR WÜRDEN FÜR DEN REST UNSERES LEBENS ZUSAMMENBLEIBEN!«

Die Beine tragen mich nicht mehr. Ich sinke unters Telefon und rolle mich zu einem kleinen Ball zusammen. Die Leute, die an mir vorbeihasten, ignorieren mich. Ich bin nur ein Wrack mehr am Commercial Drive.

34

Die Stunden danach sind verschwommen. Ich weiß nur, dass ich mich mit schweren Beinen auf den Weg zurück zum Hotel gemacht habe. Aber im Zug muss ich meine Meinung geändert haben, jedenfalls bin ich an irgendeiner Haltestelle ausgestiegen und ziellos herumgelaufen. Nichts spielte mehr eine Rolle. Ich hätte genauso gut zu den Junkies fahren und mir Pfützenwasser in die Halsschlagader spritzen können. Mehrere Stunden bin ich so herumgeirrt und am Ende doch im Hotel gelandet.

Die darauffolgenden drei Tage und Nächte verlasse ich das Hotelzimmer nur, um mir etwas zu essen zu kaufen. Ich weine, schlafe, sehe fern, schlafe, weine, starre auf die geblümten Vorhänge, esse etwas, was nicht warm gemacht werden muss, und weine noch ein bisschen mehr. Am vierten Tag, meinem fünften in Vancouver, kann ich nicht mehr weinen. Ich kann auch keine Cracker mit Humus mehr essen. Erleichtert und erstaunt bemerke ich, dass mein Jetlag vorüber ist und ich stattdessen eine innere Unruhe in mir aufsteigen spüre. Es sind noch sieben Tage bis zum Rückflug nach Wien.

Ich gehe zum Empfang und frage den asiatischen

Mann, ob ich eine zusätzliche Decke haben kann, weil ich in der Nacht gefroren habe.

»Selbstverständlich«, sagt er. »Übrigens fährt heute eine Gruppe hier aus dem Hotel zum Whale Watching – nur falls es Sie interessiert.«

Erst antworte ich nicht. Der Gedanke, anderen Menschen zu begegnen, dazu noch Fremden, erscheint mir nicht sehr verlockend. Warum soll ich mich ohne Not auf Unterhaltungen einlassen, für die ich an der Berlitz bezahlt werde? Andererseits fehlt mir nach den Indianern, Hippies und Junkies, die ich schon gesehen habe, nur noch ein Wal in meiner Kanadasammlung.

»Okay«, höre ich mich zu meiner eigenen Überraschung sagen.

Die Gruppe aus dem Hotel besteht aus mir, einem australischen Paar mit Namen Dave und Lee und einer holländischen Frau mit Dreadlocks, Cornelia. Nach genauesten Anweisungen des Mannes am Empfang ziehen wir uns mehrere Schichten Kleider an, dann besteigen wir einen Bus. Die Fahrt soll über eine Stunde dauern. Dave, Lee und Cornelia unterhalten sich angeregt, während ich still auf meinem Platz sitze. Eine abgewetzte Strumpfpuppe wäre wahrscheinlich genauso interessant und gesellig wie ich in der Stimmung, in der ich mich gerade befinde. Trotzdem habe ich keine Lust, mich an ihren Backpacker-Geschichten zu beteiligen. Hört man genau hin, vergleichen sie ohnehin nur all die Plätze, an denen sie schon gewesen sind.

»Und du bist auch schon in Asien herumgereist?«, fragt Lee Cornelia.

Cornelia nickt.

»In Vietnam«, sagt sie. »Und in Kambodscha.«

»Toll«, sagt Lee. »Wir waren auch in Vietnam.«

»Schön, oder?«, sagt Cornelia.

»Toll«, sagt Lee.

Worauf Dave durch seinen Fotoapparat scrollt und ich das Schlimmste befürchte, nämlich dass er Fotos von ihrer Vietnam-Reise sucht.

»Noch nirgends hab ich so feine Menschen getroffen wie in Vietnam«, fährt Cornelia fort.

»Toll«, sagt Lee.

»Sie waren so *authentisch*.«

Ich starre immer angestrengter aus dem Fenster und versuche, die Unterhaltung der drei auszublenden, bevor ich Lee noch ein Dutzend Synonyme für das Wort »toll« vorschlage.

Irgendwann kommen sie dann auf das kanadische Geld zu sprechen.

»In Australien haben wir schon seit fast zwanzig Jahren solche Plastikscheine, und erst jetzt macht es uns der Rest der Welt nach«, sagt Dave.

»Es fühlt sich komisch an«, sagt Cornelia und befühlt einen hellbraunen kanadischen Hundertdollarschein. »Verglichen mit unserem Geld zu Hause, meine ich. So künstlich irgendwie.«

Dave nimmt ihr den Schein ab.

»Wusstest du, dass man die Scheine nicht zerreißen kann?«, fragt er und hält den Hundertdollarschein hoch.

Dann zerreißt er ihn in zwei Stücke, und ein paar

Sekunden lang starren ihn alle nur an. Daves Gesicht wird leichenblass, und Lee muss laut lachen.

»Oh Gott! Oh Gott!«, stöhnt Dave. »Es tut mir so leid. Eigentlich sollte das gar nicht gehen. – Hier, nimm einen von mir!«

Er holt einen Hundertdollarschein aus seiner Brieftasche und gibt ihn Cornelia. Ich schaue schnell wieder aus dem Fenster, obwohl ich mir ein Lächeln nicht verkneifen kann.

Wir kommen an einen Ort, der aus als Fischerhäuschen verkleideten Souvenirläden besteht. Sie tragen allesamt Namen, die mit einem zu *Capt'n* verkürzten *Captain* beginnen. Wir bezahlen erst für den Ausflug zu den Walen und erhalten dann eine zehnminütige Einweisung in die Benimmregeln an Bord eines Ausflugsbootes sowie Erläuterungen darüber, was wir *vielleicht* – der Guide kann uns nichts garantieren – sehen werden. Ich registriere, wie Dave und Lee einander immer wieder anlächeln, und fühle mich wie eine besonders einsame abgewetzte Strumpfpuppe, die jetzt eine rote Rettungsweste trägt.

Wir fahren zwischen Klippen und kleinen Inseln hindurch aufs offene Meer, und ich sitze in meiner roten Rettungsweste da und wünsche mir mit jeder Faser meines Körpers, Ben säße neben mir. Was ist der Sinn von Erlebnissen, wenn man niemanden hat, zu dem man später sagen kann: »Weißt du noch, als wir ...?«

Dann entdecke ich auf der Klippe, die wir gerade passieren, einen Weißkopf-Seeadler. Er sitzt auf einem

Ast eines umgestürzten Baums, und ich scheine die Einzige zu sein, die ihn bemerkt hat. Er sitzt so still, dass ich schon glaube, das örtliche Fremdenverkehrsamt habe eine täuschend echte Nachbildung für Touristen dort angebracht, als er plötzlich den Kopf leicht nach links dreht. Jetzt sehen ihn auch die anderen auf dem Boot und beginnen, Fotos zu machen. Trotzdem habe ich den Augenblick genossen, als es nur mich und den Seeadler gab.

Die Luft ist so kalt, dass ich die Hände zwischen die Beine stecken muss, damit ich sie mir nicht erfriere. Wir fahren an luxuriösen Inselhäusern direkt am Wasser vorbei. Manche sind ganz aus Holz, andere moderne Betonwürfel. Inzwischen sind die meisten Nasen an Bord rot vor Kälte. Als sich die Wolken verziehen, bricht die große Suche nach Sonnenbrillen aus.

»Kartografisch gesehen, befinden wir uns von hier an in amerikanischen Gewässern«, sagt unser Guide, und ich sehe, wie eine Frau sofort ins Wasser schaut. Wenn Ben da gewesen wäre, hätten wir raten können, wonach sie Ausschau hält. Ich selbst sehe drei Robben auf- und gleich wieder untertauchen. Unser Guide scheint ein bisschen nervös zu werden, weil wir noch keine Wale sehen, und redet auf den Mann mit Schnurrbart und Sonnenbrille ein, der unser Boot steuert. Der Mann zuckt nur mit den Achseln.

Dann ruft jemand: »Da!«

Ich drehe mich um und muss Luft holen, weil höchstens dreißig Meter von uns entfernt gleich mehrere Schwertwale schwimmen. Der Mann mit dem

Schnurrbart und der Sonnenbrille stellt den Motor aus, und auf dem Boot wird es still. Niemand wagt es, sich zu bewegen. Schwarze Flossen in unterschiedlichen Größen bewegen sich in einem lautlosen Auf und Ab. Die größte davon hält sich ein Stück abseits. Es ist eine zwei Meter lange Rückenflosse auf einem nicht enden wollenden pechschwarzen Rücken, die dort durchs Wasser pflügt. Laute Atemzüge sind zu hören, wenn die Wale die Blaslöcher öffnen, um Atem zu holen.

In respektvollem Abstand beginnt das Boot, dem Schwertwalschwarm zu folgen. Es wird noch kälter. Und plötzlich hören wir ein lautes Platschen. Alle auf dem Boot fahren herum. Hinter uns haben zwei Schwertwale begonnen, sich in die Luft zu werfen. Fast ihr ganzer schwarz-weißer Körper wird sichtbar, wenn sie senkrecht aus dem Wasser schießen, sich winden und wieder ins Meer zurückfallen. Ein Stück von ihnen entfernt, schlägt einer erst mit der Schwanzflosse, bevor er in einer Wasserkaskade wieder ins Meer eintaucht.

»Heute sind sie verspielt«, sagt der Guide.

Um mich herum klicken die Fotoapparate, und immer wieder bricht Jubel aus.

»Es ist schon besonders, oder?«, sagt Cornelia und lächelt mich an.

Erst da merke ich, dass meine Wangen voller Tränen sind.

35

Im Bus zurück nach Vancouver sind alle still. Ich bin so dankbar, dass sogar die tolle Lee zu verstehen scheint, dass man solche gemeinsamen Erlebnisse nicht durch zu viel Gerede kaputt machen darf. Nach einer Weile schläft Lee an Daves Schulter ein, während er die Fotos auf seinem Fotoapparat durchgeht.

Als wir fast im Hotel zurück sind, höre ich Dave, Lee und Cornelia von einem Campingausflug sprechen, den sie zusammen machen wollen. Sie wissen noch nicht, wohin, und ich erkenne sofort die Chance, die sich mir unverhofft bietet.

»Könnte ich mitkommen?«, frage ich. »Ich weiß da einen fantastischen Ort.«

»Klar«, sagt Cornelia schließlich.

»Hast du ein Zelt?«, fragt Lee.

Ich schüttle den Kopf.

»Sie kann mit in meins kommen«, sagt Cornelia. »Es ist ein Zweimannzelt.«

»Hast du einen Schlafsack?«, fragt Dave.

»Nein«, antworte ich. »Aber ich kann einen kaufen.«

»Der Mann am Empfang hat den Diamond Lake Park in der Nähe des Okanagan Lake empfohlen«, sagt Dave.

»Nein«, sage ich schnell. »Am Lake Bouleau ist es noch viel schöner, definitiv. Ihr werdet's nicht bereuen. Es ist fantastisch.«

»Bist du denn schon dort gewesen?«, fragt Dave. »Ich dachte, du warst noch nie in Kanada.«

»Als Erwachsene, hab ich gemeint«, sage ich. »Dass ich noch nie als *Erwachsene* in Kanada war. Als ich's war, war ich noch eine ganz andere Person.«

»Eine ganz andere Person?«, wiederholt Lee. »Bist du etwa als Junge auf die Welt gekommen?«

»Nein, aber als Kind ist man ja sehr anders. Oder als Teenager«, sage ich etwas genervt. »Zum Beispiel wäre ich heute nicht mehr bereit, für Kevin von den Back Street Boys zu sterben. Im Ernst, der Lake Bouleau ist fantastisch.«

Dave sieht nicht restlos überzeugt aus, trotzdem beschließen wir, am nächsten Morgen um elf zum Lake Bouleau aufzubrechen.

Als ich in mein Hotelzimmer zurückkomme, habe ich Herzklopfen vor Nervosität und Anspannung. Ich werde zum Lake Bouleau fahren! Zu dem See, von dem ich weiß, dass Ben dort öfter gewesen ist. Weil ich keinen Führerschein habe, hätte ich allein nie dorthin fahren können. Vielleicht gibt es eine Chance, und sei sie noch so winzig klein, ihn dort aufzuspüren. Allerdings geht mir bald auch etwas anderes auf, nämlich dass ich zelten werde. Ich habe noch nie gezeltet. Ich bin ein Indoor-Mensch. Nichts nervt mich mehr als ein sonniger, wolkenloser Tag, weil ich dann weiß, dass ich eigentlich draußen sein sollte und all die Dinge tun, die Outdoor-Menschen tun. (In sparsamen Schlucken aus unzerbrechlichen Trinkflaschen trinken? Auf einen Kompass und dann lange auf den Horizont schauen? Irgendjemandem versichern, dass es sich da draußen um »eine ganz andere Welt« handelt?) In meiner Traumwelt regnet es immer. Ein einziges Mal habe ich versucht, das Naturkind zu geben, und bin mit Rebecca und ihrem Jesus im Lainzer Tiergarten gewandert. Im Bestreben, mit meinem Wissen über die Natur zu imponieren, hätte ich um ein Haar Jesus, sprich Jakob, umgebracht, als ich Bärlauch und Maiglöckchen verwechselt habe. Und jetzt soll ich zelten.

Um Viertel vor elf sind alle reisefertig. Dave hat einen SUV gemietet, und wir beladen den bulligen Kasten mit Zelten, Schlafsäcken, Rucksäcken (ihren), einer Tasche (meiner), Tüten voller Lebensmittel und allerlei Campingausrüstung. Als ungebetener Gast habe ich darauf bestanden, das Essen einzukaufen, und mit Cornelias Hilfe konnten wir den Schlafsack eines italienischen Mädchens aus dem vierten Stock ausleihen. Dave und Lee setzen sich nach vorne, Cornelia und ich auf den Rücksitz. Dave tippt unser Ziel sorgfältig ins Navi ein.

»Sind wir bald da?«, frage ich, als Dave vom Hotelparkplatz auf die Straße einbiegt.

Cornelia behauptet kichernd: »Ich muss pinkeln.«

»Wenn ihr Kinder keine Ruhe gebt, gibt's keine Süßigkeiten mehr«, sagt Lee vom Vordersitz.

Cornelia und ich sehen uns an und schweigen zehn Sekunden lang, bevor wir fragen: »Sind wir bald da?«
»Der Teufel soll die Brut holen«, murmelt Dave.

Unterwegs werde ich immer nervöser, weil man bei Ben nie wissen kann. Was, wenn der Lake Bouleau eine Lagerstätte für radioaktiven Abfall ist? Oder für die Öffentlichkeit geschlossen? Und was ist es eigentlich, das ich dort zu finden hoffe?

Drei Stunden später haben wir es fast geschafft. Wir haben schon schneebedeckte Berge und regelrechte Wüsten passiert. Leider haben wir auch Kilometer für Kilometer braune, trockene, tote Wälder gesehen. Opfer des Massenmörders Bergkiefernkäfer. An vielen Stellen liegen noch Schneewehen.

Lee wird sauer, als sie merkt, dass Cornelia und ich alle Erdbeer-Twizzlers aufgegessen haben, aber davon abgesehen, ist es eine lustige Fahrt. Ich habe herausgefunden, dass Dave und Lee nicht nur verlobt, sondern auch Cousin und Cousine zweiten oder dritten Grades sind. Cornelia wiederum besitzt ein ökologisches Kleidergeschäft in Rotterdam.

»Sieht alles ziemlich wild aus«, sagt Cornelia, als wir von einer größeren Straße abbiegen und der Beschilderung in Richtung Lake Bouleau folgen.

»Stimmt«, sage ich so selbstsicher wie möglich.

Die Straße ist so holprig, dass wir uns im Wagen festhalten müssen, und es geht schon seit zwanzig Minuten durch den Wald. Die Straße scheint länger nicht benutzt worden zu sein und führt jetzt einen steilen

Hang weit oberhalb eines kleinen Gebirgsbachs entlang.

»Habt ihr das rostige Auto da unten gesehen?«, frage ich leicht beunruhigt.

Aber ich bin die Einzige, die es gesehen hat. Es war zur Hälfte von Pflanzen überwuchert, und vor meinem geistigen Auge sehe ich vier Skelette darin sitzen, noch festgeschnallt in ihren Sicherheitsgurten und mit leeren Twizzler-Tüten neben sich. Dave muss sich so sehr aufs Fahren konzentrieren, dass er komplett verstummt, und plötzlich geht es bergab. Der Wald lichtet sich, und wir halten an. Wir sind da.

»Wow!«, bricht es aus mir heraus.

Vor uns glitzert der See in der Sonne, und ringsum ist, Gott sei's gedankt, ausschließlich grüner Wald zu sehen. Dave steigt aus und kontrolliert irgendetwas vorne am Kühler des Wagens. Ich strecke die Beine aus und sehe erleichtert, dass es wirklich ein schöner Ort ist, an dem wir uns befinden, ein kleiner Campingplatz mit drei Feuerstellen und einem Durchmesser von vielleicht zwanzig Metern. Die Luft ist kalt und erfrischend, nach Westen hin liegt der See, und an den anderen drei Seiten sind wir von Wald umgeben. An einem Baum hängt ein Schild in Pfeilform. »Toilette« steht darauf. Wir sind allein. Kein Ben zu sehen. Klar. Auch keine Ameisen, die krabbelnd einen Pfeil formen würden, der mir zeigt, in welche Richtung er verschwunden ist. Auch klar. Trotzdem bin ich froh, an einem Platz zu sein, von dem ich weiß, dass er ihn mal gemocht hat.

Die erfahrenen Camper bauen gleich die Zelte auf. Ich greife mir einen Metallstab und stecke ihn neben der Plane in den Boden, die Cornelia schon ausgebreitet hat.

»Was machst du da?«, fragt Cornelia.

»Das Zelt aufbauen?«, antworte ich ein bisschen unsicher.

»Der Hering gehört an die Ecke«, sagt sie. »Ich dachte, du hast schon mal gezeltet?«

»Die Zelte in Schweden sind anders. Nicht mit so vielen … Heringen.«

»Macht nichts«, sagt Cornelia. »Allein bin ich sowieso schneller.«

Erleichtert, dass ich nicht helfen muss, gehe ich zum Wasser. Als ich die Hand hineinstecke, ist es, als würde ich in ein Eisloch greifen. Etwas weiter entfernt sehe ich Leute in Kanus, die ihr Lager wohl auf einem anderen Campingplatz aufgeschlagen haben. Sie winken mir zu, und ich winke zurück. Sie winken mir wieder zu, und ich winke wieder zurück. So ist es also beim Campen, denke ich, während sich tief in meinem Großstadtherzen ein kleiner fester Knoten löst.

Lee und ich gehen trockene Zweige suchen. In der Sonne kann man es gut ohne Jacke aushalten, während die Temperatur im Schatten schlagartig um fünfzehn Grad zu sinken scheint.

»Ist das heftig!«, bricht es aus mir heraus.

»Was?«, fragt Lee.

Ich zeige auf den Wald um uns herum.

»Das hier«, sage ich. »Und trockene Zweige suchen!«

Lee sieht mich nur an.

»Okay«, sagt sie schließlich.

Lee ist eindeutig nicht die Person, mit der man die Freude am Trockene-Zweige-Suchen teilen könnte.

Ein paar Stunden später brennt ein Lagerfeuer, und wir machen Abendessen. Mit »wir« meine ich Dave. Lee, Cornelia und ich bilden das begeisterte Publikum. Wir essen Kartoffeln und Maiskolben aus der Glut, dann gibt es gebratene Würstchen. Dave und Lee trinken reichlich Bier, Cornelia und ich teilen uns eine Flasche Wein. Nach so vielen Jahren in Wien haben mich die kanadischen Preise für alkoholische Getränke erschreckt, und weil ich keinen der angebotenen Weine kannte, habe ich den mit dem schönsten Etikett ausgesucht.

Inzwischen beginnt es schon zu dämmern. Hin und wieder hört man einen Vogel, sonst ist es hier, vom Knistern des Feuers abgesehen, vollkommen still.

»Das Outdoor-Leben ist gar nicht so übel«, sage ich und schaue auf den See.

»Nicht wahr?«, sagt Cornelia.

Dave kommt von der Toilette zurück und hat die Hose noch nicht ganz zugemacht.

»Ich hab was gehört, was gut ein Bär hätte sein können«, sagt er aufgeregt.

»Weil du *hoffst*, dass wir einem Bären begegnen werden, darum«, sagt Lee.

»Ich werde auf jeden Fall mein Messer bereithalten«, sagt Dave und zieht es aus der ledernen Scheide, die an seinem Gürtel baumelt.

Cornelia beginnt, in ihrem Rucksack zu kramen.

»Ich hab *das* hier«, sagt sie und hält eine kleine Trillerpfeife hoch.

»Und ich könnte ihn verjagen, indem ich ihm den Unterschied zwischen transitiven und intransitiven Verben erkläre«, sage ich.

»Das hält der stärkste Bär nicht aus«, sagt Dave und steckt das Messer in die Scheide zurück.

Wir machen eine zweite Flasche Wein auf und grillen Marshmallows. Missverstandene Songtexte werden jetzt zum Gesprächsthema. Ich erzähle, dass ich lange dachte, Bob Marley sänge *no woman, no crime*, während Cornelia zum Besten gibt, sie habe Robert Palmer immer *might as well face it, you're a dick with a glove* singen hören.

»Mein Englisch war damals nicht so gut, aber ich kannte natürlich die schmutzigen Wörter«, entschuldigt sie sich. »Und den Titel des Songs hab ich nie geschrieben gesehen. Also dachte ich lange, *dick with a glove* sei der englische Ausdruck für Idioten. Weil Michael Jackson doch immer diesen Handschuh trug.«

»Und was hätte Robert Palmer gegen Michael Jackson haben sollen?«, fragt Lee.

»Das ist es ja, was ich nie verstanden habe«, sagt Cornelia und schüttelt ihre Dreadlocks.

Ich muss so sehr lachen, dass mir die Tränen kommen. Es ist jetzt vollständig dunkel um uns herum, aber im Feuerschein ist es, als könnte ich Ben bei uns sitzen sehen. Er schaut mich an und lächelt. Und ich weiß, was er gerade denkt: *Endlich!* Ich beschließe, dass ich, sobald ich in Wien zurück bin, an Elfriede Jelineks Tür klingle, um ihr zu sagen, wie sehr ich sie bewundere. Außerdem werde ich endlich anfangen, in einem Chor zu singen, und viel mehr reisen. All das beschließe ich, und dass es in gewisser Weise Ben war, der mich dazu gebracht hat, macht mich so froh, dass ich entgegen meinen Vorsätzen auch noch beschließe, meinen Reisegefährten zu offenbaren, warum ich eigentlich hier bin.

»Wollt ihr wissen, warum ich eigentlich nach Kanada gekommen bin?«, frage ich, und alle nicken.

Also erzähle ich Lee, Dave und Cornelia meine Geschichte mit Ben. Nur reagieren sie darauf überhaupt nicht, wie ich gehofft hatte. Niemand sagt, wie romantisch meine Suche nach ihm ist oder dass ich ihn selbstverständlich finden werde. Stattdessen sehen alle leicht verlegen aus und sagen erst gar nichts.

»Hat er wirklich gar keine Nachricht hinterlassen?«, fragt Lee schließlich.

Ich schüttle den Kopf, und Cornelia zuckt mit den Achseln.

»*A good fuck is worth fighting for*«, sagt sie auf die sachliche Art, wie sie nur holländischen Frauen mit Dreadlocks gegeben ist.

36

Wie aus dem Nichts taucht plötzlich ein zebragestreifter Kastenwagen auf. Wir starren das schwarz-weiße Phantom an, aber nichts tut sich. Erst nach einer guten halben Minute öffnen sich Fahrer- und Beifahrertür und zwei junge Männer steigen aus. Der größere der beiden trägt die prachtvollste Vokuhila-Frisur, die ich je gesehen habe. Oben sind die Haare so kurz, dass sie wie kleine glänzende Stacheln in die Höhe stehen, nach unten hin verwandeln sie sich in eine weich in den Nacken fallende Matte.

»*Hi!*«, ruft der Vokuhila-Mann.

»Hallo!«, grüßt Dave zurück.

Der zweite Mann ist etwas kleiner. Zusammen kommen sie auf uns zu.

»Ist es okay, wenn wir uns zu euch setzen?«, fragt der Vokuhila-Mann. »Es ist zu spät, um ein eigenes Feuer zu machen.«

»Sicher«, sagt Dave.

»Wir wollten nur bald schlafen gehen«, sagt Lee und verpasst Dave einen wütenden Blick.

Der Vokuhila-Mann zeigt mit dem Finger auf sich.

»Ich bin Duffy. Das hier ist mein Bruder Adam.«

Adam hebt die Hand.

»Ich bin Dave, und das hier ist Lee.«

»Julia«, sage ich.

»Cornelia«, sagt Cornelia.

Erst jetzt bemerke ich, dass Duffy und Adam schwanken. Während ich überlege, wer von den beiden wohl gefahren ist, kommt ein dritter Mann aus der Seitentür des Kastenwagens geklettert. Es ist wie bei der Überraschungsnummer russischer Zirkusclowns, zumal Duffy und Adam auch noch begeistert in die Hände klatschen.

»Pickle! Du bist wach!«, ruft Duffy, bevor er sich wieder uns zuwendet. »Darf ich vorstellen: Pickled Mike. Seine Frau hat ihn heute verlassen.«

Pickled Mike reibt sich die Augen und lässt sich neben das Feuer plumpsen. Adam geht zum Wagen und kommt mit einer zerknitterten braunen Papiertüte zurück, aus der er Dosenbier verteilt. Ich beschließe, beim Wein zu bleiben.

»Warum wirst du Pickled Mike genannt?«, frage ich.

»*Fuck,* wenn ich das wüsste!«, murmelt Pickled Mike und macht seine Dose Bier auf.

»Und ihr seid zum Angeln hier?«, fragt Duffy.

Er ist der Einzige der drei Männer, der noch nicht sitzt. Er steht mit gespreizten Beinen und einer Dose Bier in der Hand da und nimmt uns in Augenschein.

»Nein«, sagt Dave. »Nur zum Campen.«

»Eure?«, fragt Duffy und nickt zu den Zelten hin.

Weil es unklar ist, ob es sich um eine Frage oder eine Feststellung handelt, antwortet ihm niemand.

Plötzlich steht Pickled Mike auf und steigt wieder in den Kastenwagen. Krachend zieht er die Seitentür zu.

»Seine Frau hat ihn heute verlassen«, sagt Duffy.

»Das sagtest du bereits«, sagt Dave.

»*Bitch*«, sagt Duffy.

Die Neuankömmlinge haben die Stimmung am Feuer verändert, und wir wissen nicht, wie wir uns verhalten sollen. Ich merke, dass Adam Cornelia und mich anstarrt. Duffy nimmt einen halb abgeknabberten Maiskolben vom Pappteller neben Lee.

»Ist es okay, wenn ich den zu Ende esse?«, fragt er.

»Sicher«, sagt Lee mit einem Lächeln, das eigentlich kein Lächeln ist.

Duffy beginnt, an dem Maiskolben zu nagen, und Adam fixiert immer noch Cornelia und mich. Schließlich zeigt er mit dem Finger auf uns und lächelt.

»Seid ihr … ihr wisst schon …«

»Aus Europa?«, beende ich seine Frage. »Ja.«

Adam kichert.

»Nein«, sagt er. »Seid ihr …?«

Noch einmal lässt er den Rest der Frage in der Luft hängen.

»Mitglieder bei den Yakuza?«, sage ich. »Nein.«

Adam kichert wieder.

»Nein«, gluckst er.

»Feinschmecker?«, sage ich. »Das ja. Aber ehrlich, wenn du deine Frage nicht irgendwann zu Ende bringst, können wir die ganze Nacht so weitermachen.«

»Seid ihr … ihr wisst schon … *zusammen?*«

Jetzt haben wir auch Duffys Aufmerksamkeit.

»Lesben! Sind! Heiß!«, ruft er. »Schwule bringen mich zum Kotzen, aber Lesben ...« Er lässt ein Schmatzen hören. »Kommt zu *Daddy!*«

»Wir sind nicht zusammen«, sage ich. »Und wir sind *straight*.«

Vor einer Stunde erst hat Cornelia mir erzählt, sie sei mit einem fünfzehn Jahre jüngeren Mann aus Senegal verheiratet, von dem sie sich aber trennen werde, weil sie wegen seiner Haschischabhängigkeit keinen Sex mehr hätten. Trotzdem grinst Adam, als würde er mir nicht glauben. Und genau da reißt Pickled Mike die Tür des Kastenwagens wieder auf und springt heraus. Mit einem großen Lächeln im Gesicht und einer Gitarre in der Hand.

»*Oh fuck!*«, murmelt Duffy. »Die Gitarre.«

Pickled Mike setzt sich wieder ans Feuer und sieht uns zum ersten Mal an.

»Johnny Cash hat man fürs Blumenpflücken eingesperrt«, sagt er und beginnt zu spielen.

Duffy geht zu der zerknitterten Papiertüte und hebt sie hoch.

»Was zum Teufel, Adam?!«, schreit er und knüllt die Tüte zusammen.

»Was zum Teufel, Duffy?!«, kontert Adam.

Pickled Mike spielt weiter Gitarre und singt leise dazu. Duffy zeigt auf Adam.

»Wisst ihr, was der für einen Job hat?«, fragt er. »Ratet mal!«

Wir schütteln den Kopf.

»Er ist Koch im Altersheim«, sagt Duffy und schüttelt sich.

»Wenigstens *hab* ich einen Job«, sagt Adam. »Andere ...«

»Ich bin verdammt noch mal Snowboardprofi«, unterbricht ihn Duffy.

»Du *warst* Snowboardprofi«, korrigiert ihn Adam. »Wärst mit der Frisur besser Friseur geworden.«

Duffys Gesicht färbt sich tiefrot, dann wirft er sich auf seinen Bruder. Dave, Lee, Cornelia und ich springen auf und machen ein paar Schritte rückwärts. Duffy und Adam wälzen sich auf dem Boden und prügeln mit den Fäusten aufeinander ein. Sie stöhnen vor Schmerz und Anstrengung, während Pickled Mike ungerührt auf der Gitarre spielt.

31

Ich bin die Erste, die reagiert.

»Aufhören! Aufhören!«, schreie ich. »Dave, hilf mir!«

Dave und ich versuchen gemeinsam, die Raufbolde voneinander zu trennen. Es geht so leicht, dass ich fast glaube, die Schlägerei hat vor allem für uns Zuschauer stattgefunden.

»Dreckskerl!«, knurrt Adam.

»Dreckskerl!«, knurrt Duffy.

Dann setzen wir uns wieder ans Lagerfeuer, und für eine Weile sind nur noch Pickled Mikes Gitarre und sein murmelnder Gesang zu hören. Um die Stimmung zu heben, frage ich das Trio, wie es mit einem Schluck Wein wäre. Alle sagen Ja, und Adam geht irgendwelche alten Pappbecher aus dem Wagen holen. Pickled Mike erwischt einen, aus dem er erst eine Kippe fischen muss, bevor er sich Wein einschenkt.

»Ich hatte mal 'nen echten Becher im Auto, von Starbucks abgestaubt«, sagt Adam. »Aber den hat mir irgendein Arsch an einer Tankstelle geklaut. Man fragt sich, wie einer so tief sinken kann.«

»Dürft ihr in euren Ländern eigentlich heiraten?«, fragt Duffy, nachdem er einen Schluck Wein getrunken hat.

»Wir *sind* nicht zusammen«, sagt Cornelia. »Aber ja, in Holland dürfen Homosexuelle heiraten. Und in Schweden auch.«

Pickled Mike starrt uns an.

»Seid ihr Lesben?«, fragt er. »Heftig. Aber schön für euch!«

Dann geht er zum zweiten Mal zum Wagen zurück und zieht die Tür zu.

Duffy schaut ihm böse nach.

»Geizkragen!«, knurrt er. »Er will nur sein Koks mit niemandem teilen. Jetzt hockt er da drinnen und zieht die zwanzigste *line* hintereinander, ohne uns was anzubieten. Wenn seine Frau ihn nicht verlassen hätte, könnte er was erleben.«

»*Warum* hat sie ihn verlassen?«, frage ich.

»Keine Ahnung«, sagt Duffy. »Sie war schon immer komisch. War zweiundvierzig, als sie geheiratet haben, und Pickle erst fünfundzwanzig. Aber sie hatte einen richtigen Job und alles. In einer Bank. War immer piekfein angezogen, wenn sie arbeiten gegangen ist, aber nach Feierabend hat sie dann mit Typen um die zwanzig abgehangen. Freunde in ihrem Alter hatte die gar nicht, und jetzt mal ehrlich: Was für eine Frau muss man sein, wenn man mit über vierzig keine gleichaltrigen Freunde hat?«

»Eine verdammt komische Frau«, beantwortet Adam die Frage.

»Für uns war's echt nicht normal, wenn sie mit uns abgehangen hat, und anstrengend sowieso. Aber wir haben nichts gesagt, weil Pickle so glücklich war. Wenn's hier jemanden gibt, der den anderen hätte verlassen sollen, dann Pickle.«

Wie auf Kommando rauscht die Tür des Kastenwagens wieder auf, und Pickled Mike kommt heraus. Sein Oberkörper ist nackt, und seine Augen sind größer als vor seinem Rückzug ins Wageninnere. Er bleibt stehen und schlägt sich ein paarmal gorillamännchenmäßig mit den Fäusten auf die Brust.

»Pickle!«, feuert Adam ihn an. »Pickle! Pickle! Pickle!«

Pickled Mike zeigt auf ihn und lächelt breit.

»Genauso isses, mein Freund«, sagt er.

Dann sind Cornelia und ich an der Reihe.

»Wenn ihr rummachen wollt, lasst euch nicht stören!«, sagt er.

Das Gequatsche über Cornelia und mich nervt, und ich beschließe, dass die kanadischen Marx-Brothers gern die Nacht durchmachen können, aber ohne mich. Ich gehe schlafen. Außerdem muss ich pinkeln. Beim Aufstehen merke ich, dass ich mehr getrunken habe, als ich dachte.

»Gehst du schlafen?«, fragt Cornelia.

Ich nicke.

»Ich komm auch bald«, sagt sie, und Adam, Duffy und Pickled Mike wechseln vielsagende Blicke.

Weil es einem Selbstmordversuch gleichkäme, im Dunkeln irgendwo zwischen den Bäumen nach der Toilette zu suchen, gehe ich zur nächstgelegenen Hecke hinter dem Zelt von Cornelia und mir. Nur ein paar Meter vom Feuer entfernt ist es so kalt, dass ich zittere. Ich ziehe Hose und Slip herunter und klammere mich an einen Zweig, um nicht nach hinten umzukippen. Lange tut sich nichts, als wollte mein Körper gegen die Kälte protestieren.

Der Geruch! Bevor mein Hirn überhaupt anspringt, hat mein Körper schon registriert, was mir da wie eine Welle entgegenschlägt: süßlich nach trockenem Gras riechend und nach Urin. Ich schaue auf und sehe keine fünf Meter von mir entfernt einen Bären. Ich höre seinen feuchten Atem, und plötzlich ist es überhaupt kein Problem zu pinkeln. Obwohl ich im Lonely Planet gelesen habe, was bei der Begegnung mit einem Bären zu tun ist, erinnere ich mich jetzt an überhaupt nichts. Und mein Staunen verwandelt sich in Schrecken. Die Augen des Bären blicken schaurig gleichgültig und fokussiert zugleich. Plötzlich bin ich mir unsicher, ob ich seinen oder meinen Atem höre. Oder beide. *Der Geruch – was für ein einmaliger und animalischer Geruch!* ist mein einziger, komischerweise vollkommen klarer Gedanke. Dann stellt sich der Bär auf die Hinterbeine. Sein Fell sieht staubig aus und hängt ihm lose, wie drei Nummern zu groß, um den Leib. Er gibt eine Art Schnauben von sich und öffnet das Maul. Ich weiß, dass das kein gutes Zeichen ist. Ich will nicht in Kanada sterben. Ich hatte immer gehofft, dass ich nach einem wunderbar erholsamen Nickerchen irgendwo auf einer Wiese sterben würde. Irgendwo bricht ein Zweig, und wir drehen uns beide – der Bär *und* ich – danach um. Es ist Pickled Mike mit nacktem Oberkörper. Er steht im Schein des Feuers und funkelt den Bären wütend an.

»LASS DIE LESBE IN RUHE!«, brüllt er.

Dann macht er drei große Schritte nach vorn und verpasst dem Bären eine hart geschlagene Rechte mitten auf die Nase. Die Welt steht für Sekunden still, während Pickled Mike und der Bär einander anstarren. Dann wendet sich der Bär ab und verschwindet zwischen den Bäumen. Man hört nur noch, wie er bei seinem schnellen Abgang Äste und Zweige zerbricht.

38

Pickled Mike rennt mit erhobener rechter Faust im Kreis und summt die Erkennungsmelodie von »Rocky«. Ich klammere mich, den Slip und die Hose um die Knie, noch immer an meinen Zweig und schaffe es, auch nachdem der Bär verschwunden ist, nur mit größter Mühe, ihn loszulassen.

»*Gonna fly now*«, singt Pickled Mike im Falsett. »*Flying high now.*«

Endlich schaffe ich es sogar, mich aufzurichten. Als ich die Hose hochziehe, zittere ich so sehr, dass ich sie nicht zuknöpfen kann. Es ist, als versuchte mir jemand den Brustkorb einzudrücken, und meine Haut ist brennend heiß. Die anderen kommen jetzt auf mich zu und wollen wissen, was eigentlich los ist.

»Was zum Teufel ist passiert?«, fragt Duffy.

»Ein Bär. Aber ich hab ihm gezeigt, wer Mister Miyagi ist«, sagt Pickled Mike und boxt wie aus »Karate Kid« entsprungen in die Luft.

Ich zittere immer noch so sehr, dass Cornelia mich auf dem Weg zum Feuer stützen muss.

»Und *ich* hab ihn natürlich verpasst«, sagt Dave und starrt finster in den nachtschwarzen Wald.

»Wie geht's dir?«, fragt mich Lee.

Ich schüttle den Kopf.

»Ich kann's nicht glauben, dass ich fast von einem Grizzly angegriffen wurde«, sage ich.

»Einem Schwarzbär«, korrigiert mich Pickled Mike.

»Ach so«, sage ich ein bisschen enttäuscht und beschließe, dass der Bär in meinen Erzählungen trotzdem ein Grizzly sein wird.

»Wenn es ein Grizzly gewesen wäre, würdest du jetzt nicht hier sitzen«, sagt Duffy.

»Sollten wir nicht lieber gehen?«, fragt Lee. »Was, wenn er zurückkommt?«

Adam und Duffy setzen sich wieder ans Feuer.

Duffy schaut Lee lange an.

»Wenn ich dir eine auf die Nase verpasst hätte, würdest du dann zurückkommen? Bären sind keine nachtragenden Ninja Turtles, die nach so was hinterhältige Rachepläne schmieden. Gibt's da, wo ihr herkommt, rachsüchtige Tiere? Schmieden Kängurus hinterhältige Pläne?«

Lee antwortet nicht, aber Adam spielt das Spiel mit und bläst die Backen auf.

»Ich bin ein Koala und auf Rache aus«, sagt er mit dünnem Stimmchen. »Aber erst esse ich noch gaaanz langsam ein paar Eukalyptusblättchen.«

Adam, Duffy und Pickled Mike lachen, bis sie hintenüberkippen, aber noch im Liegen machen sie australische Tiere mit Rachefantasien nach.

»Ist noch Wein da?«, fragt Duffy, als es endlich gut ist, wischt sich die Augen trocken und streckt die Beine aus.

Am nächsten Morgen zähle ich zweiundsiebzig Mückenstiche auf meinen Beinen, obwohl ich im Schlafsack die Hose angelassen habe. Als ich aus dem Zelt komme, sehe ich, dass Adam schon auf ist und das Feuer brennt. Lange Schatten liegen über dem Campingplatz, und auf dem Boden glitzert Raureif. Adam lächelt mich an.

»Pickle hat Lachsforellen gefangen«, sagt er.

Auf einem Baumstamm nicht weit von ihm liegen drei Fische ordentlich nebeneinander.

»Wann?«, frage ich, während ich die Jacke enger um den Körper wickle.

»Heute Morgen«, sagt Adam. »Und ich mach Eier Benedict.«

Tatsächlich röstet er schon Brotscheiben überm Feuer und schlägt in einem Topf Sauce Hollandaise auf. Ich sehe außerdem, dass Adam, Duffy und Pickled Mike schon all unsere Hinterlassenschaften vom Vorabend weggeräumt haben. Von der offenen Seitentür des zebragestreiften Kastenwagens winkt mir Duffy zu. Er sitzt dort und raucht eine Zigarette. Er muss schon geschwommen sein, denn seine Haare sind nass und hängen hinten, wo sie lang sind, in Korkenzieherlocken herunter.

»Ich hab in der Nacht Tiere gehört«, sage ich. »Solche Rufe.«

»Präriewölfe vielleicht«, sagt Adam.

»Oder Wölfe hier im Wald«, sagt Duffy und wedelt irgendein Insekt weg.

Wir frühstücken alle zusammen, und Pickled Mike,

Adam und Duffy fragen uns aus, geben uns aber auch Tipps, was wir uns auf dem Rückweg nach Vancouver alles ansehen sollten. Ich weiß, dass es weit hergeholt ist, aber ich frage trotzdem: »Kennt ihr einen Ben? Er kommt auch oft hierher.«

»Meinst du vielleicht ShortNoHairLimpDickBen?«, fragt Duffy.

»Nein, er ist groß. Sehr groß. Mit dunklen, etwas lockigen Haaren.«

Adam schaut zu Duffy.

»Vielleicht meint sie Benny«, sagt er.

»Benny ist nach Manitoba umgezogen«, sagt Duffy. »Hat sich dort sterilisieren lassen.«

»Dann vielleicht Big Ben? Aber der wird langsam kahl!«

»Und ist tot. Weißt du nicht mehr, dass er sich vor einem Jahr zu Tode gefahren hat?«

»*Shit!* Hatt' ich glatt vergessen. Und wie hieß noch mal sein Bruder ...«

Während sie weiterreden, fange ich an, unsere Sachen zusammenzupacken.

Irgendwo außerhalb von Merritt nehmen wir dann die falsche Abzweigung und landen in einem Indianerreservat. Alle Gebäude dort sind abbruchreife einstöckige Häuser, und überall stehen rostige Autos, an denen ein oder mehrere Reifen fehlen. Eines der Häuser scheint aus dünnen, in Wind und Wetter grau gewordenen Spanplatten gebaut zu sein. Viele Fenster sind zugenagelt, und vor fast allen Häusern sind Mischlingshunde festgekettet. Sie bellen und werfen sich unserem Auto entgegen, dass ich Angst habe, sie könnten sich in ihrem Furor selbst strangulieren. Ihr ohrenbetäubendes Geheul ist das einzige Geräusch, das wir hören, und die einzigen Menschen weit und breit sind ein Mann mit einer Schaufel und ein halbwüchsiger Junge. Beide stehen regungslos da, und die Blicke, mit denen sie uns mustern, sind voller Hass. Im Auto ist es auch noch still, als wir das Reservat längst verlassen und den richtigen Weg gefunden haben.

39

Dave und Lee sind nach Australien zurückgeflogen, und Cornelia ist nach Seattle weitergereist. Wir wollen in Kontakt bleiben, und Cornelia hat versprochen, nach Wien zu kommen und mich zu besuchen. Schon jetzt vermisse ich ihren trockenen Humor genauso wie Lees und Daves Lockerheit. Es ist mir nicht gelungen, Ben zu finden, und ich kann nicht einmal behaupten, ich wäre kurz davor gewesen. Dafür kann ich jetzt damit angeben, jemanden in Wonglepong in Queensland zu kennen. Obwohl ich seinerzeit auf der Donauinsel Ben widersprochen und behauptet habe, man könne ab einem gewissen Alter keine neuen Freunde mehr finden, ist mir genau das passiert, und ich freue mich darüber.

Ich habe noch drei Tage, bevor ich nach Wien zurückfliege. Wie eine einsame, aber ehrgeizige kleine Wolke mache ich eine Sightseeing-Bustour, esse in Chinatown Dim Sum und staune über einen Tintenfisch im Aquarium im Stanley Park. Ich gehe in ein Café und bestelle ein *raspberry cordial soda*, aber sie haben keine Ahnung, was ich meine, also trinke ich einen Kaffee.

Auf dem Weg zum Museum of Anthropology sehe

ich, dass der von Ben öfter erwähnte Wreck Beach ganz in der Nähe liegt. Den hatte ich vollkommen vergessen. Weil es der erste wolkenlose Tag in Vancouver ist, beschließe ich, gleich dorthin zu fahren. Beim Aussteigen frage ich den Busfahrer, in welcher Richtung es zum Strand geht.

»Da lang«, sagt er und zeigt grinsend auf den nahen Waldrand. »Es gibt eine Treppe, aber sind Sie sicher, dass Ihnen nicht kalt wird?«

Da ich ein Halstuch und Handschuhe trage, verstehe ich nicht, was es da zu grinsen gibt, und schüttle nur den Kopf.

Tatsächlich führt eine hölzerne Treppe durch den Wald. Zwischendurch ist sie so steil, dass ich mich am Geländer festhalten muss, aber es gibt auch immer wieder flache Wegstücke zwischen den Stufen. Links und rechts ragen Douglasfichten auf, und die Treppe scheint kein Ende zu nehmen. Auf einem Schild lese ich, dass sie aus 483 Stufen besteht. Endlich trete ich aus dem Wald direkt auf den Strand. Hier am Wasser bläst ein frischer Wind.

»Hallo!«, sagt eine Stimme. »Tag auch!«

Ein Mann in den Siebzigern geht an mir vorbei. Von einer neongrünen Bauchtasche und einem Paar Sandalen abgesehen, ist er nackt.

»Hal ... lo«, murmle ich, auf seinen runzligen Hintern starrend.

Den Alten und mich eingerechnet, sind wir sieben Menschen am Strand, von denen sechs keine Kleider tragen. Fast muss ich lachen. Natürlich ist Bens Lieblingsstrand einer für Nudisten. Ich gehe zum Wasser und setze mich auf einen Felsblock, um die Aussicht zu bewundern. Sie zu genießen, wie Ben sie seinen Erzählungen nach genossen hat. Ich befinde mich am Ufer eines Fjords, auf dessen gegenüberliegender Seite Häuser zu sehen sind und weit dahinter die schneebedeckten North Shore Mountains. Die Luft am Wreck Beach riecht nach Salz und Algen mit einem Hauch von Marihuana, was mich an Matthias erinnert. Ich frage mich, warum wir so lange zusammen waren. Warum ich geglaubt habe, dass die Liebe ein Kampf sein muss und es normal ist, an einer Beziehung zu »arbeiten«, als ginge es um eine Schicht in einer russischen Urangrube. Mit Ben war alles so leicht, so natürlich, so selbstverständlich. Bis er verschwunden und alles erloschen ist.

Ich schaue zu dem Alten mit der Bauchtasche, der ein Stück von mir entfernt auf einem Handtuch sitzt. Obwohl die Sonne sich für den Augenblick versteckt, hat er einen Baldachin aus einem lila Batiktuch aufgespannt. Ich stehe auf und gehe zu ihm.

»Verzeihung«, sage ich. »Dürfte ich Sie etwas fragen?«

Der Alte lächelt. Seine Wangen und sein Kinn sind mit weißen, kratzig aussehenden Bartstoppeln bedeckt.

»Sicher«, sagt er. »Was wollen Sie wissen?«

Ich tue alles, um nicht auf seinen Penis zu blicken, der mich an ein trauriges Cocktailwürstchen zwischen weißem Flaum und verschrumpelten Hoden erinnert. Hier am Strand hat es maximal zehn Grad.

»Haben Sie hier am Wreck Beach vielleicht einen jungen Mann mit Namen Ben getroffen?«, frage ich. »Er ist sehr groß. Und hat dunkle Haare. Manchmal einen Bart. Er ist ... lebhaft.«

Der Alte lacht.

»Sicher kenne ich Ben«, sagt er.

Ich kann kaum atmen, und mein Körper will sich verkrampfen.

»Alle kennen Benjy-Benito«, fährt der Alte fort. »Er hat uns jeden Sommer unterhalten. Zusammen mit seinen Kumpels. Wirklich in Ordnung, der Junge. Ab und zu haben wir auch einen Joint geteilt.«

Ich traue mich fast nicht, die nächste Frage zu stellen.

»Haben Sie ihn in letzter Zeit gesehen? Vielleicht in den letzten Monaten?«

Der Alte schüttelt den Kopf und kratzt sich zwischen den weißen Haaren auf seiner Brust. Seine Fingernägel sind lang und gelb.

»Nein, ich hab ihn die letzten Jahre nicht mehr gesehen. Was ich gehört habe, ist, dass er nach T. O. gezogen sein soll.«

Der Alte kratzt sich weiter die Brust. Das dabei entstehende Geräusch ist ein trockenes Ratschen.

»T. O.?«

»Nach Toronto.«

»Nicht nach Europa?«

Der Alte schüttelt den Kopf, und ich denke: Nein, lass die Spur bitte nicht hier enden! Der Alte hört mit dem Gekratze auf und kramt einen Stift Lippenbalsam aus der Bauchtasche.

»Kennen Sie vielleicht jemanden, der mehr über ihn weiß? Irgendeinen, mit dem ich reden kann?«, frage ich.

»Ich weiß, dass das Vito's am Commercial Drive eine seiner Stammkneipen war«, sagt der Alte. »Frag doch da mal nach!«

Er schmiert sich sorgfältig Balsam auf die Lippen.

»Wir haben ihn immer Ben, Benjy oder Benjy-Benito genannt. Frag mich nicht, warum, aber er hat mich immer zum Lachen gebracht.«

Ich bedanke mich bei dem Alten und renne fast zurück zur Treppe. Ich verfluche mich im Stillen, dass ich Wreck Beach vergessen hatte. Dummheit kann alle möglichen Formen annehmen, aber jetzt gerade tritt sie in Gestalt von jemandem auf, der auf dem langen Weg bergauf des Öfteren anhalten und durchschnaufen muss.

40

Ich bin zurück am Commercial Drive und brauche nicht lange, um das Vito's zu finden.

Es ist eine schäbige Kneipe mit einer Frontseite voller Graffiti, und sie öffnet erst in ein paar Stunden. Ich betrete einen kleinen Lebensmittelladen in der Nähe und sehe mir an, was sie verkaufen, bis der vietnamesische Kassierer mir misstrauische Blicke zuwirft. Wieder draußen, höre ich einem E-Gitarre spielenden Mädchen mit Mittelscheitel zu. Als mein Magen vor Hunger schreit, hole ich mir ein Stück Pizza mit Pesto. Der Imbiss, an dem man es mir verkauft, nennt sich »Uncle Fatih's«. Danach gehe ich vorm Vito's auf und ab wie ein rastloser Hund. Endlich sehe ich, wie ein Typ mit schwarz gefärbten Haaren die Tür aufschließt, in die Kneipe schlüpft und die Tür schnell hinter sich schließt. Nach zehn Minuten kommt er wieder heraus und beginnt, die Spanplatten vor den vergitterten Fenstern abzumontieren. Der Typ trägt schwarze Ringe in den Ohren und einen in der Nase. Auch beide Augenbrauen sind mindestens dreimal gepierct.

»Entschuldige!«, sage ich.

»Ja?«

Der Typ hält inne und schenkt mir seine volle Aufmerksamkeit.

»Ich wollte dich fragen, ob du einen Typ kanntest oder kennst, der Ben oder Benny oder Benjy-Benito heißt«, sage ich. »Er ist groß und hat dunkle Haare.«

Der Typ zuckt vage mit den Achseln.

»Es gibt sicher mehrere Bens, die bei uns ein und aus gehen, aber wir haben zu viele Gäste, als dass ich mir die Namen merken könnte. Tut mir leid.«

Der Typ sieht tatsächlich aus, als wäre er traurig, dass er mir nicht helfen kann, und ich bin entsprechend gerührt.

»Bist du dir sicher? Ben«, wiederhole ich. »Er hatte einen Cousin, der gestorben ist.«

»Wie gesagt, wir haben wahnsinnig viele Gäste, da weiß man so was einfach nicht. Vielleicht kommt er hierher, vielleicht nicht. Sorry! – Und warum suchst du ihn?«

»Wegen nichts Besonderem«, sage ich. »Wollte ihm nur Hallo sagen.«

Der Typ schaut mich an, und ich sehe, dass seine Augenbrauen-Piercings entzündet sind.

»Ich wünschte, ich könnte dir helfen«, sagt er.

»Ich auch«, sage ich mit zittriger Stimme.

Und jetzt scheint er einen Entschluss zu fassen. Er holt sein Handy heraus.

»Warte, ich ruf schnell Sherri an«, sagt er. »Sie hat ein besseres Gedächtnis als ich.«

Kurz darauf erkläre ich Sherri, worum es geht,

während der Typ sich die Spanplatten greift und sie ins Lokal trägt.

»Ich glaube, ich kann mich an so einen Typ erinnern«, sagt Sherri ein bisschen zögerlich. »Wenn ich mich nicht täusche, hing die Truppe – also er und sein Cousin und noch ein paar andere – auch im Donny's in Burnaby ab. Ich meine, sie haben dort in der Nähe gewohnt. Vielleicht schaust du mal vorbei?«

Ich bedanke mich bei Sherri und frage den schwarzhaarigen Typ, wie ich zum Donny's in Burnaby komme. Noch während er mir erklärt, dass ich den SkyTrain in Richtung Osten nehmen soll, renne ich los.

Im Zug bin ich so aufgeregt, dass sich meine Beine ohne mein Zutun bewegen. Mir bleibt nur noch wenig Zeit, und doch habe ich das Gefühl, ganz nah an dem Punkt zu sein, wo ich Ben um Verzeihung bitten kann. Ich beiße mir in die Wangen und sehe hinaus, wo sich auf engstem Raum heruntergekommene Bruchbuden mit weiß verputzten Häusern und Geschäften abwechseln. Mir gegenüber sitzt eine junge Frau. Sie hat blondierte Haare und trägt einen rosa Hello-Kitty-Pulli zu schwarzen stonewashed Jeans. Es ist nicht zu übersehen, dass eine ihrer Brustwarzen gepierct ist, denn die Umrisse des Metallrings zeichnen sich auf Kittys linkem Ohr ab. Als die junge Frau in ihrer Tasche kramt, sehe ich ihre Nägel.

»Deine Nägel!«, rutscht es mir heraus.

Die junge Frau hält sie lächelnd hoch.

»Cool, was?«, sagt sie und streckt mir die Hände entgegen: Auf jedem Fingernagel prangt ein perfektes

Farbfoto. Neunmal ist darauf ein Mensch zu sehen und einmal ein Hund.

»Das sind meine Mutter, mein Stiefvater, mein kleiner Bruder, meine zwei Halbschwestern, mein Cousin, drei Freundinnen und mein Hund. Ich ärgere mich nur, dass ich die da mit draufgenommen habe.« Sie zeigt auf den Nagel des linken Zeigefingers, auf dem eine junge Frau mit langen dunklen Haaren zu sehen ist. »Wir sind nicht mehr befreundet, weil sich herausgestellt hat, dass sie eine dumme Fotze ist.«

»Es ist wie ein Fotoalbum auf den Fingern«, sage ich. »Ich wusste nicht mal, dass man so was machen kann.«

»Hier ist es gerade ein Megatrend. Es gibt einen Laden im Kingsway in Burnaby, wo sie es anbieten«, erklärt mir die junge Frau. »Darf ich deine sehen?«

»Meine was?«

»Nägel«, sagt die junge Frau.

Ich zeige ein bisschen verlegen meine unlackierten, kurz geschnittenen Exemplare.

»Es sind Nudisten«, sage ich.

Die junge Frau lächelt.

»Dann solltest du mit ihnen an den Wreck Beach fahren«, sagt sie.

»Ich war gerade da«, sage ich. »Aber es war ein bisschen kalt.«

Jetzt sehe ich, dass die junge Frau Ohrringe mit kleinen Disney-Figuren aus Kunststoff trägt. Goofy an einem Ohr und Minnie am anderen.

»Wreck Beach wird echt überschätzt«, sagt sie und

rollt mit den Augen. »Erst die vielen Stufen, und wenn man unten ankommt, gibt's nur vermuffte Hippiefrauen mit Brüsten bis zum Nabel und alte Männer mit Bierbäuchen. Außerdem kontrolliert abends die Polizei, ob auch niemand öffentlich Alkohol trinkt. Das letzte Mal war ich mit einer Freundin da, und irgendein Alter hat uns die ganze Zeit begafft und sich dabei einen runtergeholt. Hinterher haben ihn dann ein paar Jungs verprügelt.«

»In Wien, wo ich wohne, hat mal einer in der U-Bahn nur ein paar Sitze von mir entfernt damit angefangen, und als er gesehen hat, dass ich's mitkriege, hat er mich beruhigt, dass es ja nicht lange dauert.«

»Als würde das die Sache besser machen«, sagt die junge Frau.

»Genau«, sage ich und schüttle den Kopf.

»Ich heiße Jordana«, sagt sie.

»Julia«, sage ich, und die junge Frau strahlt mich an.

»Dein Name fängt auch mit J an – cool!«

Ich lächle zurück und wünsche mir, mein Leben wäre auch so einfach, dass ich mich über Namen mit denselben Anfangsbuchstaben freuen könnte. Jordana holt ihr Handy heraus und benutzt es als Spiegel, um sich aus einer glitzernden Tube rosa Lipgloss auf die Lippen aufzutragen. Obwohl sie sich wie jemand um die zwanzig kleidet, sehe ich, dass sie schon über fünfundzwanzig sein muss.

»Ich treffe einen Typen, den ich wirklich mag«, sagt sie, während sie vorsichtig einen Wimperntuschekrümel unter einem Auge wegwischt. »Ich muss gut aussehen.«

»Wie schön«, sage ich.

»Er ist der Jackpot, also muss ich die Lautsprecher auf volle Dröhnung stellen, wenn es was mit ihm werden soll. Falls du verstehst, was ich meine …«

»*Spinal Tab*«, sage ich und lächle wieder.

Sie steht auf.

»Musst du auch hier raus?«, fragt sie.

»Nein … erst an der nächsten Haltestelle, glaube ich«, sage ich.

»Okay, dann schönen Abend noch!«

»Dir auch«, sage ich. »Und viel Glück!«

Ich sehe Jordana aus dem Zug steigen und muss schmunzeln. Ich habe mit einer fremden Person im Zug geredet. Ben wäre stolz auf mich.

An der nächsten Haltestelle steige ich aus, aber der schwarzhaarige Typ muss sich falsch erinnert haben, denn ich kann kein Donny's entdecken. Als ich einen Passanten danach frage, sagt er, ich hätte eine Haltestelle früher aussteigen müssen. Da ich nicht weiß, wann der nächste Zug in die Gegenrichtung fährt, mache ich mich zu Fuß auf den Weg. Die Gegend ist schön und macht einen sehr kleinstädtischen Eindruck. Die Häuser sehen nicht besonders teuer aus, aber alles ist sauber und gepflegt. Eine ältere Frau, die ein Blumenbeet bearbeitet, grüßt mich, und ich grüße zurück.

Es sind mehrere Kilometer zu gehen, und mir wird so warm, dass ich das Halstuch ausziehe. Ich komme an einem Motel vorbei, das, kaputte Leuchtschriftbuchstaben inklusive, wie die Kulisse für einen amerikanischen Film aussieht. Gleich dahinter beginnt eine Brücke über einen Fluss. Auf der anderen Seite gibt es ein Tim Hortons, gefolgt von einem Starbucks und mehreren anderen Lokalen und Geschäften. Alles sieht unpersönlich und einladend zugleich aus.

Endlich entdecke ich ein weißes Gebäude mit einem schwarzen Schild, auf dem »Donny's« geschrieben steht. Davor gibt es einen Parkplatz, der fast vollständig leer ist. Ich bleibe kurz stehen, um Luft zu holen und in den Himmel zu schauen. Die Luft ist warm, und der Himmel hat genau die helllila Farbe, die er bekommt, wenn es gleich Abend wird. Dann öffnet sich die Tür des Lokals, und ich sehe Jordana herauskommen. Sie legt den Arm um die Taille eines Typs, der neben ihr geht, und sie lacht über etwas, was er sagt. Der Typ ist Ben.

41

Ich ducke mich schnell hinter ein cremefarbenes Auto. In mir explodiert ein Schmerz, der binnen Sekunden alles um mich herum schwarz werden lässt. Ich muss mich an dem staubigen Auto festhalten, um nicht zu Boden zu stürzen. Nein, es darf mir bitte nicht noch einmal passieren! Die Geschichte darf sich nicht einfach wiederholen. Ben und Matthias. Matthias und Ben. Matthias, der am Küchentisch sitzt und mir etwas von einem Unterricht erzählt, zu dem er in Wirklichkeit seit Monaten nicht mehr hingeht. Ben, der mir sagt, dass wir für immer zusammenbleiben, obwohl er in Wirklichkeit mit einer anderen zusammen ist. Nein, bitte nicht! Nicht schon wieder! Mein ganzer Körper schmerzt, und ich kann kaum atmen. Ich wusste nicht, dass Gefühle solche physischen Schmerzen auslösen können. Als eine Frau vorbeikommt und mich komisch ansieht, richte ich mich auf und laufe los. Ich will zum Zug und renne wie um mein Leben. Teenie-Mädchen, die ich überhole, rufen mir irgendetwas nach. Noch am Starbucks und Tim Hortons vorbei, dann habe ich es geschafft!

Ich bin stolz auf mich, dass ich im Zug nicht weine. Ich weine auch nicht auf dem Weg zum Hotel. Ich weine nicht, als ich den asiatischen Mann am Empfang begrüße und die Treppe zu meinem Zimmer hochhaste, und ich weine nicht, als ich mich ausziehe, dusche, den Pyjama anziehe und die Zähne putze. Erst als ich mich so zwischen den Nachttisch und das Bett gezwängt habe, dass ich mich nicht mehr rühren kann, erlaube ich es mir zu weinen.

42

Es war die letzte Stunde von Bettina, Steffi und Hans. Steffi überreicht mir eine Schachtel Merci.

»Danke«, sage ich.

Dann kommt mit weinroten Wangen Bettina und gibt mir unter umständlichem Gemurmel einen zusammengehefteten Stapel Blätter voller aufgeklebter Fotos. Erst verstehe ich nicht, was es ist, dann sehe ich, dass sie Fotos von ihrer Familie und ihren zwei Katzen gemacht und sie mit kleinen englischen Texten versehen hat. Auf der letzten Seite klebt das Foto einer lächelnden Bettina, die ein Glas Prosecco hochhält. Darunter steht:

Liebe Julia!

Du bist die beste Lehrerin! Deine Stunden waren mein Glück.

Du hast mir sehr geholfen. Danke!

Bettina

Ich umarme Bettina lange und versuche, dabei nicht zu weinen. Steffi scheint verärgert, dass Bettina ein so persönliches Geschenk für mich hat. Hans betrachtet das Foto von Bettina mit dem Prosecco-Glas.

»Du hast Bettina ... zur Alkohol ...«, sagt er, aber ihm fällt der richtige Ausdruck nicht ein.

»Ich habe Bettina zur *Alkoholikerin* gemacht, willst du sagen?«, helfe ich ihm auf die Sprünge. »Das hoffe ich doch, wenn sie dadurch besser Englisch spricht.«

Hans schüttelt meine Hand, und meine drei Ehemaligen verschwinden für immer. Hans ist der Einzige, der eine neue Arbeit gefunden hat. Steffi und Bettina werden weiterhin planlos in den Niederungen der Arbeitslosigkeit herumirren.

Ich schaue durch die von Schmutz überzogenen Fenster, um zu sehen, ob endlich der ersehnte Regen kommt, aber der Himmel ist weiterhin hellblau. Ein zusammengeknülltes Blatt und ein paar Büroklammern liegen verloren auf dem Fensterbett. Ich stecke vorsichtig die Schokolade und Bettinas selbst gemachtes Fotoalbum in die Tasche.

Es gibt nichts Langweiligeres als jemanden mit einem gebrochenen Herzen. Weil das auch für mich gilt, habe ich mich, seit ich aus Kanada zurück bin, von allen ferngehalten. Ich unterrichte, gehe ins Fitnessstudio, nehme Anteil am Schicksal meiner Lieblingsserienhelden, lese und schlafe. Seit Kanada schlafe ich sehr viel. Und wenn ich nicht schlafe, denke ich meistens daran, wie schön es sein wird, bald zu schlafen.

Dennoch entschließe ich mich heute, etwas zu tun, was ich schon länger hätte tun sollen: Ich gehe eine Zimmerazalee kaufen. Die Sommerhitze hat die Straßen von Einheimischen geleert und ausschließlich mit Eis essenden mattäugigen Touristen vollgestopft. Es ist so warm, dass man sich nur in Zeitlupe fortbewegen kann. Zum Glück sind die Häuser im 7. Bezirk so hoch, dass die Bürgersteige im behaglichen Schatten liegen. Es ist nur alles bedrückend staubig. Entschlossen gehe ich in den zweiten Stock des Hauses, in dem ich wohne, und drücke auf die Türklingel der Wohnung, die zur Straße liegt. Obwohl ein Teil von mir hofft, dass niemand zu Hause ist, sehe ich fast sofort einen Schatten hinter den Milchglasscheiben. Jemand schließt zwei Schlösser auf und öffnet die Tür.

»*Grüß Gott!*«, sage ich. »Bitte entschuldigen Sie die Störung, ich heiße Julia und wohne im vierten Stock. Ich wollte Ihnen nur die hier geben und Ihnen sagen, wie sehr ich Sie bewundere.«

Ich überreiche die in weißes Papier gewickelte Zimmerpflanze. Ein Stück grünes Klebeband hält das Papier fest. Elfriede Jelinek ist klein und sieht adrett aus. Die Augen sind geschminkt, und sie trägt sanftroten Lippenstift.

»Danke«, sagt sie und sieht erfreut und überrascht zugleich aus.

Dann schließt sie die Tür.

Ich stehe da wie die letzte Tröte. Hat sie mein Deutsch nicht verstanden und mich für den Boten eines Blumenladens gehalten? Hat sie nicht kapiert, dass sie mich in ihre Wohnung hätte bitten sollen, damit wir Freundinnen werden? Okay, wir hätten nicht gleich Freundinnen zu werden brauchen. Es hätte gereicht, wenn sie mir etwas über ihr Leben als Schriftstellerin erzählt hätte. Oder über das Leben überhaupt. Zum Beispiel über Männer, die mein Leben ändern könnten. Verstört über die Herzlosigkeit der

Frau bin ich in Versuchung, noch einmal zu klingeln und sie dazu zu zwingen, irgendetwas Tiefsinniges zu mir zu sagen. Aber da höre ich jemanden zur Haustür hereinkommen und entferne mich von der Tür der Verräterin Jelinek.

Ich gehe die Treppe zu meiner eigenen Wohnung hinauf, und während ich das tue, habe ich eine Eingebung. Plötzlich weiß ich, worüber ich schreiben will. Das Ganze steht mir glasklar vor Augen, und ich weiß, dass Elfriede mir trotz allem geholfen hat. Meine Geschichte wird von einer Englischlehrerin handeln, die auf einer Bank vor der Oper sitzt, als sich plötzlich jemand neben sie setzt und nichts mehr ist, wie es war.

Als ich dann in die Wohnung komme, merke ich, dass etwas nicht stimmt. Erstens sitzt Optimus nicht auf dem Teppich im Flur und wartet auf mich, und zweitens riecht es in der Wohnung anders. Ich gehe ins Schlafzimmer und bleibe wie angewurzelt stehen, weil Ben im Bett liegt und schläft.

43

Lange stehe ich nur da und starre ihn an. Ich sehe, dass er die Haare geschnitten und ein paar Kilo zugenommen hat, seit ich ihn in Kanada gesehen habe. Und ich sehe seinen Rucksack, der an die Wand gelehnt dasteht, und ein nasses Handtuch, das er über die Schlafzimmertür geschmissen hat.

»Ben«, sage ich.

Er rührt sich nicht.

»Ben«, sage ich etwas lauter.

Ben macht die Augen auf.

»Der Flug nach Bratislava hatte Verspätung«, sagt er und gähnt. »Und dann gab's keine Busse vom Flughafen nach Wien. Ich hab auf dem Boden schlafen müssen, bis der erste Lokalbus gefahren ist, und bei dem gab's auch noch irgendein Problem mit dem Motor. Wir mussten alle aussteigen und auf den Ersatzbus warten.«

Ich stehe immer noch wie angewurzelt da, und Ben schlägt die Decke zurück.

»Komm her!«, sagt er und lächelt. »Oh Gott, wie ich dich vermisst habe!«

»Verschwinde!«, sage ich.

Ich sehe die Angst in seinen Augen.

»Verschwinde aus meiner Wohnung!«, sage ich. »Ich mach das hier nicht mit. Ich kann nicht so tun, als hätte es die vergangenen Monate nicht gegeben. Verschwinde! Verschwinde aus meiner Wohnung und aus meinem Leben!«

Ben setzt sich auf.

»Ich hab versucht anzurufen«, sagt er nervös. »Mehrmals. Du bist nie drangegangen.«

»Du hast genau zwei Mal angerufen«, sage ich. »Am selben Tag.«

Ben sieht aus, als müsste er nachdenken.

»Ich bin mir sicher, dass ich mehr als zwei Mal angerufen habe.«

»Ich bin mir sicher, dass du es *nicht* getan hast.«

Während ich Ben anschaue, kommt der Schmerz zurück, den ich seit meiner Rückkehr aus Kanada so gut verdrängt habe.

»Warum hast du mich verlassen?«, frage ich. »War's nur wegen dem Streit?«

Ben antwortet nicht gleich.

»Ja! Jedenfalls im ersten Augenblick«, sagt er dann. »Natürlich war ich über die Sachen, die du gesagt hast, sauer. Wer wäre das nicht gewesen? Also hab ich eine Weile bei Pawel aus der Arbeit gewohnt – bevor ich dann zurück bin nach Kanada.«

»Und woher hattest du das Geld dafür? Vom Wändespachteln?«

»Natürlich nicht«, faucht Ben. »Mein Vater hat mir welches geliehen. Nur widerwillig, das kannst du mir glauben. Aber ich hab's zurückgezahlt.«

»Ich dachte, du bist tot!«, schreie ich. »Oder im Gefängnis. Oder im Krankenhaus. Oder was auch immer, verdammt!«

»Ich bin wegen dir nach Kanada zurück!«, sagt Ben. »Für dich!«

Ich warte darauf, dass er weiterspricht.

»Du hast doch keine Ahnung, wie es ist, kein Geld zu haben«, fährt er fort. »Was bringt's, in einer der schönsten Städte der Welt zu leben, wenn man dort überhaupt nichts machen kann? Ich bin zurück nach Kanada, um Geld zu verdienen. Für uns. Du hast doch selbst gesehen, was ich hier in Wien für Scheißjobs machen musste: als Mozart-Clown oder für die Polen, die mich die Hälfte der Zeit nicht mal bezahlt haben.«

»Aber daran bist du doch selbst schuld«, sage ich. »Es war *deine* Entscheidung, nichts aus deinem Leben zu machen. Und in Kanada gab's plötzlich fantastische und gut bezahlte Jobs, oder wie?«

»Jedenfalls welche, mit denen man schnell viel Geld verdienen kann«, sagt Ben. »Ich war's einfach leid, dass du immer alles bezahlt hast.«

Ich bin inzwischen so sauer, dass es mir schwerfällt, normal zu atmen.

»Du willst mir, verdammt noch mal, ein schlechtes Gewissen dafür verpassen, dass ich arbeite und Geld verdiene, ja?«, schreie ich ihn an. »Ich bitte tausendmal um Entschuldigung, dass ich immer für dich bezahlt habe! Ich wollte nur, dass wir zusammen Spaß haben, und was Spaß macht, *kostet* nun mal! Der einzige Grund, warum dir das nicht passt, ist, dass ich eine Frau bin, so sieht's nämlich aus! Aber weißt du was? *Mir* hat es nichts ausgemacht! Und jetzt sag, warum du die ganze Zeit nicht ein Mal mit mir Kontakt aufnehmen oder mir eine kleine Nachricht zukommen lassen konntest? So benimmt sich ein normaler Mensch einfach nicht. So benehmen sich nur Scheißkerle!«

Ben hebt hilflos die Hände, dann zeigt er mit dem Finger auf mich.

»Tu das nicht!«, sagt er. »Dreh mir nicht das Wort im Mund herum! Ich entschuldige mich dafür, dass ich nichts von mir hab hören lassen. Ich hatte es vor, nur ... ich wollte eben warten, bis ich ein bisschen Geld verdient habe. Damit du siehst, dass ich's ernst meine. Denkst du, ich hätte nicht gemerkt, wie es dich stört, ständig für alles aufkommen zu müssen? Du sagst, es war nicht so, aber ich hab's gespürt. Und glaub bitte nicht, ich hätte in Kanada die beste Zeit meines Lebens gehabt!«

Ich muss an Jordana denken, aber nicht einmal unter Folter würde ich zugeben, dass ich nach Kanada geflogen bin, um ihn zu suchen. Geschweige denn, dass ich ihn mit Jordana gesehen habe.

»Du willst, dass ich über meine Gefühle spreche«, fährt Ben fort. »Du willst, dass alle sich so benehmen, wie du es dir vorstellst. Warum schreibst du uns nicht gleich kleine Drehbücher, damit wir wissen, was wir sagen und tun sollen?«

Für einen kurzen Augenblick schweigen wir beide. Der Sturm zwischen uns hat sich ein bisschen gelegt.

»Gar keine so dumme Idee«, sage ich schließlich. »Dann würden die Leute vielleicht endlich aufhören, mich zu enttäuschen.«

»Werd erwachsen!«, sagt Ben, aber mit längst nicht mehr so viel Wut in der Stimme wie zuvor. »Eigentlich willst du gar nicht mit mir zusammen sein, sondern mit irgendeinem österreichischen Banker.«

»Einem österreichischen *Banker?*«

»Das hast du selbst gesagt«, sagt Ben. »Du warst nur mit mir zusammen, weil du keine andere Wahl hattest. Ich erinnere mich, wie du genau das auf der Donauinsel gesagt hast. Weil angeblich deine biologische Uhr tickt.«

Mein Unterkiefer fällt herunter, bevor ich antworten kann.

»Ich bitte dich, Ben«, sage ich schließlich. »So hab ich das doch nicht gemeint. Und *nie im Leben* hab ich über meine biologische Uhr gesprochen. Ich kann es gar nicht glauben, dass du die ganze Zeit gedacht hast, ich wäre nur mit dir zusammen, weil ich schon so alt bin. Ich *bin* ja noch nicht mal alt!«

Ben scheint, was ich gesagt habe, erst verdauen zu müssen.

»Ich bin deinetwegen um die halbe Welt geflogen«, sagt er schließlich. »Begreifst du das? Ich hab deinetwegen meine Familie verlassen. Ich mag Wien nicht besonders und bin trotzdem hier. Deinetwegen.«

Ich bin deinetwegen auch um die halbe Welt geflogen, denke ich im Stillen.

»Warst du mir treu in Kanada?«, frage ich.

Ben antwortet nicht gleich.

»Es gab ein paar Mädchen, die was von mir wollten, aber ich hab die ganze Zeit nur an dich gedacht«, sagt er dann. »Ich wollte nur Geld verdienen. Für uns.«

»Aber warum konntest du nicht Kontakt mit mir aufnehmen?«, frage ich. »Wie ein normaler Mensch? Hast du gedacht, ich würde ewig auf dich warten? Ich kann deine Logik echt nicht nachvollziehen. Bitte, Ben, hilf mir zu verstehen, was du dir dabei gedacht hast!«

»Ich hab immer vorgehabt zurückzukommen, ehrlich«, sagt Ben. »Ich wollte die ganze Zeit zurück zu dir! Nicht mit der alten Truppe am Drive oder bei Donny's herumhängen. Alle machen dort noch haargenau die gleichen alten Sachen und nehmen haargenau die gleichen alten Drogen wie damals, bevor ich nach Europa gefahren bin. Stewie dröhnt sich immer noch jedes Wochenende zu, und Fat Reggie sucht im Suff immer noch Streit mit jedem, der ihm über den Weg läuft.« Ben seufzt. »Ich weiß nicht, warum ich nicht öfter versucht habe, mit dir Kontakt aufzunehmen. In meinem Kopf schwirren jede Menge Erklärungen herum, aber jetzt begreife ich, wie idiotisch sie alle sind. Ich bin weggefahren, um zu beweisen, dass ich Geld verdienen und das Meine zu unserem Leben beitragen kann. Weil du die Einzige bist, die je an mich geglaubt hat. Die geglaubt hat, dass aus mir was werden kann.«

Ich schüttle den Kopf.

»Und genau das tu ich nicht mehr«, sage ich. »Du

bist ein Loser, aus dem nie was werden wird. Ein Mensch ohne Orientierung. Wie Matthias.«

Dass ich Matthias erwähne, geht Ben sichtlich gegen den Strich.

»Vergleich mich nicht mit dem Scheißkerl!«, sagt er sauer. »Ich bin nicht wie er.«

»Du bist *genau* wie er«, sage ich. »Verschwinde. Aus. Meiner. Wohnung!«

44

In der Kirchengasse eröffnet das erste Plasmazentrum Wiens. Weil es auf dem Weg zwischen meiner Wohnung und der Berlitz liegt, habe ich das Schild mit dem Einweihungsdatum gesehen, und jetzt ist es endlich so weit. Schon am ersten Tag gehe ich hin.

»Willkommen im Baxter-Plasmazentrum!«, sagt die junge Frau hinter der weißen Theke. »Sind Sie hier, um Plasma zu spenden?«

Ich nicke und lächle. Alles hier ist weiß: der Fußboden, die meisten Möbel, die Decke. Nur eine der Wände ist orangefarben gestrichen, und mit einigen wenigen Möbelstücken sind orangefarbene Akzente gesetzt. Riesige Zimmerpalmen schmücken die Ecken des Raums, und alles fühlt sich frisch und futuristisch an.

»Haben Sie schon früher Plasma gespendet?«, fragt die junge Frau und überreicht mir einen Fragebogen.

»Nein«, sage ich, und die junge Frau sieht überraschenderweise fast erleichtert aus.

Wenn ich ganz ehrlich sein soll, weiß ich nicht einmal mit hundertprozentiger Sicherheit, was Plasma ist. Was ich weiß, ist, dass es irgendetwas mit Blut zu tun hat. Da sie für die erste Spende sage und schreibe fünfzig und für jede weitere zwanzig Euro bezahlen, ist es mir auch nicht so wahnsinnig wichtig. In ihrer Broschüre steht, dass man bis zu fünfzig Mal im Jahr Plasma spenden darf, was bedeutet, dass ich als fleißige Spenderin über tausend Euro jährlich extra verdienen könnte.

Während ich mich auf einen orangefarbenen Stuhl setze, lese ich, dass Blutplasma die Flüssigkeit ist, die man erhält, wenn man ungerinnbar gemachtes Blut zentrifugiert, und dass es für wichtige klinische Anwendungen genutzt wird. Ich fülle den Fragebogen sorgfältig aus und gebe ihn der jungen Frau zurück, dazu, wie verlangt, meinen Personalausweis und meinen amtlichen Meldezettel. Augenblicklich werde ich weitergereicht, als hätte man Angst, ich könnte meine Meinung ändern. Ich darf in einem anderen großen Raum Platz nehmen und zähle, während eine Frau in Weiß mir eine Kanüle in den Arm einführt, ein Dutzend andere Spender. Fasziniert beobachte ich, wie mein Blut durch eine Plastikröhre fließt und in der schnurrenden Maschine neben mir zu einer gelblichen Flüssigkeit wird. Mir kommt die Anzeige in den Sinn, in der neue Mitglieder für den Chor der Kirche in der Kaiserstraße gesucht wurden, und ich nehme mir vor, bald eine Mail zu schreiben, um mein Interesse zu bekunden.

Fast eineinhalb Stunden lang darf ich still liegen, dann haben sie mir genügend Plasma abgezapft. Ich lese ein paar Zeitungen und schiele gelegentlich zu den anderen Spendern hin. Als ich fertig bin, bekomme ich ein Pflaster in die Armbeuge, ein Stück trockenen Schokoladenkuchen und einen glatten Fünfzigeuroschein. Ich bin jetzt Plasmaspenderin und werde bald im Kirchenchor singen – meine Zukunft hat noch nie rosiger ausgesehen.

45

Als ich ein paar Tage später aus dem Berlitz-Gebäude trete, höre ich eine Stimme.

»Hast du ein bisschen Kleingeld für einen Obdachlosen?«

Ich drehe mich um und sehe Ben an der Hauswand sitzen. In einer Hand hält er einen Pappbecher von McDonald's. Erst sage ich nichts. Ihn zu sehen freut mich mehr, als ich mir eingestehen will.

»Man soll Bettlern kein Geld geben«, sage ich schließlich. »Sonst überleben sie's nicht, wenn man sie auswildert.«

Ich sehe, dass er saubere, ordentliche Klamotten anhat, die ich nicht kenne.

»Warum bist du immer noch in Wien?«, frage ich.

»Weil ich hier wohne, ob's dir passt oder nicht«, sagt er. »Außerdem hab ich mich für einen Grundkurs in Maschinenbau eingeschrieben.«

Ich sage ihm bewusst nicht, dass ich weiß, dass man ihn schon vor einem halben Jahr für den Studiengang zugelassen hatte.

»Willst du Ingenieur werden?«, frage ich in einem leicht sarkastischen Ton, den ich sofort bereue, weil es mich klingen lässt, als wäre ich dreizehn.

»Yep«, sagt Ben. »Ich war auch schon in ein paar Vorlesungen. Die anderen Studenten sind gerade aus dem Stimmbruch, und manchmal komm ich mir wie ihr Großvater vor, aber die Lehrkräfte sind in Ordnung.«

»Und was hat dich auf die andere Seite gezogen?«, frage ich. »Ich dachte, du wärst damit zufrieden, Wände zu spachteln, Würmer zu fangen und ein Leben an der frischen Luft zu führen.«

Ben denkt eine Weile nach.

»Stinkende Füße«, sagt er schließlich. »Ich will abends nicht mit stinkenden Füßen nach Hause kommen, weil das ein Zeichen ist, dass man einen Scheißjob hat. – Und mit dir hat es wahrscheinlich auch zu tun.«

»Und wie kommst du sonst klar? Womit finanzierst du das Studium?«

»Ich hab einen Job als Möbelpacker an der Uni«, antwortet er. »Irgendwie wandern ständig Bänke, Stühle und Bücher zwischen den verschiedenen Abteilungen hin und her. Der Job ist legal und alles. Ich zahl sogar Steuern.«

»Und das ist bestimmt erst der Anfang«, sage ich. »Wo wohnst du?«

»Jedenfalls nicht in einer Hecke im Stadtpark«, sagt Ben und lächelt. »Ich wohne zur Untermiete bei einem Typ, von dem ich dachte, dass er Bogdan heißt, bis er mir vor einem Monat unbedingt was sagen wollte.« Mit deutlichem Balkan-Einschlag fährt er fort: »*Ben, hör auf, mich Bogdan zu nennen. Ich heiße Bora.* – Ich war mir sicher, dass er Bogdan heißt. Ich *will*, dass er Bogdan heißt. Er sollte Bogdan heißen.«

»Jeder braucht einen Bogdan«, sage ich.

Wir lächeln beide, dann sind wir eine Weile still. Bis Ben in der Hosentasche zu kramen beginnt.

»Ich hab mir sogar ein Handy zugelegt«, sagt er. »Tippst du dir bitte meine Nummer ein?«

Um nett zu sein, tue ich es und tippe seine Nummer in mein Handy.

Dann sind wir wieder still.

»Ich muss gehen«, sage ich schließlich.

»Zu deinem österreichischen Banker?«, fragt Ben.

»Mein österreichischer Banker ist leider vollauf damit beschäftigt, die Armen und Schwachen auszubeuten«, sage ich. »Aber dafür hat er einen BMW und kauft mir jeden Tag einen neuen Pelzmantel. Solche, die aus Lammföten gemacht werden.«

»Aber er hat sicher keinen Bogdan«, sagt Ben.

Ich schüttle lächelnd den Kopf.

»Im Ernst, wohin gehst du?«, fragt Ben.

»Ich fang heute an, in einem Kirchenchor zu singen«, sage ich und breite die Arme aus. »Ta-daaa – neue Leute!«

»Darf ich mitkommen?«, fragt Ben.

»Willst du mitsingen?«

»Oh Gott, nein!«, sagt Ben. »Aber ich könnte warten, bis du fertig bist.«

Mein Herz fühlt sich plötzlich doppelt so schwer an wie sonst.

»Das ist keine so gute Idee«, sage ich.

Ben steht auf.

»Ich möchte um Entschuldigung bitten«, sagt er. »Dafür, dass ich es so schlecht hingekriegt habe, dich zu kontaktieren, während ich in Kanada war. Es war blöd, dass ich nichts von mir hab hören lassen, und ich verstehe, wie traurig es dich gemacht haben muss. Entschuldigung!«

»Danke«, sage ich.

»Außerdem ist es mir egal, wie sauer du gerade auf mich bist«, fährt er fort. »Ich werde warten. So leicht wirst du mich nicht los.«

In meinem Kopf taucht das Bild von Jordana und Ben vor diesem Donny's auf.

»Ben«, sage ich. »Ich werde dir nie mehr vertrauen können, darum hat das mit uns keinen Sinn. Ich muss mich auf meinen Partner verlassen können.«

Als Ben mich ansieht, treten seine angespannten Kaumuskeln hervor. Ich wiederum schaffe es nicht, ihm in die Augen zu schauen.

»Sag nicht ›Partner‹!«, sagt er. »Es klingt, als wären wir Cowboys.«

»Tschau!«, sage ich und gehe schnell davon.

Während ich versuche, den dicken Kloß in meinem Hals hinunterzuschlucken, denke ich, um auf andere Gedanken zu kommen, an den Chor. In der nächsten halben Stunde werde ich nicht nur eine Menge spannender Menschen kennenlernen, sondern auch schöne Lieder singen, die mich seelisch bereichern. Was ich in Kanada dachte, war falsch: Man braucht nicht unbedingt jemanden, mit dem man fantastische Erlebnisse teilen kann.

Ich bin dann die Einzige unter fünfundsiebzig Jahren. In der eiskalten katholischen Kirche Zum Göttlichen Heiland steche ich deutlich aus der Versammlung von Falten, Leberflecken und Grauem Star heraus. Ich bin mindestens vierzig Jahre jünger als das zweitjüngste Chormitglied, dazu schwedisch und eigentlich protestantisch.

»Oh, eine neue Sängerin!«, rufen mehrere von ihnen aus, als sie mich sehen, woraus ich schließe, dass es lange her sein muss, dass der Chor ein neues Mitglied hinzubekommen hat.

Alle sehen mich an, bevor sie sich einander zuwenden, sich auf die Wangen küssen und die Mäntel ausziehen. Alle sind gut angezogen, manche sehen sogar so aus, als hätten sie sich extra fein gemacht. Ein älterer Herr hat eine Krawatte umgebunden, mehrere Damen tragen elegante Schals und zu große Halsketten. Die Kirche ist überladen mit vergoldetem Zierrat, überall stehen Heiligenstatuen mit leeren Augen und ernsten Mündern, wie in allen katholischen Kirchen. Es riecht nach Staub, Parfüm und Weihrauch.

»Singen Sie Alt oder Sopran?«, fragt der Chorleiter.

»Das weiß ich gar nicht«, sage ich. »Gibt es nicht irgendeinen Test, um es herauszufinden?«

Es scheint ihn nicht zu geben, denn der Chorleiter bittet mich nur, mich irgendwo zwischen die Alt- und Sopransängerinnen zu stellen. Weil es in der Kirche so kalt ist, dass man den Atem sehen kann, behalte ich die Jacke an. Als der Chor vollzählig ist, machen wir zehn Minuten lang Aufwärmübungen für Stimme und Körper, dann setzt sich der Chorleiter ans Klavier und blättert in seinen Noten.

»Wir werden heute mit einem neuen Lied anfangen«, sagt er. »Wer will das Solo singen?«

»Ich!«, rufe ich und hebe die Hand.

Worauf sich alle zu mir umdrehen und mich anstarren.

»Nur ein Scherz«, sage ich schnell. »Ich weiß doch nicht mal, was ich bin.«

Was ich meinte, war, dass ich nicht weiß, ob ich Alt oder Sopran bin, bloß hätte ich das vielleicht dazusagen sollen. So lacht nur einer der Bässe, und ich beschließe, für den Rest der Probe außer beim Singen den Mund zu halten.

»Der gute Hirte leidet für die Schafe…«, singt der Chorleiter, und wir singen es ihm nach.

In einem Chor zu singen ist entschieden schwerer, als ich dachte. Erstens kann ich keine Noten lesen, sondern muss erst hören, was die anderen singen, und zweitens ist es auch physisch anstrengend. Schon nach einer halben Stunde tut mir der Kiefer weh, außerdem komme ich mir albern vor, mit heiligem Ernst über Engel zu singen. Die anderen Chormitglieder werfen mir ausdauernd neugierige Blicke zu.

»Was für eine schöne junge Dame!«, sagt ein Mann, nachdem wir Schluss gemacht haben. Dazu nimmt er meine Hand und tätschelt sie.

Seine Hand ist unglaublich trocken, und in Anbetracht des Umstands, dass seine Brille zentimeterdicke Linsen hat, weiß ich nicht, wie ernst ich sein Kompliment nehmen soll.

»Woher kommen Sie?«, fragt er.

»Aus Schweden«, sage ich, und alle um mich herum brechen in ein freudiges »Oh!« aus, als wäre ich der auferstandene Christus.

»Und was tun Sie hier?«, fragt eine Frau.

»Meinen Sie hier im Chor?«, frage ich leicht nervös. »Ich bin zwar Schwedin, aber katholisch«, lüge ich.

»In Wien, meine ich«, sagt die Frau.

»Ich liebe Wien über alles«, sage ich, und wieder bringt die Menschentraube um mich herum ihre Begeisterung durch ein »Oh!« zum Ausdruck. Hätten sie nicht garantiert alle Rückenprobleme, würden sie mich wahrscheinlich auf Schultern durchs Kirchenschiff tragen, so begeistert scheinen sie über ein neues, noch dazu junges Chormitglied zu sein. So verlassen wir die Kirche gemessenen Schrittes, und ich freue mich schon auf die Chorprobe nächste Woche.

Auf dem Heimweg frage ich mich, was ich noch alles tun könnte, um mit älteren Menschen in Kontakt zu kommen. Vielleicht finde ich ja unter ihnen die guten Freunde, die ich nicht habe.

»Wir haben die Schrecken des Krieges erlebt«, würden sie mir unter Tränen erzählen.

»Ich gewissermaßen auch«, würde ich sagen. »Jedenfalls hab ich viele Filme gesehen, in denen Menschen die Schrecken des Krieges erlebt haben.«

»Die Stürme des menschlichen Frühlings wissen die

jungen Leute selbst gar nicht zu schätzen«, würden sie sagen.

»Ich stimme Ihnen zu«, würde ich sagen. »Aber sagen Sie mir doch: Was ist eigentlich das Geheimnis des Lebens?«

Worauf sie es mir verraten würden.

Als ich fast zu Hause bin, hält mich ein älterer Herr vor dem ewig geschlossenen Nähgeschäft an.

»Entschuldigung, haben Sie eine Katze?«, fragt er.

»Ja«, sage ich, und er überreicht mir umständlich eine Plastiktüte.

Ich nehme die Tüte entgegen, weiß aber nicht, worauf er hinauswill.

»Meine Katze ist gestorben«, sagt er. »Bitte nehmen Sie!«

Ich schaue in die Tüte und sehe Katzenfutter und Katzenspielzeug.

»Aber ...«, sage ich. »Möchten Sie sich keine neue Katze zulegen?«

Der ältere Herr wischt sich schnell eine Träne aus dem Augenwinkel.

»Nein«, sagt er.

Dann geht er schnell die Kaiserstraße hinunter, und ich sehe, wie er sich noch einmal die Augen wischt. Beim zweiten Blick in die Tüte stelle ich fest, dass es sich um Billigfutter handelt und das Spielzeug reichlich verschlissen ist – Sinnbilder der Einsamkeit des Alters und der grausamen Wirklichkeit.

»Bitte, Optimus, tu's mir zuliebe!«, sage ich zu Hause in meiner Wohnung.

Aber Optimus möchte weder das Katzenfutter des alten Herren probieren noch mit dem verschlissenen Katzenspielzeug spielen.

46

Es ist meine erste Unterrichtsstunde an der Universität. Ich muss mir meine Filzschreiber selbst kaufen, aber von den modernen Räumlichkeiten bin ich ebenso beeindruckt wie von meinem besseren Honorar. Als die Studenten in den Unterrichtsraum kommen, begrüße ich sie mit Handschlag. Alle lächeln breit, und ich versuche, mir so viele Namen wie möglich zu merken: Özlem, Zsofia, Agi, Sunita, Fuat, Ahmed ...

»Julia«, sage ich und strecke einem etwas älteren Paar die Hand entgegen. Sie sind beide recht klein, und die Frau trägt einen Schleier.

Die Frau murmelt schüchtern etwas, was ich als »Bahar« verstehe, und schüttelt schnell und schwach meine Hand. Als ich mich dem Mann zuwende, sagt er freundlich: »Rahim.«

Meine Hand hat er anscheinend nicht bemerkt, also halte ich sie weiter ausgestreckt.

»Ich bin Muslim«, erklärt mir Rahim auf Deutsch.

Ich verstehe immer noch nicht, und es folgt ein kurzer Moment der Unsicherheit, bis Rahim sein Handy hervorholt und es mir entgegenhält. Ich schüttle es an einem Ende und er am anderen. Da er kurz zuvor ein paar türkischen jungen Männern die Hand geschüttelt hat, habe ich vollkommen vergessen, dass manche Muslime Frauen oder Nicht-Muslimen nicht die Hand geben. Jetzt sind wir beide verlegen, doch zum Glück kommen neue Studenten, denen ich mich zuwenden kann.

»Ich – heiße – Julia«, sage ich so klar und deutlich wie möglich, als alle Studenten anwesend und auf meiner Liste abgehakt sind. »Wie – heißen – Sie?«

Einundzwanzig Gesichter sehen mich breit lächelnd und mit großen Augen an. Es ist eine A1-Gruppe, das heißt, ich habe es mit Anfängern ohne Vorkenntnisse zu tun. Ihre Rücken sind noch gerade, und ihre Körperhaltung zeigt noch die gespannte Aufmerksamkeit, von der ich weiß, dass sie in der dritten Woche nachzulassen beginnt. Ich gehe zur ersten Studentin, einer slowenischen jungen Frau mit Ponyfrisur.

»Ich heiße Julia. Wie heißen Sie?«, frage ich.

»Ich heiße Agi«, sagt sie.

Ich zeige auf mich selbst, um zu zeigen, dass sie mir die gleiche Frage stellen soll.

»Wie heißen Sie?«, fragt mich Agi.

»Ich heiße Julia«, sage ich und wende mich dem nächsten Studenten zu. »Wie heißen Sie?«

Langsam gehe ich durch den ganzen Raum, und alle dürfen ihren Namen sagen. In den nächsten zweieinhalb Stunden beschäftigen wir uns mit dem englischen Alphabet, den Wochentagen, dem Alter der Studenten und den Ländern, aus denen sie kommen. Vom vielen Anschreiben tun mir die Hände und vom vielen Stehen die Füße weh. Um neun ist die Stunde zu Ende, und alle gehen. Die meisten sind sichtlich erschöpft, aber alle lächeln und sagen freundlich Auf Wiedersehen.

Auf dem Weg zur Straßenbahn rufe ich Rebecca an, um ihr zu erzählen, dass ich zum ersten Mal jemandem das Handy statt die Hand geschüttelt habe. Aber sie geht nicht dran, und als ich in der halb leeren Straßenbahn sitze, überkommt mich eine fürchterliche Traurigkeit darüber, dass es keinen einzigen Menschen gibt, dem ich die Geschichte sonst erzählen könnte.

47

»Bis bald!«, sage ich zu der jungen Frau hinter der weißen Theke.

»Auf Wiedersehen!«, sagt sie und lächelt.

Ich habe zwei Tafeln Schokolade in der Hand und versuche, mir einzureden, sie seien Ausdruck des höheren Ranges, den ich mir seit meinen Anfängen als Plasmaspenderin erworben habe.

Als ich auf die Straße trete, reibe ich mir über die Armbeuge, dann muss ich stehen bleiben. In letzter Zeit habe ich fast jede Woche Plasma gespendet und gemerkt, dass ich kontinuierlich schwächer und blasser werde. Ins Fitnessstudio zu gehen kostet mich Überwindung, und ich brauche länger, um die Treppe zu meiner Wohnung hinaufzusteigen. Neulich war die ältere Frau aus dem dritten Stock deutlich schneller als ich. All das ist lästig, erscheint mir aber als ein vergleichsweise geringer Preis für die Rettung der Welt und den teureren Käse bei Billa.

Ich sehe auf die Uhr, und es ist erst halb fünf. Das ist noch zu früh, um nach Hause zu gehen, aber mir fallen keine Ausstellungen oder Kinofilme ein, auf die ich Lust hätte. Da kommt mir der Optiker im 9. Bezirk in den Sinn, der kostenlose Augenuntersuchungen anbietet. Dort wollte ich schon länger vorbeischauen.

Ich habe schon die Hand an der Türklinke des Optikerladens, als ich zögere. Wie viele Augenuntersuchungen kann man eigentlich machen lassen? Und wie viele Hörtests? Wie viel Plasma kann man spenden und wie oft seine Bücher umsortieren, nur um die Zeit totzuschlagen? Will ich wirklich so leben, bis ich sterbe? Ich stehe schon so lange mit der Hand an der Türklinke, dass ein glatzköpfiger Mann im weißen Kittel mir winkt, dass ich endlich hereinkommen soll. Ich schüttle den Kopf und gehe davon.

48

Ausnahmsweise sind Leonore und ich nicht in der Passage gelandet, sondern in irgendeinem dunklen Klub im 1. Bezirk. Das Lokal befindet sich im Keller und besteht aus einer Bar und einer winzigen Tanzfläche. Normalerweise würde ich mich weigern, an einem Ort zu bleiben, wo hauptsächlich ältere Männer kichernden Teenie-Mädchen Champagner kaufen, aber heute Abend ist es mir egal. Ich will mir nur die Kante geben und tanzen.

Leonore redet gerade mit einem Mann, also tanze ich allein. Neben mir versuchen zwei Frauen in den Vierzigern, die Aufmerksamkeit der übrigen Männer auf sich zu ziehen, aber die interessiert offensichtlich nur das jüngere Fleisch im Angebot. Als der DJ »Relight My Fire« von Take That auflegt, tanzt sich ein Typ an mich heran. Er hat die dunklen Haare zurückgegelt und sieht aus, als könnte er italienischer Abstammung sein.

»Magst du den Song?«, schreit er mir auf Deutsch ins Ohr.

»Klar!«, schreie ich zurück. »Take That wird heftig unterschätzt.«

Der Typ macht das Daumen-hoch-Zeichen, und wir tanzen weiter.

»Wie heißt du?«, fragt er.

»Julia«, schreie ich. »Und du?«

»Bastian«, sagt er.

»Wie Schweinsteiger?«, frage ich.

»Was?«

»Wie Schweinsteiger. Der Fußballer.«

Der Typ nickt und hebt wieder den Daumen. Der DJ wechselt zu »Born To Be Alive«, und wir rücken einander näher. Einmal legt er mir die Hand auf den Bauch, was ich eigentlich nicht mag, aber ich lasse es geschehen.

»Komm, lass uns an die Bar gehen!«, sagt er nach einer Weile.

Verschwitzt setzen wir uns an die Theke, aber er steht fast sofort wieder auf.

»Muss mal«, sagt er.

»Okay«, sage ich.

Er verschwindet, und ich merke, dass ich Leonore nicht mehr sehe, was bedeutet, dass sie nach Hause gegangen ist und mich allein zurückgelassen hat. Ich warte, dass der Typ zurückkommt, aber er kommt nicht. Ich warte lange und vergesse schließlich, auf wen ich warte. Ich trinke mehrere Wodka Tonic und warte weiter, weil ich hoffe, dass ich nur lange genug zu warten brauche, damit der, auf den ich warte, irgendwann kommt.

Und plötzlich geht mir auf, wer das eigentlich ist. Auf wen ich schon immer gewartet habe. Ich hole mein Handy heraus und schicke eine SMS, hole meine Jacke von der Garderobe, verlasse das Lokal und renne zur nächsten U-Bahn-Station. Während der zwanzigminütigen Fahrt sehe ich die Sonne für einen neuen Tag über die Dächer kriechen und denke an den älteren Herrn, der sich verschämt die Träne über seine tote Katze aus dem Augenwinkel wischte. Dann erinnere ich mich an einen warmen Herbsttag, als zwei Menschen mit ineinandergeflochtenen Fingern an der Donau lagen und über einen Scherz lachten, den nur sie allein verstanden.

Ich bin die Einzige, die an der Station Neue Donau aussteigt. Zwei Männer liegen am Fluss im Gras und schlafen, dazu ein Mann, der früh mit seinem Hund Gassi geht, sonst liegt die Donauinsel verlassen. Aber an der Fußgängerbrücke steht Ben und wartet schon. Er raucht eine Zigarette und sieht fast mürrisch aus, aber ich weiß, dass sich das ändern wird, sobald er mich sieht. In dem Moment, in dem ich die Brücke betrete, gehen alle Straßenlaternen mit einem kleinen erleichterten Seufzer aus. In der aufgehenden Sonne wechselt der Himmel die Farbe von lila zu einem kühlen hellen Blau.

»Ben«, sage ich.

Ben dreht sich zu mir um.

»Hallo«, sage ich.

»Hallo«, sagt er.

Am Brückengeländer lehnt ein blaues rostiges Fahrrad.

»Ist das deins?«, frage ich.

»Yep«, sagt Ben. »Der blaue Bandit. Hat mal Bogdan gehört.«

»Was ist mit deinem Kinderfahrrad passiert?«

Ben sieht ernst aus.

»Hast du vergessen, dass ich jetzt erwachsen bin?«, fragt er zurück.

»Es ist gestohlen worden, stimmt's?«, sage ich.

Ben lacht und nickt. Dann sind wir beide eine Weile still. In der Nähe beginnen ein paar Möwen ein Kreischkonzert.

»Als ich damals, als wir uns getroffen haben, sagte, ich hätte keine Wahl gehabt«, beginne ich, »da meinte ich, dass es so war, weil du der unglaublichste und einmaligste Mann warst, dem ich je begegnet war. Obwohl du gestunken hast und obdachlos warst und schmutzige Füße hattest. Ich wollte mit niemandem sonst zusammen sein als nur mit dir.«

Ben sagt nichts, sondern sieht mich nur an.

»Ich bin bereit«, sage ich. »Und du?«

»Immer«, sagt Ben und lächelt.

Wir kicken uns die Schuhe von den Füßen und klettern übers Brückengeländer, bleiben aber auf dem mit Vogelkacke bedeckten kleinen Absatz dahinter stehen. Das Wasser scheint mir so unmöglich weit unter uns zu sein, dass es mir den Magen zusammenzieht und ich mich fest an das Geländer hinter meinem Rücken klammern muss. Kühle Luft strömt vom Fluss herauf. Ben sieht mich an.

»Wollen wir's wirklich tun?«, fragt er.

Ich sehe ihn an und nicke.

»Ja.«

»Okay. Aber nur, wenn du mir versprichst, dass ich

nie mehr ins Theater muss und du mich nie wieder zwingst, mir ›Harold and Maude‹ anzusehen. Der Film war eklig und sollte verboten werden. Auch zu schwedischen Filmen darfst du mich nie wieder zwingen.«

»Versprochen«, sage ich. »Aber nur, wenn du mich nie zum Bergsteigen oder sonst einem Sport zwingst, der mit dem Wort ›Extrem‹ anfängt. Oder zu Sport überhaupt.«

»Versprochen«, sagt Ben.

Ich lasse das Geländer los und strecke die Hand aus. Unter uns rauscht die Donau ungerührt weiter.

»Dann schaffen wir's«, sage ich.

»Klar tun wir das«, sagt Ben und nimmt meine Hand.

Dann springen wir. Zusammen.

Herzerfrischende Liebeskomödien

Katrin Einhorn im dtv

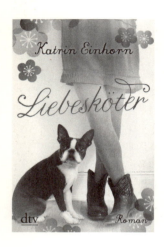

Liebesköter
Roman
ISBN 978-3-423-**21499**-5

Florian mag eigentlich keine Hunde. Doch das einzige Hindernis auf dem Weg zu Neeles Herz ist ausgerechnet die kleine Hündin Lilly. Was tut man nicht alles für die Liebe …

Eine witzig-chaotische Liebesgeschichte mit Hund und Happy-End.

Hebammerich
Roman
ISBN 978-3-423-**21563**-3

Nils hat's vergeigt bei Freundin Charlotte. Um sie zurückzugewinnen und ihr an ihrem Arbeitsplatz immer nahe zu sein, macht er eine Ausbildung zur ersten männlichen Hebamme.

Ein Mann rockt den Kreißsaal – Kinderkriegen ist … Männersache.

Auch als eBook!

Bitte besuchen Sie uns im Internet: www.dtv.de

Caro Martini im dtv

Zum Lachen, Nachdenken und Wegträumen

Beim nächsten Mann links abbiegen
Roman
ISBN 978-3-423-21661-6
Lucie Stein ist hübsch und liebenswert, aber im Leben, in der Liebe und vor allem beim Autofahren leider etwas orientierungslos. Als sie auf dem Flohmarkt ein gebrauchtes Navi ersteht, begrüßt dieses sie gleich beim ersten Einsatz mit »Hallo, Lucie, wo soll es denn hingehen?« Und das ist nur der Anfang.
Eine kurvenreiche Fahrt durch das Leben einer jungen Frau.

Alma & Jasmin
Roman
ISBN 978-3-423-21640-1
Bei einem Zusammenprall in der Straßenbahn switchen die Seelen der 28-jährigen Jasmin und der 82-jährigen Alma jeweils in den Körper der anderen. Bis sie den Tausch bemerken, ist das Chaos schon perfekt. Nach anfänglichem Schock versuchen beide Frauen sich in ihrem neuen Leben zurechtzufinden. Keine leichte Übung. Richtig kompliziert wird es aber, als die Liebe mit ins Spiel kommt …

Auch als eBook!
Bitte besuchen Sie uns im Internet: www.dtv.de

Birgit Hasselbusch im dtv

Wohlfühlgeschichten mit Glücksgarantie

Sechs Richtige und eine Falsche
Roman
ISBN 978-3-423-**21556**-5

Jule hat ein riesengroßes Herz, einen klitzekleinen Schuhtick, einen übermächtigen Chef, einen unterbezahlten Job, einen desinteressierten Freund, eine neugierige Nachbarin, keine Eltern, einen würzigen Ersatzvater, zu dicke Knie, ein zu mageres Konto und die halbe Stadt denkt, dass sie 5,3 Millionen Euro im Lotto gewonnen hat.

Der Mann im Heuhaufen
Roman · dtv premium
ISBN 978-3-423-**26042**-8

Charlotte liebt ihre süße Altbauwohnung in der Hamburger Innenstadt – etwas eng, aber sehr charmant. Als ihr Freund Kai ein Haus am Stadtrand als ihr zukünftiges Heim auserwählt, ohne sie um ihre Meinung zu fragen, reicht es ihr. Charlotte beschließt, das Leben und die Liebe noch einmal neu zu entdecken – mit Mitte dreißig. Wahnsinn? Aber ja!

Sommer in Villefranche
Roman · dtv premium
ISBN 978-3-423-**26122**-7

Als ihr Leben gründlich durcheinander gerät, beschließt die vierzigjährige Insa die Flucht nach vorn: Sie wandert aus, und zwar nach Südfrankreich, wo sie die glücklichste Zeit ihres Lebens verbracht hat. Doch die Idylle trügt, als einige unvorhergesehene Dinge geschehen …

Bitte besuchen Sie uns im Internet: www.dtv.de

»Brauche ich Lehrer für Deutsch.
Bitte anrufen mir.«

Roman · dtv premium
ISBN 978-3-423-26105-0
Auch als eBook!

Eine Lehrerin, die Ausländern Deutsch beibringt. Ein russischer Ex-Jockey, der Pferdeställe ausmistet. Zwei, die nichts miteinander gemein haben, aber plötzlich miteinander zu tun bekommen, entdecken, dass es manchmal keine Regeln gibt. In der Grammatik nicht und in der Liebe erst recht nicht.

Originell, warmherzig, witzig –
und voller lebenskluger Beobachtungen

Bitte besuchen Sie uns im Internet: www.dtv.de